# LA
# PROFECIA
# CELESTINA

# LA
# PROFECIA
# CELESTINA

---

## James Redfield

**WARNER BOOKS**

A Time Warner Company

Esta edición de Warner Books se publica en colaboración con
Ediciones B, Bailen 84, 08009 Barcelona (España)

Warner Books, Inc., 1271 Avenue of the Americas, New York, NY 10020

 A Time Warner Company

Impreso en los Estados Unidos de América

Primera imprenta de Warner Books: abril, 1996

10 9 8 7 6 5 4 3 2 1

**Library of Congress Cataloging-in-Publication Data**

Redfield, James.
    [Celestine prophecy. Spanish]
    La profecia celestina : una aventura / James Redfield.
      p. cm.
    A previous Spanish edition was published 1995 under the title: Las
Nueve revelaciones.
    ISBN 0-446-52057-8
    1. Manuscripts—Collectors and collecting—Peru—Fiction.
2. Spiritual life—Fiction.  I. Title.
PS3568.E3448C4518  1996
813'.54—dc20                         95-26796
                                            CIP

*A Sarah Virginia Redfield*

# AGRADECIMIENTOS

Tantas personas han influido en este libro que sería imposible mencionarlas a todas. Pero quiero dar especialmente las gracias a Alan Shields, Jim Gamble, Mark Lafountain, Marc y Debra McElhaney, Dan Questenberry, BJ Jones, Bobby Hudson y Joy y Bob Kwapien, todos los cuales, a su manera, han encauzado mi obra.

# ÍNDICE

# NOTA DEL AUTOR

Desde hace medio siglo, la humanidad viene incorporando a su tesoro de conocimientos un nuevo saber: una conciencia que sólo podría calificarse de trascendente, una conciencia espiritual. Si está usted leyendo este libro, probablemente se ha percatado ya de lo que ocurre y quizá lo ha percibido incluso en su propio interior.

En este momento de nuestra historia parece que sintonizamos especialmente bien con el proceso mismo de la vida, con aquellos sucesos fortuitos que ocurren exactamente en el momento preciso y que sacan a luz a las personas adecuadas para dar súbitamente a nuestras vidas un nuevo y más inspirado rumbo. Quizá mejor que cualquier otra persona en cualquier otra época pasada, intuimos un significado más pleno en los sucesos misteriosos a que me refiero. Sabemos que la vida en realidad consiste en un despliegue tan personal como mágico y fascinante; un despliegue que ninguna filosofía ni religión han esclarecido todavía del todo.

Y también sabemos algo más: sabemos que una vez hayamos comprendido lo que está ocurriendo, cuando aprendamos cómo poner en marcha este desarrollo y cómo mantenerlo, el mundo de los seres humanos dará un salto cuántico hacia una nueva manera de vivir, hacia un género de vida que a lo largo de toda su historia nuestro mundo se ha esforzado, vagamente hasta hoy, por alcanzar.

El relato que sigue es una ofrenda a estos nuevos saberes.

Si a usted le afecta, si en estas páginas cristaliza algo que usted percibe en la vida, entonces comunique a los demás lo que ha visto, pues yo pienso que nuestra nueva conciencia de lo espiritual se expande precisamente por esta vía, es decir, no ya por estímulos publicitarios ni por influencia de la moda, sino individualmente, de persona a persona, a través de una especie de contagio psicológico positivo que se da entre éstas.

Lo único que a nosotros nos corresponde hacer es dejar en suspenso nuestras dudas, evitar las distracciones por un tiempo mínimo... y esta realidad podrá ser milagrosamente nuestra.

J. R.
Otoño 1992

Los doctos brillarán como el fulgor del firmamento,
y los que enseñaron a muchos la justicia,
como las estrellas, por toda la eternidad.
Y tú, Daniel, guarda en secreto estas palabras
y sella el libro hasta el tiempo del Fin.
Muchos andarán errantes acá y allá,
y la iniquidad aumentará.

DANIEL 12:3-4*

* Edición española de la Biblia de Jerusalén, Desclée de Brouwer, Bilbao, 1971.

# LA
# PROFECIA
# CELESTINA

# UNA MASA CRÍTICA

Llegué al restaurante y estacioné el coche, luego me recliné en el asiento para reflexionar por unos instantes. Charlene, lo sabía, estaría ya en el local, esperando para hablar conmigo. Pero ¿por qué? En seis años yo no había oído de ella ni una sola palabra. ¿Por qué se habría presentado ahora, justamente cuando por espacio de una semana me había aislado del mundo entero, secuestrándome casi en el bosque?

Me apeé del coche y caminé hacia el restaurante. A mis espaldas, el último destello de la puesta de sol desaparecía por el oeste e inundaba todavía de una luz entre ambarina y dorada la húmeda zona de aparcamiento. Una hora antes, una breve tempestad lo había empapado todo, y ahora la tarde veraniega parecía fresca y renovada y, debido a aquella luz peculiar, casi surreal. Una media luna colgaba en el cielo.

Mientras caminaba, viejas imágenes de Charlene acudían a mi memoria. ¿Sería aún tan bella, tan intensa? ¿Cómo la habría cambiado el tiempo? ¿Y qué debía pensar yo de aquel manuscrito que ella había mencionado, de aquella antigüedad encontrada en América del Sur, sobre la cual no podía esperar a hablarme?

—Haré una escala de dos horas en el aeropuerto —me había dicho por teléfono—. ¿Puedes reunirte conmigo para cenar? Lo que cuenta este manuscrito te va a encantar: es exactamente tu género de misterio favorito.

¿Mi género de misterio favorito? ¿Qué quería decir con eso?

El restaurante estaba atestado. Varias parejas esperaban mesa. Cuando localicé a la dueña, me dijo que Charlene ya tenía sitio y me indicó que la siguiera a una terraza sobre el comedor principal.

Subí por la escalera y observé que un grupo de personas rodeaba una de las mesas. Entre ellas había dos policías. Súbitamente, éstos se volvieron y se precipitaron, pasando junto a mí, escaleras abajo. Mientras el resto de la gente se dispersaba pude ver algo más allá a la persona que al parecer había sido el centro de la atención general: una mujer, todavía sentada a la mesa... ¡Charlene!

Me acerqué rápidamente a ella.

—Charlene, ¿qué ocurre? ¿Ha pasado algo malo?

Ella echó la cabeza atrás con burlona exasperación y se puso en pie con un fulgor de su famosa sonrisa. Noté que su cabello era quizá diferente, pero su rostro era exactamente como lo recordaba: rasgos pequeños y delicados, boca ancha, grandes ojos azules.

—No lo creerás —dijo, tirando de mí para darme un abrazo amistoso—. Hace unos minutos he ido al tocador, y mientras estaba fuera alguien me ha robado el portafolios.

—¿Qué había dentro?

—Nada importante, sólo unos libros y unas revistas que llevaba para el viaje. De locura. La gente de las otras mesas me ha dicho que, simplemente, alguien vino, cogió el portafolios y se marchó. Han dado la descripción a la policía y los agentes dicen que registrarán la zona.

—Quizá podría ayudarles yo.

—No, no. Olvidémoslo. No tengo mucho tiempo y necesito hablar contigo.

Asentí con un gesto, y Charlene sugirió que nos sentáramos. Un camarero se aproximó; consultamos la carta y pedimos nuestra comanda. A continuación dedicamos diez o quince minutos a charlar de temas generales. Yo traté de no dar demasiada importancia al aislamiento que me había impuesto, pero Charlene no estaba para vaguedades. Se inclinó por encima de la mesa y me dedicó otra vez aquella sonrisa.

—Bueno, ¿qué pasa *realmente* contigo? —preguntó.

La miré a los ojos, sostuve la intensa mirada que ella fijaba en mí.

—Quieres inmediatamente la historia completa, ¿no?

—Como siempre —dijo ella.

—Bien, la verdad es que en estos momentos me he tomado un poco de tiempo libre y estoy en el lago. He trabajado mucho y necesito reflexionar sobre la posibilidad de cambiar la orientación de mi vida.

—Recuerdo que me habías hablado del lago. Creía que tú y tu hermana tuvisteis que venderlo.

—No llegamos a hacerlo, pero sigue existiendo el problema de los impuestos. Como la finca está tan cerca de la ciudad, los impuestos no paran de aumentar.

Ella asintió con la cabeza.

—¿Y qué vas a hacer en adelante?

—Aún no lo he decidido. Algo diferente.

Me dirigió una mirada de curiosidad.

—Se diría que estás tan intranquilo como todo el mundo.

—Supongo que sí —dije—. ¿Por qué lo preguntas?

—Está en el Manuscrito.

Guardamos silencio mientras yo le devolvía la mirada.

—Háblame de ese Manuscrito —dije al fin.

Ella se echó atrás en la silla como para aclararse las ideas, y luego volvió a escrutar mis ojos.

—Creo haber mencionado por teléfono que dejé el periódico hace unos años y que me incorporé a una firma de investigadores que estudia las transformaciones culturales y demográficas para las Naciones Unidas. Mi último destino fue en Perú.

»Mientras estaba allí, completando un trabajo en la Universidad de Lima, no cesé de oír rumores sobre un antiguo manuscrito que había sido descubierto... Sin embargo, nadie pudo darme el menor detalle, ni siquiera en los departamentos de arqueología y antropología. Y cuando me puse en contacto con el gobierno sobre este particular, afirmaron que no sabían absolutamente nada.

»Una persona me dijo entonces que, de hecho, el gobierno, por alguna razón, estaba trabajando en la eliminación de aquel documento. Claro que la persona en cuestión tampoco tenía conocimiento directo del asunto.

»Ya me conoces —continuó—, soy muy curiosa. Cuando terminé mi trabajo decidí quedarme un par de días por allí, a ver qué descubría. Al principio, todas las pistas que seguí me condujeron a callejones sin salida, pero luego, en una ocasión en que estaba almorzando en un café de las afueras de Lima, me di cuenta de que un cura me observaba. Al cabo de unos minutos vino hacia mí y declaró que aquel mismo día, pocas horas antes, me había oído indagar sobre el Manuscrito. Rehusó revelarme su nombre, pero accedió, en cambio, a contestar todas mis preguntas.

Charlene dudó un momento, mirándome todavía con intensidad.

—El cura dijo que el Manuscrito data aproximadamente del año 600 antes de Cristo. Predice una transformación masiva de la sociedad humana.

—Que empezará... ¿cuándo? —inquirí yo.

—En las últimas décadas del siglo veinte.

—¿Ahora?

—Sí, ahora.

—¿Qué clase de transformación se supone que será? —pregunté.

Ella, por un momento, pareció confusa, pero inmediatamente dijo con energía:

—El cura me contó que es una especie de renacimiento de la conciencia, que se produce muy lentamente. No es de naturaleza religiosa, pero sí espiritual. Estamos descubriendo algo respecto a la vida humana en este planeta, a cerca de lo que nuestra existencia significa, y según aquel cura este conocimiento alterará muy espectacularmente la cultura de los hombres.

Charlene hizo una nueva pausa, y a continuación añadió:

—El cura me dijo que el Manuscrito está dividido en segmentos, o capítulos cada uno de los cuales se dedica a una visión particular referente a la vida. El Manuscrito predice que en el período actual los seres humanos comenzaremos a percibir estas revelaciones secuencialmente, una revelación tras otra, mientras nos desplazamos desde la situación actual hasta una cultura completamente espiritual que existirá en todo el planeta.

Yo sacudí la cabeza y enarqué las cejas con cinismo.

—¿De veras crees todo eso?

—Bueno —dijo ella—, pienso que...

—Mira a tu alrededor —la interrumpí. Señalé a la gente sentada en el comedor, por debajo de nosotros—. Ése es el mundo real. ¿Acaso ves que ahí esté cambiando algo?

Precisamente cuando yo decía aquello una voz airada se alzó de una mesa próxima a la pared del fondo, pronunciando unas palabras que no pude entender pero que fueron lo bastante sonoras como para imponer silencio a todo el comedor. En el primer instante pensé que la alteración era debida a otro robo, pero luego comprobé que se trataba sólo de una discusión. Una mujer cuya edad rondaría la treintena, en pie, miraba indignada al hombre sentado a la mesa frente a ella.

—¡No! —vociferó la mujer—. ¡El problema es que esta relación no funciona como yo quería! ¿Lo entiendes? ¡No funciona!

Se contuvo, arrojó su servilleta sobre la mesa y se marchó.

Charlene y yo nos miramos, sobresaltados por el hecho de que la explosión de cólera se hubiera producido en el preciso momento en que hablábamos de las personas situadas debajo de nosotros. Finalmente, Charlene señaló con la cabeza la mesa donde el hombre se había quedado solo, y dijo:

—Es el mundo real lo que cambia.

—¿Cómo? —pregunté, todavía desconcertado.

—La transformación comienza con la Primera Revelación, y según el cura esta revelación, inconscientemente al principio, siempre emerge como una profunda sensación de desasosiego.

—¿Desasosiego?

—Sí.

—¿Qué es lo que estamos buscando?

—¡Ésa es la clave! Al principio no estamos seguros. Según el Manuscrito, empezamos a vislumbrar un género alternativo de experiencia... momentos de nuestras vidas que de algún modo nos parecen más intensos, más inspiradores. Pero no sabemos qué es esta experiencia ni cómo hacerla durar, y cuando termina nos deja un sentimiento de insatisfacción y de inquietud ante una vida que vuelve a parecernos normal.

—¿Tú crees que detrás de la cólera de la mujer se hallaba esa inquietud?

—Sí. Ella es igual al resto de nosotros. Todos buscamos una mayor realización en nuestras respectivas vidas, y no nos comprometeremos con nada que pueda decepcionarnos y deprimirnos. Esta búsqueda desasosegada es lo que se oculta detrás de la actitud del «yo primero» que ha caracterizado las recientes décadas y que nos afecta a todos, desde Wall Street a las pandillas callejeras. —Me miró de hito en hito—. Y en lo que concierne a nuestras relaciones, somos tan exigentes que las hacemos casi imposibles.

Su comentario me devolvió al recuerdo de mis dos últimas experiencias amorosas. Ambas habían comenzado intensamente y ambas habían fracasado antes del año. Cuando de nuevo concentré mi atención en Charlene, ella esperaba armada de paciencia.

—¿Qué les hacemos exactamente a nuestras relaciones sentimentales? —pregunté.

—De esto hablé mucho rato con el cura —replicó—. Según él, cuando las dos partes de una relación son demasiado exigentes, cuando cada una espera de la otra que viva en su mundo, que esté siempre dispuesta a participar en las actividades que la otra parte elija, se desencadena una batalla inevitable entre los egos.

Las palabras de Charlene tenían sentido. Mis dos últimas relaciones habían degenerado, desde luego, en forcejeos por el poder. En ambas situaciones las dos partes nos habíamos encontrado en un conflicto de intereses y prioridades. Nuestros pasos habían sido demasiado rápidos. Nos había faltado tiempo para coordinar nuestras diferentes ideas sobre qué hacer, adónde ir, qué intereses perseguir. Al final, la cuestión de quién sería el líder, quién establecería las directrices del día, se había revelado una dificultad irresoluble.

—Debido a esta batalla por el control —continuó Charlene—, el Manuscrito dice que nos resultará muy difícil estar con la misma persona durante mucho tiempo.

—Esto no parece demasiado espiritual —dije.

—Así exactamente se lo dije yo al cura —replicó ella—. Me contestó que recordase que, si bien la mayoría de los males recientes de la sociedad pueden atribuirse a aquella inquietud, a aquel afán de búsqueda, el problema es temporal y se resolverá. Estamos al fin adquiriendo conciencia de qué es lo que realmente buscamos, de qué es de verdad esa otra experiencia más satisfactoria. Cuando lo captemos plenamente, habremos llegado a la Primera Revelación.

El camarero nos sirvió la cena, de modo que hicimos una pausa de varios minutos mientras él terminaba de escanciar el vino y Charlene y yo probábamos cada uno el plato elegido por el otro. Cuando se inclinaba a través de la mesa para tomar del mío un poco de salmón, ella frunció la nariz y soltó una risita. Me di cuenta de lo fácil que era estar a su lado.

—Muy bien —dije—. ¿En qué consiste esa experiencia que andamos buscando? ¿Qué es la Primera Revelación?

Charlene titubeó, como si no supiera por dónde empezar.

—Explicarlo es difícil —alegó—. Pero el cura lo expuso de este modo. Dijo que la Primera Revelación ocurre cuando tomamos conciencia de las *coincidencias* que se dan en nuestras vidas. —Se inclinó más hacia mí—. ¿Has tenido alguna vez una corazonada o una intuición respecto a algo que querías hacer, respecto a un determinado rumbo que deseabas tomar en tu vida? ¿Y te preguntaste cómo te sería posible conseguirlo? Y después, cuando ya te habías medio olvidado de ello y te interesabas por otras cosas, ¿te encontraste de súbito con alguien, o leíste algo, o fuiste a alguna parte que te brindó la mismísima oportunidad que habías imaginado?

»Bien —prosiguió—, siempre de acuerdo con el cura, tales coincidencias se producen cada vez con más frecuencia, y cuando ello ocurre tenemos la sensación de que son cosas situadas más allá de lo que podría considerarse mera casualidad; entendemos que son elementos del destino, como si nuestras vidas hubieran sido guiadas por alguna fuerza inexplicable. La experiencia produce una impresión de misterio y excitación y, como resultado, nos sentimos más vivos.

»El cura me explicó que ésta es la experiencia que hemos vislumbrado y que ahora tratamos de manifestar constantemente. Cada día son más las personas convencidas de que este misterioso vaivén es real y de que significa algo, de que algo distinto está ocurriendo bajo la apariencia de la vida cotidiana. Esta percepción, esta conciencia, es la Primera Revelación.

Charlene me miraba expectante, pero yo no dije nada.

—¿No lo ves? —preguntó—. La Primera Revelación es una reconsideración del misterio inherente que rodea nuestras vidas individuales en este planeta. Estamos experimentando estas misteriosas coincidencias, y a pesar de que todavía no las entendemos sabemos que son reales. Volvemos a percibir, como en la infancia, que existe otro lado de la vida que todavía no hemos descubierto, otro proceso que se desarrolla detrás del escenario.

Charlene se inclinaba más y más hacia mí y agitaba las manos mientras hablaba.

—Tú crees realmente en eso, ¿no? —le pregunté.

—Recuerdo una época —me respondió con cierta acritud— en que eras tú quien hablaba de esta clase de experiencias.

Su comentario me tocó un punto sensible. Tenía razón. Hubo un período de mi vida en que yo había experimentado efectivamente aquellas coincidencias y había tratado incluso de comprenderlas psicológicamente. En algún recodo del camino, sin embargo, mi punto de vista había cambiado. Había empezado, por alguna razón, a considerar inmaduras y poco prácticas aquellas percepciones, y acabé por ni siquiera tenerlas.

Sostuve abiertamente la mirada de Charlene, y dije a la defensiva:

—En aquella época probablemente leía filosofía oriental o misticismo cristiano. Eso es lo que recuerdas. De todos modos, sobre lo que tú llamas Primera Revelación se ha escrito en muchas ocasiones, Charlene. ¿Dónde está ahora la diferencia? ¿De qué manera la percepción de unos incidentes misteriosos va a conducir a una transformación cultural?

Charlene bajó por un instante la mirada a la mesa y enseguida volvió a alzarla hacia mi rostro.

—No te confundas —dijo—. Ciertamente, este género de conciencia ha sido experimentado y descrito antes. De hecho, el cura hizo especial hincapié en declarar que la Primera Revelación no era nueva. Dijo que ciertos individuos han observado a lo largo de la historia esas coincidencias inexplicables, y que ésa ha sido la percepción que se encuentra en el origen de muchos grandes empeños filosóficos y religiosos. Pero la diferencia actual reside en su número. Según el cura, la transformación se produce hoy debido al número de individuos que, todos al mismo tiempo, alcanzan el mismo estado de conciencia.

—¿Y eso qué significa, exactamente?

—Él me contó que el Manuscrito dice que el número de personas que son conscientes de tales coincidencias empezará a crecer espectacularmente en la sexta década del siglo veinte. Precisó que este crecimiento seguirá en alza hasta una fecha próxima al inicio del siglo siguiente, momento en que estos individuos alcanzarán un nivel específico, una densidad demográfica que yo interpreto como lo que los físicos llaman masa crítica.

»El Manuscrito predice —continuó— que una vez alcancemos la masa crítica toda nuestra cultura comenzará a tomarse en serio las experiencias coincidentes. Todos nos preguntaremos simultáneamente qué misterioso proceso se desarrolla en este planeta por debajo de la vida humana. Y será esta pregunta, formulada al mismo tiempo por un número suficiente de personas, la que permitirá que las demás revelaciones lleguen también a las conciencias; porque, según el Manuscrito, cuando un número suficiente de individuos se pregunte seriamente qué está pasando en la vida empezaremos a descubrirlo. Las revelaciones restantes se manifestarán una tras otra.

Charlene hizo una pausa para comer un bocado.

—Y cuando captemos las demás revelaciones... —pregunté—, ¿cambiará la cultura?

—Eso fue lo que me dijo el cura.

La miré unos momentos en silencio, sopesando la idea de la masa crítica; luego sugerí:

—Mira, todo esto parece tremendamente sofisticado, para venir de un manuscrito seiscientos años anterior a Cristo.

—Ya lo sé —replicó ella—. Yo misma planteé la cuestión. Pero el cura me aseguró que los expertos que primero tradujeron el Manuscrito estaban absolutamente convencidos de su autenticidad. Principalmente porque estaba escrito en arameo, el mismo idioma en que fue escrita buena parte del Antiguo Testamento.

—¿Arameo en América del Sur? ¿Cómo llegó allí seiscientos años antes de Cristo?

—El cura no lo sabía.

—¿Respalda su Iglesia el Manuscrito? —pregunté.

—Pues no. Él me contó que la mayoría del clero pretende con verdadera saña eliminarlo. Por este mismo motivo no quiso decirme su nombre. Aparentemente, hablar de todo ello era muy peligroso para él.

—¿Explicó por qué las autoridades eclesiásticas combaten aquellos textos?

—Sí. Porque los textos amenazan la integridad de su religión.

—¿De qué modo?

—No lo sé exactamente. No fue muy explícito sobre esto, pero me pareció entender que las otras visiones amplían algunas de las ideas tradicionales en la Iglesia de un modo que alarma a las autoridades, para las cuales las cosas ya están bien tal como están.

—Entiendo.

—Lo que sí dijo el cura —prosiguió Charlene— es que él no cree que el Manuscrito vaya a socavar ninguno de los pilares fundamentales de su Iglesia. En todo caso, esclarece con precisión qué significan aquellas verdades espirituales. Él personalmente estaba muy seguro de que los líderes religiosos se percatarían de este hecho si intentaran ver otra vez la vida como un misterio y si procedieran a continuación a través de las restantes revelaciones.

—¿Te dijo cuántas revelaciones había?

—No, aunque mencionó la Segunda Revelación. Me explicó que es una interpretación más correcta de la historia reciente, que sirve para aclarar con mayor amplitud la transformación futura.

—¿Dio detalles de eso?

—No, porque no tuvo tiempo. Dijo que debía marcharse para ocuparse de ciertos asuntos. Convinimos en volver a vernos aquella tarde, en su casa, pero cuando llegué él no estaba allí. Esperé tres horas y no compareció. Finalmente tuve que renunciar para no perder el avión de regreso.

—O sea, ¿no has podido volver a hablar con él?

—Exacto. No le he visto más.

—¿Y no recibiste de los órganos gubernamentales ninguna confirmación respecto al Manuscrito?

—Ninguna.

—¿Cuándo ocurrió todo eso?

—Hace un mes y medio aproximadamente.

Comimos en silencio durante unos minutos. Por último, Charlene alzó la vista y preguntó:

—Bueno, ¿tú qué piensas?

—Todavía no sé qué pensar —respondí. Una parte de mí acogía con escepticismo la idea de que los seres humanos pudieran efectivamente cambiar, pero otra parte se maravillaba ante la posibilidad de que un manuscrito que hablaba en aquellos términos existiese de veras—. ¿Te mostró ese cura algún ejemplar, alguna copia, algo?

—No. Lo único que tengo son mis notas.

De nuevo se hizo el silencio entre nosotros.

—Mira —dijo ella a continuación—, se me ocurrió que aquellas ideas podían interesarte mucho. Provocarte, vamos.

La miré perplejo.

—Supongo que necesito alguna prueba de la autenticidad de lo que dice tu Manuscrito.

La fulgurante sonrisa volvió a iluminar el rostro de Charlene, pero ésta no pronunció una palabra.

—¿Qué pasa? —inquirí.

—También eso es exactamente lo que yo dije.

—¿A quién? ¿Al cura?

—Por supuesto.

—¿Y qué dijo él?

—Dijo que la experiencia es la evidencia.

—¿Y eso qué significa?

—Era una manera de darme a entender que nuestra experiencia confirma lo que anuncia el Manuscrito. Cuando reflexionamos sinceramente sobre lo que sentimos en nuestro interior, sobre la manera en que nuestras vidas siguen su curso en este momento de la historia, nos percatamos de que las ideas del Manuscrito tienen significado, suenan a algo auténtico. —Charlene titubeó—. ¿Tienen significado para ti?

Reflexioné unos instantes. ¿Tenían significado? ¿Era todo el mundo tan inquieto como yo? Y si lo era, ¿procedía nuestra inquietud de la simple intuición, de la simple percepción acumulada durante treinta años, de que en la vida hay realmente más de lo que conocemos, más de lo que podemos observar?

—No estoy seguro —dije finalmente—. Supongo que necesito algún tiempo para pensarlo.


Salí al jardín contiguo al restaurante y me paré detrás de un banco de madera, de cara a una fuente. A mi derecha distinguía las luces titilantes del aeropuerto y oía los rugientes motores de un avión a punto de despegar.

—Qué flores tan bonitas —dijo Charlene detrás de mí.

Me volví y vi que se acercaba paseando por el ancho sendero y admirando los macizos de petunias y begonias que bordeaban la zona de descanso. Se detuvo a mi lado y la rodeé con un brazo. Los recuerdos afluían a mi mente. Años atrás, cuando ambos vivíamos en Charlottesville, Virginia, solíamos pasar muchas veladas juntos, hablando y hablando. La mayoría de nuestras conversaciones giraba en torno a las teorías académicas sobre el desarrollo psicológico. A los dos nos fascinaban aquellos debates, aparte de fascinarnos uno a otro. Sin embargo, era chocante lo platónicas que nuestras relaciones habían sido siempre.

—No sé cómo expresarte —siguió diciendo ella— el placer que me causa volver a verte.

—Me sucede lo mismo —repuse—. Verte me trae montones de recuerdos.

—Me pregunto por qué no habremos seguido en contacto.

La observación me hizo retroceder nuevamente en el tiempo. Recordé la última vez que había visto a Charlene. Nos despedíamos en mi coche. En aquella época yo me sentía lleno de ideas nuevas y partía con destino a mi ciudad natal para trabajar con niños que habían sufrido malos tratos de terrible gravedad. Yo creía saber de qué modo aquellas pobres criaturas podrían superar las intensas reacciones, la inhibición obsesiva que les impedía llevar una vida normal. Pero a medida que avanzaba el tiempo, mi planteamiento fracasaba. Tuve que admitir mi ignorancia. La manera en que los seres humanos podrían liberarse de su respectivo pasado todavía era un enigma para mí.

Al repasar los seis años anteriores me sentía ahora seguro de que la experiencia había valido la pena. Pero también sentía el impulso de seguir adelante. ¿En qué dirección? ¿Hacia dónde? ¿Para hacer qué? No había pensado en Charlene más que ocasionalmente desde que ella me ayudó a cristalizar mis ideas sobre el trauma infantil, y allí estaba ahora de nuevo, de regreso a mi vida; y nuestra conversación tenía el mismo excitante sabor que antaño.

—Supongo, por lo que respecta a mí, que el trabajo me absorbió completamente —dije.

—A mí también —respondió ella—. En el periódico, era un reportaje tras otro. No tenía tiempo ni para levantar la cabeza. Me olvidé de todo lo demás.

Le oprimí el hombro con la mano.

—Te confieso, Charlene, que había olvidado la delicia de hablar contigo, lo fácil y espontánea que es una conversación entre nosotros.

Sus ojos y su sonrisa confirmaron mis palabras.

—Lo sé. Nuestras conversaciones me llenan de energía.

Me disponía a hacer otro comentario cuando Charlene

miró más allá de mí, hacia la entrada del restaurante. Su rostro había palidecido y parecía angustiado.

—¿Pasa algo? —pregunté, volviéndome para mirar en aquella dirección.

Varias personas caminaban hacia la zona de aparcamiento, hablando con indiferencia: nada fuera de lo corriente. Me volví de nuevo a Charlene. La vi todavía alarmada y confusa.

—¿Qué pasa? —insistí.

—Mira hacia la primera fila de coches... ¿Ves a aquel hombre con camisa gris?

Miré otra vez hacia el aparcamiento. Otro grupo salía por la puerta del restaurante.

—¿Qué hombre?

—Me parece que ya no está —dijo ella, desviando la vista y mirándome a los ojos—. Cuando la gente de las mesas vecinas describía al hombre que me había robado el portafolios, decía que era un poco calvo, que llevaba barba y vestía una camisa gris. Creo que acabo de verle, allí, junto a los coches... vigilándonos.

Un nudo de ansiedad se formó en mi estómago. Dije a Charlene que volvería enseguida y me encaminé al aparcamiento para echar un vistazo por los alrededores, cuidando de no alejarme demasiado. No vi a nadie que se ajustara a aquella descripción.

Cuando regresé al banco, Charlene dio un paso para estar más cerca de mí y dijo suavemente:

—¿Crees tú que esa persona piensa que tengo una copia del Manuscrito? ¿Que por eso me robó el portafolios? ¿Que ha vuelto porque en el portafolios no ha encontrado lo que busca?

—No lo sé —contesté—. Pero lo que vamos a hacer es avisar otra vez a la policía y contarle lo que has visto. Opino que deberían verificar también la identidad de los pasajeros de tu vuelo.

Entramos en el edificio y llamamos a la policía, y cuando los agentes llegaron les informamos de lo ocurrido. Emplearon veinte minutos en inspeccionar los automóviles uno por uno, luego alegaron que no podían dedicarles más tiempo.

Accedieron a comprobar todos los pasajeros que subieran al avión que debía tomar Charlene.

Después de marcharse la policía, Charlene y yo nos volvimos a encontrar solos en las cercanías de la fuente.

—¿De qué hablábamos, por cierto? —preguntó ella—. Quiero decir, antes de que yo viera a aquel hombre.

—De nosotros —dije—. Charlene, ¿por qué se te ocurrió ponerte en contacto conmigo a propósito de todo esto?

Me miró con sorpresa.

—Cuando estaba en Perú y el cura me contaba lo del Manuscrito, tú aparecías en mi mente a cada instante.

—¿Ah, sí?

—Entonces apenas le di importancia, pero más tarde, cuando hube regresado a Virginia, cada vez que pensaba en el Manuscrito pensaba en ti. En varias ocasiones estuve a punto de llamarte, pero siempre surgió alguna distracción. Luego me encargaron el trabajo en Miami, adonde voy ahora, y descubrí, cuando ya estaba a bordo del avión, que el vuelo hacía escala aquí. Busqué tu número en cuanto aterrizamos. Tu contestador decía que te llamaran al lago sólo en caso de emergencia, pero decidí que estaría bien hacerlo.

La miré un momento, sin saber qué pensar.

—Por supuesto —repliqué finalmente—. Me alegro de que lo hicieras.

Charlene consultó su reloj.

—Se hace tarde. Mejor será que vuelva al aeropuerto.

—Te llevaré en mi coche.

Nos dirigimos a la terminal principal, y una vez en ésta seguimos a pie hasta la zona de embarque. Yo vigilaba atentamente por si descubría algo anormal. Cuando llegamos, los pasajeros subían ya al avión y uno de los policías con quienes habíamos hablado los escudriñaba con aire de eficiencia. Al acercarnos nos dijo que había verificado a todos cuantos estaban en lista y que ninguno correspondía a la descripción del ladrón.

Le dimos las gracias, y, cuando se hubo retirado, Charlene me dedicó una más de sus sonrisas.

—Creo que será mejor que me marche —dijo, tendiendo

una mano para acariciarme la nuca—. Te dejaré mis números de teléfono, y espero que esta vez no perdamos el contacto.

—Escucha —dije yo, mientras ella anotaba los números en la página de un cuaderno—, quiero que seas prudente. Ten mucho cuidado. Si ves algo raro, ¡llama a la policía!

—No te preocupes por mí. No me pasará nada.

Por un instante nos miramos hondamente a los ojos.

—¿Qué vas a hacer respecto al Manuscrito? —pregunté yo.

—No lo sé. Estar atenta por si hay más noticias, supongo.

—¿Y si desaparece? ¿Si alguien lo destruye?

Otra de sus generosas sonrisas le iluminó el rostro.

—¡Lo sabía! Estás atrapado. Ya te dije que te interesaría, así que, ¿qué vas a hacer *tú*?

Me encogí de hombros.

—Probablemente intentar descubrir algo más por mi cuenta.

—Estupendo. Si lo consigues, házmelo saber.

Volvimos a despedirnos, y Charlene se alejó. Vi que, desde cierta distancia, todavía me dedicaba un saludo con la mano. Después desapareció por el corredor de embarque, y yo fui en busca de mi coche y emprendí el regreso al lago, sin detenerme más que para repostar gasolina.

Cuando llegué, salí al porche de mi casa y me senté en una de las mecedoras. El rumor que producían los grillos y las ranas arbóreas llenaba la noche, y a lo lejos se oía el trino de un chotacabras. Al otro lado del lago, por el oeste, la Luna se ponía y enviaba hacia mí, sobre la superficie del agua, una línea de rizados reflejos.

La velada había sido interesante, pero yo me sentía todavía escéptico ante la idea de una transformación cultural. Como a otras muchas personas, a mí me había atrapado el idealismo social de los años sesenta y setenta, e incluso me había contagiado de las inquietudes espirituales de los ochenta. Pero era difícil juzgar lo que realmente ocurría. ¿Qué género de información nueva tenía posibilidades de alterar la totalidad del mundo en que vivíamos? Aquello sonaba demasiado idealista, parecía cogido por los pelos. A fin de cuentas, los seres humanos habían vivido en este planeta muchísimo tiempo. ¿Por qué, de repente, íbamos nosotros a adquirir una especial capacidad de penetración en nuestra propia existencia, ahora, a estas alturas de la historia? Mi mirada se perdió sobre las aguas del lago durante unos minutos más; luego apagué las luces y me retiré a mi dormitorio a leer.

A la mañana siguiente desperté sobresaltado, con un sueño todavía fresco en la mente. Durante un par de minutos contemplé el techo de mi cuarto, recordando el sueño en su totalidad. Yo me abría camino a través de un bosque buscando algo. El bosque era grande y excepcionalmente bello.

En mi búsqueda me encontré en situaciones diversas que me hicieron sentir completamente perdido, confuso, incapaz de decidir cómo continuar. De forma increíble, en cada uno de aquellos momentos aparecía una persona, se habría dicho que caída del cielo, cuyo propósito era aclararme dónde necesitaba ir a continuación. En ningún momento tuve conciencia del objeto de mi búsqueda, a pesar de lo cual el sueño me había dejado una increíble sensación de optimismo y confianza.

Me enderecé en la cama y contemplé el rayo de sol que entraba por la ventana del otro lado del dormitorio: chispeaba en las partículas de polvo suspendidas en el aire. Me levanté y descorrí las cortinas. El día era espléndido: cielo azul, sol resplandeciente. Una brisa persistente agitaba con gentileza los árboles. A esta hora el lago estaría rizado y brillante, y el viento semejaría frío al rozar la piel del bañista.

Salí de la casa y me lancé de cabeza al agua. Cuando salí a la superficie nadé hasta el centro del lago y me puse boca arriba para ver las montañas, que tan familiares me eran. El lago se encontraba en un profundo valle donde convergían tres cordilleras montañosas y ofrecía una vista perfecta, que mi abuelo había descubierto en su juventud.

Habían transcurrido cien años desde que mi abuelo recorrió aquella sierra por primera vez, explorador infantil, niño prodigio que crecía en un mundo todavía salvaje, frecuentado por jaguares y osos, poblado por indios creek que vivían en primitivas cabañas en la cordillera septentrional. En aquella época había jurado que un día viviría él también en aquel valle perfecto, con sus árboles monumentales y sus siete fuentes, como finalmente había hecho. Más tarde construyó una casa y dio incontables paseos con su nieto. Yo nunca comprendí del todo la fascinación de mi abuelo por aquel valle, pero había procurado siempre preservar la tierra, incluso cuando la civilización la invadió y luego la circundó.

Desde el centro del lago se podía distinguir una peculiar peña que destacaba cerca de la cresta de la sierra norte. El día anterior, siguiendo la tradición de mi abuelo, yo había escalado aquel promontorio buscando un poco de paz en la panorámica, en los aromas, en la forma en que el viento acariciaba las copas de los árboles. Y tras sentarme en la cumbre, inspeccionando el lago y la densa vegetación del valle que se abría a mis pies, lentamente me había sentido mejor, como si la energía y la perspectiva disolvieran algún obstáculo que me obstruyera la mente. Pocas horas después estaba hablando con Charlene y escuchaba las primeras referencias al Manuscrito.

Emprendí el regreso a nado y trepé al embarcadero de madera que había delante de la casa. Sabía que todo aquello era excesivo para creerlo; es decir, yo me había ocultado entre aquellas apartadas montañas sintiéndome totalmente desencantado con mi vida, cuando, como caída del cielo, apareció Charlene y me explicó la causa de mi desasosiego... citando cierto vetusto manuscrito que prometía revelar el secreto de la existencia humana.

Sabía también, sin embargo, que la comparecencia de Charlene era exactamente la clase de coincidencia de que hablaba el Manuscrito, un hecho que parecía demasiado improbable para considerarlo meramente casual. ¿Tendría razón aquel antiguo documento? ¿Habíamos estado configurando poco a poco, a despecho de nuestro repudio y nuestro cinismo, una masa crítica de personas conscientes de tales coincidencias? ¿Estábamos ahora los seres humanos en disposición de entender el fenómeno y de este modo, finalmente, explicar el propósito que hubiera detrás de la vida misma?

¿Cuál sería, me preguntaba yo, esta nueva comprensión? ¿Nos lo dirían las restantes revelaciones del Manuscrito, como había asegurado el cura?

Me enfrentaba a una decisión. Por causa del manuscrito veía abrirse un nuevo rumbo en mi vida, surgir un nuevo foco de interés. La cuestión era qué hacer ahora. Podía quedarme donde estaba o encontrar una vía para explorar más allá. La cuestión del peligro acudió a mi mente. ¿Quién había robado el portafolios de Charlene? ¿Habría sido alguien empeñado en eliminar el Manuscrito? ¿Cómo saberlo?

Pensé durante largo rato en el posible riesgo, pero al final prevaleció mi faceta optimista. Decidí no preocuparme. Tendría cuidado y me movería con cautela. Entré en la casa y llamé por teléfono a la agencia de viajes que tenía el anuncio de mayor tamaño en las páginas amarillas. El agente con quien hablé me dijo que, ciertamente, podía organizarme un viaje a Perú. De hecho, por suerte, se había producido una cancelación que yo podría aprovechar: un vuelo con reservas ya confirmadas en un hotel de Lima. Si aceptaba el lote me beneficiaría, además, de un descuento... caso de que emprendiera viaje dentro de tres horas.

¿Tres horas?

# UN AHORA MÁS AMPLIO

Tras hacer frenéticamente el equipaje y lanzarme a una loca carrera por la autopista, llegué al aeropuerto con el tiempo justo para recoger mi billete y subir al avión con destino a Perú. Mientras me dirigía hacia la sección de cola del aparato y tomaba asiento junto a una ventanilla, me invadió la fatiga.

Pensé en dar una cabezada, pero cuando me distendí y cerré los ojos descubrí que no podía relajarme de verdad. Súbitamente me sentía nervioso, lleno de indecisiones con respecto al viaje. ¿Era o no una locura partir sin la menor preparación? ¿Adónde iría, una vez en Perú? ¿Con quién hablaría?

La confianza que había experimentado en el lago se diluía rápidamente en escepticismo. Tanto la Primera Revelación como la idea de una transformación cultural volvían a parecerme veleidosas y faltas de realismo. Y ya que pensaba en ello, el concepto de una Segunda Revelación parecía tan inverosímil, si no más. ¿Cómo podía una nueva perspectiva histórica establecer nuestra percepción de aquellas célebres coincidencias y dejarlas impresas en la conciencia del público?

Me acomodé un poco mejor en el asiento y aspiré profundamente. Quizás el viaje sería inútil, concluí; sólo una rápida escapada a Perú y vuelta. Un modo de tirar el dinero, probablemente, pero sin causar ningún daño.

El avión dio una ligera sacudida hacia delante y avanzó

hacia la pista de despegue. Cerré los ojos. Sentí una ligera somnolencia cuando el aparato alcanzó la velocidad crítica y comenzó a ascender hacia una densa capa de nubes. Finalmente me distendí y me abandoné al sueño. Treinta o cuarenta minutos después me despertó el paso por una zona de turbulencias, y decidí ir al lavabo.

Mientras atravesaba la sala me fijé en un hombre alto, de gafas redondas, que estaba en pie cerca de la ventana hablando con un asistente de vuelo. Me lanzó una fugaz mirada y continuó su conversación. Por un instante creí reconocerle: cabello castaño oscuro, unos cuarenta y cinco años de edad; pero tras examinar sus rasgos con mayor atención llegué a la conclusión de que definitivamente no recordaba haberle visto nunca. Y al pasar junto a ellos pude oír el final de la conversación entre ambos interlocutores:

—Gracias de todos modos —dijo el hombre—. Se me ocurrió simplemente que, dado que usted viaja con tanta frecuencia a Perú, acaso habría oído algo sobre el Manuscrito.

Saludó al asistente y se alejó hacia la proa del avión.

Yo me había quedado atónito. ¿Hablaba aquel personaje del mismo Manuscrito? Continué mi camino, entré en el lavabo y traté de decidir lo que debía hacer. Una parte de mí quería que olvidase lo ocurrido: seguro que aquel hombre hablaba de otra cosa, se refería a cualquier otro libro.

Regresé a mi asiento y cerré de nuevo los ojos, contento de borrar el incidente, satisfecho por no tener que preguntarle al hombre qué había querido decir. Pero apenas me senté me puse a pensar en la excitación que me había acometido en el lago. ¿Y si aquel personaje poseyera realmente alguna información a propósito del Manuscrito? ¿Qué pasaría entonces? Si no lo preguntaba, no lo sabría nunca.

Mentalmente titubeé todavía unas cuantas veces, y al final me levanté y anduve hacia la parte delantera. Localicé al hombre por la mitad del pasillo. Había un asiento vacío inmediatamente detrás de él. Retrocedí y dije a un asistente que quería trasladarme, luego recogí mis cosas y ocupé el asiento libre. Al cabo de un minutos di unos golpecitos en el hombro del individuo.

—Discúlpeme —dije—. Antes le he oído por casualidad mencionar un manuscrito. ¿Hablaba usted quizá del que se ha encontrado en Perú?

Él me miró, sorprendido primero, después cauteloso.

—Pues sí, así es —dijo de modo tentativo.

Me presenté y expliqué que una amiga mía había estado recientemente en Perú y me había informado de la existencia del Manuscrito. El hombre se tranquilizó visiblemente y se dio a conocer: Wayne Dobson, profesor adjunto de historia en la Universidad de Nueva York.

Mientras hablábamos capté una mirada de irritación procedente del caballero sentado a mi lado. Se había reclinado en el asiento e intentaba dormir.

—¿Ha visto usted el Manuscrito? —pregunté al profesor.

—Partes sueltas. ¿Y usted?

—No, pero mi amiga me habló de la Primera Revelación.

El hombre sentado a mi lado cambió de postura trabajosamente. Dobson le miró.

—Perdóneme, señor. Me doy cuenta de que le estamos importunando. ¿Sería para usted mucha molestia cambiar su asiento conmigo?

—No —dijo el hombre—. De hecho, sería preferible.

Salimos todos al pasillo y a continuación me deslicé al asiento contiguo a la ventana y Dobson se sentó junto a mí.

—Cuénteme lo que haya oído sobre la Primera Revelación —dijo Dobson.

Esperé unos momentos, mientras procuraba ordenar mentalmente lo que creía haber entendido.

—Supongo que la Primera Revelación es una determinada conciencia de los sucesos misteriosos que modifican la vida de cada uno, la sensación que uno tiene de que existe algún otro proceso en acción.

Mis propias palabras me sonaron absurdas. Dobson se percató de mi disgusto.

—¿Qué piensa de esa revelación? —preguntó.

—No lo sé —dije.

—No encaja del todo en el sentido común propio de los tiempos modernos, ¿verdad? ¿No se sentiría usted mejor si

desechara esas ideas y volviera a dedicarse a pensar en cosas
prácticas?

Me eché a reír y asentí con la cabeza.

—Bueno, ésa es la tendencia general —prosiguió él—.
Por mucho que en ocasiones tengamos una visión clarísima
de que en la vida pasa algo más, nuestro habitual modo de
pensar nos lleva a tachar de incognoscibles tales ideas y, en
consecuencia, a restar importancia al conocimiento en su totalidad. Precisamente por ello es necesaria la Segunda Revelación. Una vez distinguimos el trasfondo histórico de nuestra
percepción, ésta parece mucho más válida.

De nuevo hice un gesto de asentimiento.

—Entonces, como historiador, ¿opina usted que la pre-
dicción del Manuscrito a propósito de una transformación
global es exacta?

—Sí.

—¿Como historiador?

—¡Sí! Pero hay que contemplar la historia de la manera
adecuada. —Dobson aspiró profundamente—. Créame, le
digo esto como persona que ha dedicado un montón de años
a estudiar y enseñar la historia... ¡de manera errónea! Yo solía
enfocarla desde el ángulo de los logros tecnológicos de la civilización, centrándome en los grandes hombres que posibi-
litaron este progreso.

—¿Qué hay de malo en ese enfoque?

—Nada, al menos mientras nos sirva. Pero lo que importa
realmente es la visión del mundo en cada período histórico,
lo que la gente sentía y pensaba. Me costó mucho tiempo
comprender esto. Se supone que la historia nos proporciona
el conocimiento de ese contexto más amplio en que discurren
nuestras vidas. La historia no es sólo la evolución de la tecnología, es la evolución del pensamiento. A través de la comprensión de la realidad de las personas que nos precedieron,
nosotros podemos saber por qué miramos el mundo de la
forma en que lo hacemos, y cuál es nuestra contribución al
futuro progreso. Podemos fijar con precisión el momento en
que entramos, por decirlo así, en el desarrollo, a más amplia
escala, de la civilización, y esto nos proporciona cierta idea

de adónde nos encaminamos. —El profesor hizo una pausa, para añadir a continuación—: El efecto de la Segunda Revelación es facilitar exactamente esta clase de perspectiva histórica, por lo menos desde el punto de vista del pensamiento occidental. Sitúa las predicciones del Manuscrito en un contexto más amplio que hace que no parezcan simplemente viables, sino incluso inevitables.

Pregunté a Dobson cuántas revelaciones conocía y me dijo que sólo las dos primeras. Las había encontrado, explicó, después de que un rumor concerniente al Manuscrito le incitase a efectuar un breve viaje a Perú, hacía de ello tres semanas.

—Una vez llegado a Perú —continuó—, encontré a un par de personas que me confirmaron la existencia del Manuscrito, aunque parecían muertas de miedo ante la posibilidad de hablar demasiado sobre el particular. Decían que el gobierno se había vuelto un poco loco y que había llegado a amenazar físicamente a cualquiera que poseyese copias, o incluso información dispersa. —Su rostro adquirió una expresión de gravedad—. Aquello me puso nervioso. Pero más tarde, un camarero de mi hotel me contó que un sacerdote conocido suyo hablaba con frecuencia del Manuscrito. Dijo que el cura intentaba combatir los esfuerzos del gobierno por suprimir el documento. Y yo no pude resistirme a visitar un domicilio privado donde, al parecer, aquel cura pasaba la mayor parte del tiempo.

Debí expresar sorpresa, porque Dobson me preguntó:

—¿Qué pasa?

—Mi amiga —repliqué—, la persona que me habló del Manuscrito, supo todo lo que sabía por boca de un cura. Éste no quiso darle su nombre, pero le contó cosas de la Primera Revelación. Una vez. Concertaron una segunda cita, pero él no compareció.

—Pudo haber sido el mismo hombre —asintió Dobson—. Porque tampoco yo logré volver a encontrarle. La casa estaba cerrada y parecía desierta.

—¿No volvió a verle?

—No. Pero decidí echar un vistazo por ahí. Detrás de la

casa había un viejo edificio dedicado a almacén, que por alguna razón que ignoro estaba abierto, y me tentó explorarlo. Bien, semiescondida tras un montón de cachivaches descubrí una tabla de la pared que parecía suelta y, efectivamente, la tabla ocultaba unas traducciones de la Primera y la Segunda Revelación.

Dobson me miraba intencionadamente.

—¿Las encontró así, por las buenas? —pregunté.

—Sí.

—¿Ha traído las Revelaciones consigo en este viaje?

Sacudió la cabeza.

—No. Opté por estudiarlas a fondo y después dejárselas a unos colegas.

—¿Y podría resumirme el contenido de la Segunda Revelación?

Hubo una larga pausa; luego Dobson sonrió y asintió.

—Supongo que para eso estamos aquí. —Casi inmediatamente siguió diciendo—: La Segunda Revelación sitúa nuestra percepción actual en una perspectiva histórica más dilatada. A fin de cuentas, cuando la década de los noventa termine estaremos cancelando no sólo el siglo veinte, sino también un período de mil años de historia. Completaremos la totalidad del segundo milenio. Antes de que nosotros, los occidentales, podamos entender dónde estamos y qué va a ocurrir a continuación, debemos comprender asimismo qué ha estado ocurriendo en realidad durante el período de mil años ahora en curso.

—¿Qué dice exactamente el Manuscrito? —insistí.

—Dice que en la conclusión del segundo milenio, o sea, ahora, seremos capaces de ver todo este período de la historia en su conjunto, y que identificaremos una particular preocupación que se ha desarrollado durante la última mitad del milenio, es decir, en lo que ha sido llamado Edad Moderna. La percepción que hoy tenemos de las coincidencias representa una especie de despertar del sueño que supone aquella preocupación.

—Y la preocupación, ¿cuál es? —pregunté.

El profesor me dedicó una media sonrisa malévola.

—¿Está usted preparado para revivir el milenio?

—Desde luego que sí. Continúe.

—Para mí no es suficiente hablarle de estas cuestiones. Recuerde lo que le he dicho antes: para entender la historia, uno debe captar de qué modo se ha desarrollado su visión cotidiana del mundo, cómo fue creada por la realidad de las personas que vivieron antes que uno. El desarrollo de la forma moderna de mirar las cosas ha durado mil años, y para entender de verdad dónde está uno ahora debe trasladarse al año mil y luego experimentar el lento avance del milenio entero, como si uno hubiera vivido realmente a través de todo el período dentro del transcurso de su propia vida.

—Bien, ¿cómo lo haré?

—Yo le guiaré en todo el recorrido.

Dudé unos momentos, mirando por la ventanilla la configuración de la tierra que teníamos abajo, tan lejos. Mi manera de sentir el paso del tiempo, creí, empezaba ya a ser diferente.

—Lo intentaré —dije, por último.

—De acuerdo —replicó Dobson—. Imagínese a sí mismo viviendo en el año mil, en lo que hemos llamado la Edad Media. La primera cosa que debe usted comprender es que la realidad de la época la definen los poderosos clérigos de la Iglesia cristiana. Gracias a su posición, aquellos hombres tienen una enorme influencia sobre la mente del pueblo llano. Y el mundo que aquellos hombres describen como mundo real es, por encima de todo, espiritual. Generan una realidad que coloca su concepción de los planes de Dios para toda la humanidad en el centro mismo de la vida.

»Visualice esto —prosiguió—. Usted pertenece a la clase social de su padre, es básicamente un campesino o un aristócrata, y sabe que seguirá confinado para siempre a dicha clase social. Pero independientemente de la clase a que usted pertenezca y del trabajo que realice, pronto se dará cuenta de que su posición social es secundaria ante la realidad espiritual de la vida tal como la definen los eclesiásticos.

»La vida, descubre usted, consiste en pasar una prueba espiritual. Los eclesiásticos explican que Dios ha situado a la humanidad en el centro de su universo, rodeado por la totalidad del cosmos, con un único y exclusivo propósito: ganar o perder la salvación. Y en esa prueba debe usted elegir correctamente entre dos fuerzas contrapuestas: la fuerza de Dios y las insidiosas tentaciones del demonio.

»Pero observe que no se lanza solo al combate. De hecho, como simple individuo no está usted cualificado para determinar su condición a este respecto. Ésta es la jurisdicción de los eclesiásticos: ellos están ahí para interpretar las Escrituras y señalar cada paso de su camino, según esté en concordancia con Dios o le esté embaucando Satanás. Si sigue sus instrucciones, tiene asegurada la recompensa de la otra vida más allá de la muerte. Pero si fracasa en mantener el rumbo que le han trazado, bien, entonces... ahí están la excomunión y la condena segura a los castigos del infierno.

Dobson me miraba intensamente.

—El Manuscrito dice que el hecho crucial que hay que entender aquí es que cada aspecto del mundo medieval está definido en términos que no son de este mundo. Todos los fenómenos de la vida, desde una tormenta ocasional o un terremoto, hasta la cosecha que se recoge a plena satisfacción o la muerte de un ser querido, son definidos bien como frutos de la voluntad de Dios, o bien de la malignidad del diablo. No existen los conceptos de clima, ni de fuerzas geológicas, ni de horticultura, ni de enfermedad. Todo esto vendrá después. Por el momento, usted cree a pies juntillas a los eclesiásticos: usted da por hecho que el mundo funciona exclusivamente por medios espirituales.

Dobson dejó de hablar, pero seguía mirándome intensamente.

—¿Está usted allí? —preguntó acto seguido.

—Sí, me imagino aquella realidad.

—Bien, pues imagine que aquella realidad empieza ahora a resquebrajarse.

—¿Qué quiere decir?

—La visión medieval del mundo, la visión que tiene usted del mundo, comienza a caer a pedazos en los siglos catorce y quince. Primero, usted nota ciertas impropiedades por parte de los mismos eclesiásticos: violan secretamente sus votos de castidad, por ejemplo, o se toman la libertad de mirar hacia otro lado cuando los representantes del gobierno incumplen las leyes divinas.

»Estas impropiedades le causan a usted considerable alarma, por cuanto los eclesiásticos se tienen a sí mismos por la única conexión entre usted y Dios. Recuerde que son los intérpretes exclusivos de las Escrituras, los únicos árbitros de la salvación a que usted aspira.

»De súbito está usted en medio de una rebelión abierta. Un grupo encabezado por Martín Lutero reclama la completa ruptura con la cristiandad papal. Los eclesiásticos son corruptos, dicen; y piden que se ponga fin al reinado de aquellos individuos sobre las mentes del pueblo. Se forman nuevas iglesias basadas en la idea de que cada persona debería poder acceder por sí misma a las sagradas escrituras e interpretarlas según su deseo, sin intermediarios.

»Mientras usted observa incrédulo lo que ocurre, la rebelión triunfa. Los eclesiásticos empiezan a retroceder. Estos hombres han definido la realidad durante siglos, y ahora, ante sus ojos de espectador, están perdiendo credibilidad. En consecuencia, el mundo entero es puesto en tela de juicio. El nítido consenso sobre la naturaleza del universo y sobre el propósito de la humanidad en este mundo, basado como estaba sobre la descripción de los eclesiásticos, se derrumba, y les deja a usted y al resto de los seres humanos educados en la cultura occidental en una posición más que precaria.

»Después de todo, usted ha madurado acostumbrándose a la presencia en su vida de una autoridad que definía la realidad constantemente, y sin aquella dirección externa se siente confuso y extraviado. Si la descripción de la realidad y la razón de la existencia humana que le han dado los eclesiásticos son erróneas, se pregunta, ¿qué cosas son las que merecen crédito?

Dobson calló por unos momentos. Después preguntó con énfasis:

—¿Percibe usted el impacto de semejante colapso sobre las gentes de aquella época?

—Supongo que, en cierto modo, sería inquietante —dije.

—Eso como mínimo —replicó él—. Ocasionó un tremendo trastorno. Por todas partes se cuestionaba la antigua visión del mundo. De hecho, hacia 1600 los astrónomos habían demostrado más allá de toda duda que el Sol y las estrellas no giraban en torno a la Tierra, como pretendía la Iglesia. Estaba claro que la Tierra era sólo un pequeño planeta en la órbita de un sol menor perteneciente a una galaxia que contenía miles de millones de soles similares. —El profesor se inclinó hacia mí—. Esto es importante. La humanidad ha perdido su lugar privilegiado en el centro del universo de Dios. ¿Ve usted el efecto que ello tuvo? Ahora, cuando usted comprueba si hace buen o mal tiempo, si observa que sus plantas crecen o se entera de que alguien ha muerto inesperadamente, siente un ansioso desconcierto; en el pasado habría dicho que Dios era el responsable, o quizás el diablo. Pero a medida que el mundo medieval desaparece, aquella certidumbre desaparece con él. Todas las cosas que usted daba por sentadas necesitan nuevas definiciones, y muy especialmente la naturaleza de Dios y la relación de usted con Dios.

»Con esta conciencia —prosiguió el profesor— comienza la Edad Moderna. Hay un creciente espíritu democrático y una desconfianza masiva en la autoridad del papa y del rey. Las definiciones del universo basadas en la especulación o en la fe en los textos bíblicos ya no son automáticamente aceptadas. A pesar de la falta de certidumbre absoluta, las personas no querían ya arriesgarse a que un nuevo grupo sometiera a control su realidad como lo habían hecho los clérigos. Si usted hubiera estado allí, probablemente habría participado en la creación de un nuevo mandato en favor de la ciencia.

—¿Un qué?

Dobson rió.

—Usted habría dirigido la mirada a este vasto universo indefinido y habría pensado, como hicieron los demás pensadores de la época, que necesitábamos un método que generase consenso, una manera de explorar sistemáticamente este nuevo mundo que teníamos ante nosotros. Y a esta nueva manera de descubrir la realidad la habrían llamado método científico, que no consiste más que en poner a prueba una idea sobre cómo opera el universo, para llegar después a alguna conclusión y finalmente ofrecer esta conclusión a otros para saber si están de acuerdo con ella.

»Entonces —continuó— tendrían ya preparados exploradores que saldrían a este nuevo universo, provisto cada uno del método científico, y les habrían encomendado una misión histórica: explorar este lugar y descubrir cómo funciona y qué significa el hecho de que nosotros nos encontremos vivos aquí.

»Usted sabe que ha perdido su certeza en un mundo regido por Dios y, a consecuencia de ello, su certeza respecto a la naturaleza del mismo Dios. Pero cree que tiene un método, un proceso basado en el consenso a través del cual podría descubrir la naturaleza de todo cuanto le rodea, incluyendo a Dios e incluyendo el verdadero propósito de la existencia de la humanidad en este planeta. Así que envía a aquellos exploradores a investigar la auténtica naturaleza de nuestra situación y a regresar con sus informaciones.

El profesor hizo una pausa sin dejar de mirarme atentamente.

—El Manuscrito —dijo después— afirma que en aquel punto comenzó la preocupación de la que ahora estamos despertando. Despachamos a aquellos exploradores para que regresaran con una explicación completa de nuestra existencia, pero debido a la complejidad del universo no les fue posible regresar inmediatamente.

—¿Cuál era la preocupación?

—Vuelva usted a situarse en aquel período. Cuando el método científico no pudo devolvernos una nueva imagen de Dios y del propósito que tiene la humanidad en el planeta, la falta de certidumbre y de significado afectó profundamente la cultura occidental. Necesitábamos otra cosa que hacer hasta que obtuvieran respuesta nuestras preguntas. A la larga llegamos a lo que parecía ser una solución muy lógica. Nos miramos unos a otros y dijimos: «Bien, puesto que nuestros exploradores todavía no han regresado con la verdad sobre nuestra situación espiritual, ¿por qué no nos instalamos en este nuestro nuevo mundo mientras esperamos? Estamos ciertamente aprendiendo lo suficiente para manipular este mundo en nuestro beneficio, así que, ¿por qué no trabajamos mientras tanto para elevar nuestro nivel de vida, la sensación de seguridad que tenemos en el mundo?»

Dobson, que continuaba con la mirada fija en mí, hizo una mueca.

—Y esto es lo que hicimos. ¡Cuatro siglos atrás! Nos quitamos de encima la sensación de estar aquí perdidos pero haciéndonos sin embargo cargo de las cosas, nos entretuvimos en conquistar la tierra y utilizar sus recursos para mejorar nuestra situación, y sólo ahora, cuando nos acercamos al final del milenio, estamos en condiciones de ver lo que ocurrió. Nuestro planteamiento se convirtió gradualmente en preocupación. Nos extraviamos completamente en la creación de una seguridad laica, una seguridad económica, para reemplazar la seguridad espiritual que habíamos perdido. La incógnita de por qué estábamos vivos, de qué era en realidad lo que espiritualmente estaba pasando aquí, fue lentamente apartada a un lado hasta quedar totalmente reprimida.

»Trabajar para establecer un estilo de supervivencia más confortable —dijo entonces, mirándome intensamente— ha adquirido creciente importancia, y no sólo ha sido un logro, sino que se ha convertido en una razón de ser. Gradual, metódicamente, hemos olvidado así cuál era nuestro interrogante original... Hemos olvidado que todavía no sabemos para qué sobrevivimos.

Por la ventanilla pude ver, muy abajo, una ciudad de grandes dimensiones. A juzgar por la ruta que seguíamos supuse que sería Orlando, en Florida. Me sorprendió el trazado geométrico de sus calles y avenidas, la bien planificada y ordenada configuración de lo que los seres humanos habían construido. Miré a Dobson. Éste, ahora, había cerrado los ojos y parecía dormir. Durante una hora me había contado más cosas aún de la Segunda Revelación, después nos habían servido el almuerzo, habíamos comido y yo le había hablado de Charlene y de por qué había decidido viajar a Perú. Más tarde, no quise sino contemplar las formaciones de nubes y reflexionar sobre lo que él me había dicho.

Pero el profesor no dormía. Aunque con aire soñoliento, preguntó de pronto:

—Bien, ¿qué piensa usted? ¿Ha entendido la Segunda Revelación?

—No estoy seguro.

Con un movimiento de cabeza me señaló a los demás pasajeros.

—¿Tiene la sensación de disponer de una perspectiva más clara sobre el mundo en que vivimos? ¿Ve lo preocupados que han estado todos? Esta perspectiva explica muchísimas cosas. ¿Cuántas personas conoce que están obsesionadas por su trabajo, que pertenecen a lo que los médicos llaman tipo A o que padecen enfermedades relacionadas con el estrés y no les es posible aflojar el ritmo de vida? No pueden trabajar más despacio porque utilizan su hábito para distraerse, para reducir la vida únicamente a sus consideraciones prácticas. Y hacen esto para evitar plantearse qué inseguridad sienten respecto al porqué de la vida.

»La Segunda Revelación amplía nuestra conciencia del tiempo histórico —añadió Dobson—. Nos muestra cómo observar la cultura no sólo desde la perspectiva del transcurso de nuestras vidas sino desde la perspectiva de un milenio entero. Nos revela nuestra preocupación, y de este modo nos sitúa por encima de ella. Usted acaba de experimentar esta historia más dilatada. Usted vive hoy en un *ahora más amplio*. Cuando ahora mire al mundo en que vivimos, debería usted ser capaz de distinguir claramente esta vena obsesiva, esta intensa preocupación por el progreso económico.

—¿Qué hay de malo en ello? —protesté—. Es lo que ha dado su grandeza a la civilización occidental.

Él rió sonoramente.

—Tiene usted razón, por descontado. Nadie dice que haya sido malo. De hecho, el Manuscrito consigna que la preocupación fue un desarrollo necesario, una etapa de la evolución humana. Hoy, sin embargo, hemos consumido ya demasiado tiempo instalándonos en el mundo. Es hora de despertar de la preocupación y reconsiderar la pregunta original. ¿Qué hay detrás de la vida en este planeta? ¿Por qué estamos aquí en realidad?

Le miré unos momentos, luego pregunté:

—¿Cree usted que las restantes revelaciones explican esa finalidad?

Dobson movió afirmativamente la cabeza.

—Creo que por lo menos vale la pena verlo. Sólo espero que nadie destruya el resto del Manuscrito antes de que tengamos ocasión de comprobarlo.

—¿Cómo va a pensar el gobierno peruano que puede destruir un documento tar importante y librarse de las consecuencias?

—Lo hará en secreto —replicó el profesor—. La posición oficial es que ese Manuscrito no existe en absoluto.

—Yo diría que la comunidad científica se alzará en armas.

El rostro del profesor tomó una expresión de firmeza.

—Nos hemos alzado ya. Por ello regreso yo a Perú. Represento a diez científicos prominentes, todos los cuales exigen que el manuscrito original se haga público. He enviado una carta a los miembros pertinentes del gobierno peruano anunciándoles mi llegada y subrayando que espero cooperación.

—Ya veo. Me pregunto cuál será su respuesta.

—Probablemente darán largas. Pero por lo menos la operación habrá comenzado oficialmente.

Dobson se volvió del otro lado, sumido en sus pensamientos, y yo miré nuevamente por la ventanilla. Mientras fijaba la vista en tierra se me ocurrió que el avión en que viajábamos contenía en su tecnología cuatro siglos de progreso. Mucho era lo que habíamos aprendido sobre la manipulación de los recursos que habíamos encontrado en la Tierra. ¿Cuántas personas, reflexioné, cuántas generaciones hicieron falta para crear los productos y alcanzar los conocimientos que permitían la existencia de aquel aparato? ¿Y cuántas consumieron sus vidas concentrándose en un pequeño aspecto, un diminuto avance, sin siquiera levantar la cabeza de aquella preocupación?

De súbito, en aquel instante, el tramo de historia de que Dobson y yo habíamos estado hablando semejó integrarse completamente en mi conciencia. Vi el milenio con increíble claridad, como si fuera parte de la historia de mi propia vida. Mil años atrás habíamos vivido en un mundo donde Dios y la espiritualidad humana estaban claramente definidos. Y luego lo habíamos perdido, o mejor dicho, habíamos decidido que en la historia había algo más. En consecuencia, habíamos despachado exploradores a descubrir la auténtica verdad y regresar con la información esperada, y como tardaron demasiado caímos en la preocupación por un objetivo nuevo y de carácter secular, que fue el de establecernos adecuadamente en el mundo, de sentirnos cómodos en él.

Y nos habíamos establecido, ya lo creo. Descubrimos que los minerales metálicos podían ser fundidos y convertidos en toda clase de artilugios. Inventamos fuentes de energía; primero el vapor, luego el gas y la electricidad y la fisión nuclear. Sistematizamos la agricultura y la ganadería y hoy administramos enormes reservas de artículos materiales y vastas redes de distribución.

Impulsándolo todo estuvo la vocación del progreso, el deseo del individuo de proveer a su propia seguridad, de perseguir sus objetivos personales mientras esperaba la verdad. Habíamos decidido crear para nosotros y nuestros hijos una vida más cómoda y placentera, y en el mero intervalo de cuatrocientos años nuestra preocupación había generado un mundo donde ahora podían ya fabricarse todas las comodidades de la vida. El problema estaba en que nuestro concentrado y obsesivo impulso por conquistar la naturaleza y aumentar nuestra comodidad había dejado los sistemas naturales del planeta contaminados y al borde del colapso. No podíamos seguir por aquel camino.

Dobson tenía razón. La Segunda Revelación hacía, efectivamente, que nuestra nueva conciencia pareciese inevitable. Estábamos llegando a un clímax en nuestro propósito cultural. Estábamos consumando aquello que colectivamente decidimos hacer, y a medida que esto sucedía nuestra preocupación se resquebrajaba y despertábamos ante algo diferente. Yo casi podía ver cómo el ímpetu de la Edad Moderna iba cediendo según nos acercábamos al fin del milenio. Tocaba a su fin una obsesión que había durado cuatrocientos años. Habíamos creado los instrumentos de nuestra seguridad material, y ahora parecíamos estar prestos —suficientemente serenos, quizá— para averiguar por qué habíamos hecho semejante cosa.

En los rostros de los pasajeros que me rodeaban podía distinguir evidencias de la preocupación, pero también creía entrever muy fugazmente lo que podía ser una toma de conciencia. ¿Cuántos de ellos, me pregunté, habrán reparado ya en las coincidencias?

El avión se inclinó de proa e inició el descenso cuando el asistente de vuelo anunció que pronto tomaríamos tierra en Lima.

Di a Dobson las señas de mi hotel y le pregunté dónde se alojaría él. Me dio el nombre de su hotel y dijo que estaba a un par de kilómetros del mío.

—¿Qué planes tiene? —pregunté.

—En eso estaba pensando —replicó—. Ante todo, supongo, me presentaré en la embajada de Estados Unidos para informarles de por qué estoy en el país; lo considero un formulismo necesario.

—Buena idea.

—Después, trataré de hablar con tantos científicos peruanos como me sea posible. Los científicos de la Universidad de Lima ya me han dicho que no tienen conocimiento ni referencia del Manuscrito, pero hay otros investigadores que trabajan en diversos yacimientos arqueológicos que quizá quieran hablar. ¿Y usted, qué? ¿Cuáles son sus planes?

—No tengo ninguno —repliqué—. ¿Le molestaré si sigo sus pasos?

—No, en absoluto. Iba a sugerírselo.

Después de aterrizar recogimos nuestros respectivos equipajes y convinimos en encontrarnos más tarde en el hotel de Dobson. Salí al exterior y llamé un taxi en la menguante luz del crepúsculo. El aire era seco y el viento muy tonificante.

Cuando mi taxi arrancó, observé que otro taxi se situaba rápidamente detrás de nosotros, aunque luego se rezagó en el tráfico. Nos siguió pese a que hicimos varios giros, cosa que me permitió distinguir una única figura en el asiento trasero. Un acceso de nerviosismo me contrajo el estómago. Pedí al conductor, que hablaba inglés, que no fuera directamente al hotel, sino que recorriese un poco la ciudad; le dije que me interesaba ver los principales puntos de interés. Cumplió el encargo sin comentarios. El otro taxi nos seguía. ¿A qué se debería aquello?

Cuando llegamos a mi hotel indiqué al conductor que no se moviera del coche, y a continuación abrí la puerta y simulé que le pagaba el trayecto. El taxi que venía detrás se arrimó a la acera a cierta distancia, se detuvo, y el hombre que lo ocupaba se apeó y caminó lentamente hacia la entrada del hotel.

De un salto volví al interior del vehículo, cerré la puerta y dije al taxista que arrancara inmediatamente. Cuando nos alejábamos a toda velocidad, el desconocido bajó a la calzada y nos observó hasta, supuse, perdernos de vista. Yo escudriñé el rostro de mi taxista reflejado en el retrovisor: me vigilaba atentamente, con expresión tensa.

—Lo siento —dije—. De pronto he decidido cambiar de alojamiento.

Me esforcé por sonreír, luego di al conductor el nombre del hotel del profesor Dobson... aunque una parte de mí lo que quería era volver directamente al aeropuerto y tomar el primer avión rumbo a Estados Unidos.

Medio bloque antes de nuestro destino indiqué al taxista que parase.

—Espere aquí —dije—. Volveré enseguida.

Las calles estaban llenas de gente, en su inmensa mayoría peruanos, pese a que acá y allá se distinguía algún que otro europeo o norteamericano, a juzgar por su aspecto, casi indudablemente turistas. Ver turistas, por alguna razón, me hizo sentir más seguro. Cuando estaba a unos cincuenta metros del hotel, me detuve. Pasaba algo raro. Súbitamente, mientras yo miraba a mi alrededor, estallaron disparos y el aire se llenó de gritos. Las personas situadas delante de mí se lanzaron en gran número al suelo, lo cual me abrió la perspectiva de la acera por donde caminaba. Así descubrí a Dobson corriendo hacia mí con ojos enloquecidos, presa del pánico. Le perseguían unas figuras. Una de ellas disparó una pistola al aire y ordenó a Dobson que se detuviera.

Al acercarse, pese a su mirada extraviada, Dobson acabó por reconocerme.

—¡Corra! —vociferó—. ¡Por el amor de Dios, corra!

Me volví y, aterrorizado, entré corriendo en un callejón. Vi ante mí una valla de tablas de dos metros de altura que me cerraba el paso. Cuando llegué a ella salté tanto como pude, me agarré al borde superior de las tablas y pasé una pierna por encima. Cuando pasaba la otra pierna y me disponía a dejarme caer al lado contrario miré atrás por el callejón. Dobson corría desesperadamente. Se oyeron nuevos disparos. Él dio un traspié y cayó.

Yo continué mi carrera por el otro lado de la valla, medio a ciegas, salvando a saltos los obstáculos que me oponían montones de desperdicios y pilas de cajas de cartón vacías. Por un momento creí oír pasos a mis espaldas, pero no me atreví a mirar atrás. Más adelante el callejón desembocaba en la calle siguiente, tan llena de gente como la anterior; gente, sin embargo, que parecía tranquila. Salí a la calle y me aventuré a mirar por encima del hombro, agobiado por los latidos de mi corazón. Nadie me seguía. Continué avanzando por la acera con paso apresurado, hacia la derecha, procurando mezclarme con el resto de los transeúntes. ¿Por qué corría Dobson?, me pregunté. ¿Le habrían matado?

—Aguarde un minuto —dijo alguien en inglés, hablando en un fuerte murmullo, un poco a mi izquierda. Empecé a correr, pero la persona me retuvo por un brazo—. Haga el favor, espere un minuto —repitió—. He visto lo que pasaba. Sólo trato de ayudarle.

—¿Quién es usted? —pregunté, temblando.

—Wilson James. Ya se lo explicaré después. En este momento tenemos que alejarnos de estas calles.

Algo en su voz y en su manera de proceder aplacó mi pánico, y decidí seguirle. Recorrimos un corto trecho y entramos en una tienda de artículos de piel. Él saludó con un ademán al hombre que había detrás del mostrador y me condujo a un cuartucho húmedo situado al fondo del local. Allí cerró la puerta y corrió las cortinas.

Debía tener unos sesenta años, aunque parecía mucho más joven: un brillo especial de los ojos, algo peculiar. Su tez era muy oscura, y su cabello negro; un peruano de pies a cabeza, aunque el inglés que hablaba sonaba casi norteamericano. Vestía tejanos y una camiseta de color azul brillante.

—Aquí estará seguro por algún tiempo —dijo—. ¿Por qué le perseguían?

No contesté. Entonces añadió inquisitivamente:

—Ha venido a Lima en busca del Manuscrito, ¿no?

—¿Cómo lo sabe usted? —exclamé.

—Y supongo que el hombre que estaba con usted ha venido por el mismo motivo.

—Sí. Se llama Dobson. ¿Y cómo sabe que éramos dos?

—Tengo un cuarto ahí al lado, que da al callejón. Estaba casualmente mirando por la ventana cuando pretendían cazarles.

—¿Acertaron a Dobson? —pregunté, aterrorizado por cuál podía ser la respuesta.

—No lo sé —dijo Wilson James—. No podría precisarlo. En cuanto vi que usted escapaba bajé por la escalera posterior y le salí al encuentro. Pensé que quizá le sería de alguna ayuda.

—¿Por qué?

Por un instante me miró como si dudase sobre la respuesta que debía darme. Luego su expresión cambió, se hizo más cálida.

—Usted no lo entenderá, pero yo estaba simplemente parado frente a la ventana y me vinieron a la memoria recuerdos de un viejo amigo. Ya murió. Murió porque creía que la gente debía saber lo que decía el Manuscrito. Cuando vi lo que pasaba en el callejón intuí que debía ayudarle a usted.

No se equivocaba: yo no entendía una palabra. Pero tenía la sensación de que era completamente sincero conmigo, e iba a hacerle otra pregunta cuando agregó:

—Más vale que hablemos de esto después. Ahora convendría que nos fuéramos a otro sitio más seguro.

—Espere, espere, Wilson —dije—. Lo único que quiero es volver cuanto antes a Estados Unidos. Nada más. ¿Cómo puedo hacerlo?

—Llámame Wil, basta de ceremonias —replicó—. Opino que no deberías arriesgarte a ir al aeropuerto, todavía no. Si continúan buscándote, seguro que lo vigilarán. Tengo algunos amigos que viven fuera de la ciudad, ellos podrían ocultarte. Hay otras mil maneras de salir del país, entre las que escoger. Cuando estés a punto te indicarán adónde ir.

Abrió la puerta del cuarto y escudriñó el interior de la tienda; luego salió a ésta y fue a inspeccionar la calle. Al regresar me hizo señas de que le siguiera. Avanzamos por la calle hacia un jeep azul que Wil me señaló. Cuando subimos al coche, observé que en el asiento trasero había un bien ordenado surtido de paquetes de alimentos, tiendas de campaña, mochilas y bolsas, como para una larga excursión.

Circulamos en silencio. Yo me recliné en el asiento del pasajero y traté de reflexionar. El miedo me anudaba el estómago. Jamás habría esperado una cosa así. ¿Qué tal si me hubiesen arrestado y encerrado en una cárcel peruana? ¿Y si me hubiesen matado por las buenas? Necesitaba examinar mi situación, analizarla, evaluarla. No tenía ropas de repuesto, pero sí dinero y mi tarjeta de crédito, aparte de que por una razón inexplicable confiaba en Wil.

—¿Qué habíais hecho tú y esa otra persona, Dobson o como se llame, para que aquella gente se os echara encima? —preguntó él, de pronto.

—Nada, que yo sepa —respondí—. Conocí a Dobson a bordo del avión. Es un historiador y venía aquí para investigar oficialmente el Manuscrito. Representa a todo un grupo de científicos.

Wil pareció sorprendido.

—¿Estaba el gobierno enterado de su visita?

—Por supuesto. Él había escrito incluso a determinadas autoridades anunciando que esperaba contar con su cooperación. No puedo creer que hayan intentado capturarle; ni siquiera llevaba encima las copias.

—¿Tiene copias del Manuscrito?

—Sólo de las dos primeras revelaciones.

—Nunca habría sospechado que hubieran llegado copias a Estados Unidos. ¿Dónde las consiguió?

—En un viaje anterior le hablaron de un cura que conocía el Manuscrito. No logró encontrarle, pero en cambio sí descubrió las copias escondidas detrás de su casa.

El rostro de Wil se ensombreció.

—José.

—¿Quién? —pregunté.

—Era el amigo que te he mencionado, el amigo que murió. Se había obstinado en divulgar el Manuscrito entre el mayor número de personas posible.

—¿Qué le ocurrió?

—Lo asesinaron. No sabemos quién. Su cuerpo fue encontrado en medio de un bosque, a muchos kilómetros de su casa. Pero forzosamente he de creer que fueron sus enemigos.

—¿El gobierno?

—Ciertas personas del gobierno o de la Iglesia.

—¿A tanto está dispuesta su Iglesia?

—Quizá. La Iglesia está secretamente en contra del Manuscrito. Existen unos pocos sacerdotes que entienden el documento y lo defienden clandestinamente, pero han de tener muchísimo cuidado. José hablaba abiertamente de él a quienquiera que estuviese dispuesto a escuchar y aprender. Durante meses, antes de su muerte, le recomendé que fuera más sutil, que cesara de entregar copias al primero que se las pedía. Me respondía siempre que estaba convencido de cumplir con su deber.

—¿Cuándo fue descubierto el Manuscrito?

—Su primera traducción data de hace tres años, pero nadie sabe con exactitud cuándo fue descubierto. El texto original circuló durante mucho tiempo entre los indios, hasta que lo encontró José. Él solo se las ingenió para traducirlo. Por supuesto, en cuanto la Iglesia se enteró de lo que el Manuscrito decía hizo cuanto pudo para eliminarlo totalmente. Lo único que ahora tenemos son copias. A juzgar por lo que sabemos, el original fue destruido.

Wil había conducido en dirección este, alejándose de la ciudad, y ahora recorríamos una estrecha carretera de dos carriles que atravesaba una zona copiosamente irrigada. Pasamos ante varias casitas de madera, a las que siguió un amplio pastizal delimitado por una cerca que, al parecer, había costado una considerable suma de dinero.

—¿Te habló Dobson de las dos primeras revelaciones? —preguntó Wil.

—Me contó cosas sobre la Segunda Revelación —repliqué—. Tengo una amiga que me había informado sobre la Primera, una amiga que en otra ocasión entrevistó a un cura, supongo que a José.

—¿Y entiendes las dos visiones?

—Creo que sí.

—¿Entiendes que los encuentros casuales tienen con frecuencia un significado más profundo?

—Al parecer —dije—, todo este viaje ha sido una sucesión de coincidencias.

—Eso empieza a ocurrir en cuanto tú estás alerta y conectas con la energía.

—¿Conecto con qué?

Wil sonrió.

—Es algo que el Manuscrito menciona más adelante.

—Me gustaría oírlo.

—Ya hablaremos después —dijo él, indicándome con un movimiento de cabeza que iba a desviar el vehículo por un camino lateral cubierto de grava.

Un centenar de metros más adelante había una modesta casa de madera. A la derecha de ésta, Wil buscó la sombra de un árbol y detuvo el jeep.

—Mi amigo trabaja para el propietario de una gran hacienda a la que pertenece la mayoría de las tierras de esta zona —continuó diciendo—. La casa también. El hombre es muy poderoso y, en secreto, da su apoyo al Manuscrito. Aquí estarás seguro.

En el porche de la vivienda se encendió una luz y un hombre bajo y grueso, aparentemente un peruano, salió con presteza, sonriendo ampliamente y diciendo algo en castellano y en tono entusiasta. Al llegar junto al jeep dio a Wil unas fuertes palmadas en la espalda y me dedicó a mí una mirada cordial. Wil le pidió que hablara en inglés y nos presentó.

—Necesita ayuda —explicó al hombre—. Quiere volver a Estados Unidos, pero deberá tener mucho cuidado. He pensado en dejarle aquí contigo.

El peruano miraba atentamente a Wil.

—Tú estás a punto de marcharte otra vez en busca de la Novena Revelación, imagino —observó.

—Sí —dijo escuetamente Wil mientras se apeaba del jeep.

Yo me apeé también, por el lado contrario, y di la vuelta al vehículo. Wil y su amigo habían comenzado a andar y sostenían una conversación que no alcancé a oír; sólo cuando llegué a su altura capté que el peruano decía en inglés:

—Pondré en marcha los preparativos.

Siguió su camino, y Wil se detuvo y se volvió hacia mí. Yo pregunté:

—¿A qué se refería eso de la Novena Revelación?

—Una parte del Manuscrito no ha sido encontrada todavía. En el texto original que conocemos hay ocho revelaciones, pero en él se menciona una más, la Novena. Muchas personas han estado buscándola.

—¿Y tú sabes dónde está?

—No, lo cierto es que no lo sé.

—¿Cómo piensas encontrarla, entonces?

Wil sonrió.

—Del mismo modo que José encontró las ocho originales. Del mismo modo que tú encontraste las dos primeras y después te tropezaste conmigo. Si uno puede conectar y acumular suficiente energía, los acontecimientos fortuitos empezarán a producirse sin cesar.

—Dime cómo se hace eso —le incité—. ¿A qué revelación corresponde?

Wil me miraba como si estuviera determinando mi nivel de comprensión.

—Saber conectar no depende de una sola revelación, sino de todas. Recuerda cuando la Segunda Revelación describe el envío de exploradores al mundo, que utilizarían el método científico para descubrir el significado de la vida de los hombres en este planeta; recuerda que no regresaron inmediatamente...

—¿Y bien?

—Pues que las restantes revelaciones representan las respuestas que al fin llegan. Sólo que no proceden exclusivamente de la ciencia institucional. Las respuestas a que me refiero provienen de muchos campos distintos de investigación. Los hallazgos de la física, de la psicología, del misticismo y de la religión se funden en una síntesis nueva basada en la percepción de las coincidencias. Estamos aprendiendo los detalles de lo que las coincidencias significan, cómo operan éstas, y al hacerlo construimos un concepto totalmente nuevo de la vida, revelación tras revelación.

—En ese caso debo conocer todas las revelaciones —dije—. ¿No puedes explicármelas antes de marcharte?

—He comprobado que de ese modo no se obtienen resultados. Hay que descubrirlas cada una de una manera diferente.

—¿Cómo?

—Simplemente tal como ocurra. A mí no me serviría de nada limitarme a contarte las cosas: tú podrías recibir información sobre cada una de las revelaciones, pero no tendrías las revelaciones propiamente dichas. Has de descubrirlas en el transcurso de tu vida.

Nos miramos en silencio uno a otro. Wil mantenía su sonrisa. Hablar con él me hacía sentir increíblemente vivo.

—¿Por qué buscas la Novena Revelación precisamente ahora? —inquirí.

—Es el momento adecuado. He trabajado como guía en este país, conozco bien el territorio y comprendo las ocho revelaciones. Cuando, asomado a la ventana que da al callejón, pensaba en José, ya había decidido marcharme al norte una vez más. La Novena Revelación está allí. Lo sé. Y yo no rejuvenezco, sino que me hago viejo, pero me he imaginado a mí mismo encontrando la revelación, y además consiguiendo lo que promete. Sé que es la revelación más importante de todas. Sitúa las restantes en la debida perspectiva y nos otorga el conocimiento del verdadero propósito de la vida. —Wil hizo una súbita pausa. La expresión de su rostro era seria—. Me habría marchado media hora antes, de no ser por la insistente sensación de que había olvidado algo. —Otra pausa—. Fue precisamente entonces cuando *tú* apareciste.

Continuamos mirándonos uno a otro en silencio, durante un buen rato.

—¿Acaso tu idea es que se supone que debo acompañarte? —sugerí al fin.

—¿Tú qué opinas?

—No lo sé.

Me sentía confuso e inseguro. Los episodios que configuraban la historia de mi viaje a Perú pasaban como destellos por mi mente: Charlene, Dobson, ahora Wil. Había viajado a aquel país movido por una ligera curiosidad y ahora me encontraba en la necesidad de ocultarme, convertido en un fugitivo insensato que ni siquiera sabía quiénes eran sus perseguidores. Y lo más extraño de todo era que en aquel momento, en lugar de aterrorizado, presa total del pánico, me sentía dominado por la excitación. Debería haberme esforzado en concentrar todo mi talento y todo mi instinto en hallar una manera de volver a casa, y sin embargo lo que realmente deseaba era marcharme con Wil... camino, sin ninguna duda, de peligros todavía mayores.

No obstante, al considerar cuáles eran mis opciones, me di cuenta de que no tenía elección. La Segunda Revelación había puesto fin a cualquier posibilidad de regresar a mis antiguas preocupaciones, a mis viejas inquietudes. Ahora, si quería permanecer consciente, mantenerme despierto y enterado, debía seguir adelante.

—Pasaré aquí la noche —dijo Wil—. Por lo tanto, tienes tiempo hasta mañana para decidir.

—Ya he decidido —le anuncié—: quiero acompañarte.

# UNA CUESTIÓN DE ENERGÍA

Nos levantamos con el alba y viajamos toda la mañana en dirección este y en virtual silencio. A primera hora Wil había mencionado que iríamos directamente a través de los Andes hacia lo que él llamaba Selva Alta, una zona consistente en mesetas y estribaciones montañosas, pero apenas dijo nada más.

Aunque yo le hice varias preguntas en relación con su pasado o con nuestro destino, las rechazó educadamente indicando que necesitaba concentrarse en la conducción. Finalmente cesé de hablar por completo y me dediqué a admirar el paisaje. Las vistas desde los puntos altos del trayecto eran asombrosas.

A eso del mediodía, cuando ya habíamos alcanzado la última de aquellas imponentes sierras, nos detuvimos en un mirador natural para, sin movernos del jeep, almorzar unos sándwiches y contemplar el amplio valle baldío que teníamos a nuestros pies. Al otro lado del valle se distinguían montes de menor altura, cubiertos del verde de la vegetación. Mientras comíamos, Wil me comunicó que pasaríamos la noche en la posada Viciente, enclavada en una finca del siglo XIX que fue propiedad de la Iglesia católica española. Ahora lo era de un amigo suyo, explicó, que había dedicado el establecimiento preferentemente a acoger conferencias científicas y reuniones de negocios.

Con esta escueta información reemprendimos la marcha

y el silencio mutuo. Llegamos a Viciente una hora después. Entramos en la finca por una gran portalada de piedra y hierro y seguimos hacia el nordeste por un estrecho sendero de grava. De nuevo ensayé unas cuantas preguntas, ahora a propósito de Viciente y del motivo de nuestra presencia allí pero, como antes, Wil eludió responder, sugiriéndome tranquilamente que me dedicara a admirar el paisaje.

La belleza de Viciente me conmovió de inmediato. Estábamos rodeados de coloristas pastizales y campos de cultivo, y la hierba parecía insólitamente verde y lozana. Crecía espesa incluso bajo los robles gigantescos que se alzaban aproximadamente cada treinta metros en medio de los pastos. Alguna cosa en aquellos árboles enormes parecía increíblemente atractiva, pese a que yo no pude precisar qué.

Al cabo de más o menos dos kilómetros el camino dobló hacia el este y comenzó a ascender. En lo alto de la loma estaba la posada, un gran edificio de estilo colonial español construido con recios maderos y piedra gris. La estructura parecía contener por lo menos cincuenta habitaciones, y un gran porche cubría por entero su pared meridional. El terreno que rodeaba la posada sustentaba más robles gigantes y se veían macizos de plantas exóticas y caminos bordeados de deslumbrantes flores y frondosos helechos. Diversos grupos de personas conversaban apaciblemente en el porche y entre los árboles.

Cuando bajamos del vehículo, Wil se entretuvo un momento gozando de la vista. Más allá de la posada, hacia el este, la tierra descendía gradualmente hasta allanarse en prados y bosques. Otra hilera de montañas se distinguía a lo lejos, teñida de un color azul púrpura.

—Voy a entrar y asegurarme de que tendremos habitaciones —dijo Wil—. ¿Por qué no miras un poco por ahí, mientras tanto? Este sitio te gustará.

—No me digas... —repliqué.

Cuando se alejaba, todavía se volvió para decirme:

—Te aconsejo que visites los huertos experimentales. Nos encontraremos a la hora de cenar.

Era evidente que Wil me dejaba solo por alguna razón,

pero ésta me tenía sin cuidado. Me sentía estupendamente, sin el menor asomo de aprensión. Wil ya me había prevenido de que, debido al sustancial aporte de dólares turísticos que Viciente inyectaba en la economía del país, el gobierno trataba el lugar con suma tolerancia, incluso a sabiendas de que el Manuscrito era con frecuencia discutido allí.

Unos árboles particularmente robustos y un sinuoso sendero orientado al sur me atrajeron, de modo que tomé aquella dirección. Al llegar a los árboles vi que el sendero trasponía una pequeña puerta de hierro y que a continuación unos tramos de peldaños de piedra daban acceso a un prado repleto de flores silvestres. Más allá había un huerto, un riachuelo y más bosques. Me detuve en la puerta y aspiré profundamente varias veces, admirando la belleza que tenía delante.

—Ciertamente adorable, ¿no es así? —dijo, en inglés, una voz a mi espalda.

Me volví rápidamente. Una mujer, de edad próxima a los cuarenta, cargada con una mochila, se había parado detrás de mí.

—Ciertamente —asentí—. Nunca había visto nada comparable.

Por unos momentos ambos contemplamos los campos abiertos y las cascadas de plantas tropicales de los macizos escalonados que teníamos a derecha e izquierda, y luego yo pregunté:

—¿Por casualidad sabe usted dónde están los huertos experimentales?

—Naturalmente —dijo ella—. Voy en esa dirección. Se lo indicaré.

Nos presentamos mutuamente y emprendimos la marcha por el bien cuidado sendero, de cara al sur. El nombre de la mujer era Sarah Lorner; una mujer de cabellos color de arena y ojos azules, que podía haber sido descrita como juvenil de no ser por la seriedad de su porte. Caminamos en silencio unos minutos.

—¿Es su primera visita a este sitio? —preguntó ella enseguida.

—Sí, lo es. Y no sé de Viciente demasiadas cosas.

—Bien, yo llevo aquí, con interrupciones, casi un año ya, y puedo llenar algunas de sus lagunas. Esta posada se hizo popular unos veinte años atrás como una especie de centro internacional de tertulias científicas. Varias organizaciones celebraban sus asambleas aquí, principalmente las de biólogos y físicos. Luego, en época más reciente... —La mujer titubeó, mirándome de reojo—. ¿Ha oído usted hablar del Manuscrito que se descubrió en Perú?

—He oído hablar de él, en efecto —dije—. Especialmente de las dos primeras revelaciones.

Habría querido añadir cuánto me fascinaba aquel documento, pero me contuve. No tenía motivos para confiar en Sarah Lorner, fuera quien fuese.

—Pensé que ése podría ser el caso —reconoció ella—. Tiene usted aspecto de haber venido aquí a acumular energía.

En aquel momento cruzábamos el arroyo por un puente de madera.

—¿Qué energía? —pregunté.

Ella se detuvo y se apoyó en la baranda del puente.

—¿Sabe algo de la Tercera Revelación?

—Nada.

—La Tercera Revelación describe un nuevo concepto del mundo físico. Dice que los seres humanos aprenderán a percibir lo que anteriormente era un tipo de energía invisible. La posada se ha convertido en centro de reunión de los científicos interesados en estudiar y debatir este fenómeno.

—Entonces —concluí—, los científicos consideran que esa energía es real.

Sarah Lorner reemprendió su camino a lo largo del puente.

—Sólo unos pocos —dijo—. Y hemos de soportar muchas presiones por ello.

—Así que es usted uno de esos científicos.

—Enseño física en una pequeña escuela universitaria de Maine.

—¿Por qué otros profesores, según parece, discrepan de usted?

Ella guardó silencio unos momentos, como si reflexionase.

—Hay que entender la historia de la ciencia —respondió, mirándome como para asegurarse de que yo deseaba profundizar en el tema. Le indiqué con un gesto que continuase—. Piense por un instante en la Segunda Revelación. Tras la caída de la concepción medieval del mundo, los occidentales nos dimos cuenta de pronto de que vivíamos en un universo totalmente desconocido. Al intentar comprender la naturaleza de este universo supimos que de un modo u otro había que separar los hechos de la superstición. A este respecto nosotros, los científicos, asumimos una actitud particular conocida como escepticismo científico, que exige básicamente el soporte de una evidencia sólida para cada nuevo aserto sobre cómo funciona el mundo. Antes de creer en lo que fuere, queríamos tener la evidencia de que podía ser visto y tocado con las manos. Toda idea que no pudiera demostrarse por medios físicos era sistemáticamente rechazada.

»Bien sabe Dios —continuó— que esta actitud nos rindió excelentes servicios con los fenómenos más obvios de la naturaleza, con objetos tales como rocas y cuerpos y árboles, objetos que cualquiera puede percibir, no importa lo escéptico que sea. Rápidamente ampliamos nuestro campo de trabajo y pusimos nombre a cada porción del mundo físico, intentando siempre descubrir por qué el universo operaba como lo hacía. Finalmente establecimos que todo cuanto ocurre en la naturaleza lo hace de acuerdo con alguna ley natural, que cada acontecimiento tiene una causa física directa y comprensible. —Sarah me dedicó una sonrisa de complicidad—. Ya ve usted, en muchos aspectos los científicos no han sido muy diferentes de otras personas de nuestra época. Decidimos, al igual que los demás, dominar el sitio donde nos encontrábamos. La idea fue crear una comprensión del universo que hiciese que el mundo pareciera seguro y manejable, y la actitud escéptica nos mantendría centrados sobre problemas concretos que harían nuestra existencia aparentemente más tranquila y llevadera.

El serpenteante camino que habíamos seguido desde el puente nos había llevado a través de un prado a una zona más densamente cubierta por los árboles.

—Con esta actitud —siguió diciendo Sarah Lorner—, la ciencia erradicó del mundo todo cuanto era problemático y esotérico. Concluimos, fieles al pensamiento de Isaac Newton, que el universo operaba siempre de una manera predecible, como una enorme máquina, porque durante mucho tiempo esto fue lo único que de él pudo demostrarse. Las cosas que ocurrían simultáneamente a otros acontecimientos, pero que no tenían con éstos relación causal, se consideró que eran debidas exclusivamente al azar.

»Más tarde se produjeron dos investigaciones que volvieron a abrir nuestros ojos a los misterios del universo. En las últimas décadas se ha escrito copiosamente a propósito de la revolución en las ciencias físicas, pero en realidad los cambios provienen de dos grandes hallazgos, los de la mecánica cuántica y los de Albert Einstein.

»La labor que llenó toda la vida de Einstein fue mostrarnos que lo que percibimos como materia dura es en su mayor parte un espacio vacío por cuyo interior circula una forma de energía. Esto nos incluye a nosotros. Y lo que la física cuántica ha venido a demostrar es que cuando miramos esas formas de energía a niveles cada vez más pequeños, vemos resultados asombrosos. Los experimentos han revelado que cuando separas diminutas porciones de esta energía, las que llamamos partículas elementales, y tratamos de observar cómo operan, el acto de la observación por sí mismo altera los resultados; es como si sobre aquellas partículas elementales influyera lo que espera o piensa el experimentador. Esto es cierto incluso si las partículas deben aparecer en lugares a los que no es posible que lleguen, dadas las leyes del universo tal como las conocemos: dos lugares distintos en el mismo momento, adelante o atrás en el tiempo, este género de cosas.

La mujer se detuvo para mirarme de nuevo cara a cara.

—En otras palabras —prosiguió—, el ingrediente básico del universo, en su meollo, va pareciéndose cada día más a una energía pura que es maleable a la intención y las expectativas humanas de una manera que desafía nuestro viejo modelo mecanicista del mismo universo; como si nuestras propias expectativas, nuestra esperanza, provocasen que nuestra energía fluyese hacia el mundo y afectase a otros sistemas de energía. Lo cual, por supuesto, es exactamente lo que nos llevaría a creer la Tercera Revelación. —Sarah Lorner sacudió la cabeza—. Por desgracia, la mayoría de los científicos no se toma esta idea en serio. Prefieren más bien permanecer escépticos y esperar el día en que podamos demostrarla.

—¡Eh, Sarah, estamos aquí! —llamó débilmente una voz, desde cierta distancia.

A nuestra derecha, entre unos árboles, se veía a alguien que agitaba la mano. Sarah me miró pensativa.

—Tengo que hablar con esas personas unos minutos. Traigo conmigo una traducción de la Tercera Revelación, por si quiere instalarse en algún rincón agradable y leer un rato en mi ausencia.

—Naturalmente que sí —dije.

Ella sacó un fólder de su bolso, me lo entregó y se alejó.

Cogí el fólder y miré en torno buscando un sitio donde sentarme. La tierra del bosque estaba allí cubierta de pequeños arbustos y era ligeramente húmeda, pero hacia el este se elevaba formando otro otero. Supuse que encontraría suelos más secos en aquella dirección.

En lo alto de la cuesta me quedé pasmado. Era otro punto de increíble belleza. Los nudosos robles se encontraban separados unos quince metros unos de otros y su ramaje se entrecruzaba en lo alto formando un dosel natural. En la tierra del bosque crecían aquí plantas tropicales de anchas hojas, que alcanzaban metro y medio de altura y más de veinticinco centímetros de anchura las hojas. Entremezclados con ellas había helechos y arbustos pródigos en flores blancas. Elegí un lugar seco y me senté. Acariciaban mi olfato el fresco olor de las hojas y la fragancia de las flores.

Abrí el fólder y localicé el inicio de la traducción. Una breve introducción explicaba que la Tercera Revelación aportaba una comprensión transformada del universo físico. Sus palabras eran un claro eco de la síntesis que me había anticipado Sarah. En algún momento próximo al fin del milenio, predecían, los seres humanos descubrirían una nueva energía que formaba la base de todas las cosas e irradiaba de ellas, incluidos nosotros mismos.

Sopesé aquella idea por un momento, y luego leí algo que me fascinó: el Manuscrito decía que la percepción humana de esta energía se iniciaba con una acusada sensibilidad para la belleza. Mientras pensaba en ello atrajo mi atención el sonido de los pasos de alguien en el sendero de más abajo. Vi a Sarah en el preciso momento en que ella miraba hacia la loma y me veía a mí.

—Este sitio es magnífico —dijo al llegar a mi lado—. ¿Ha leído ya la parte que se refiere a la percepción de la belleza?

—Sí, hace un instante. Pero no estoy seguro de lo que significa.

—Más adelante el Manuscrito entra en detalles, aunque, en resumen, lo que explica es que la percepción de la belleza constituye una especie de barómetro que indica a cada uno de nosotros lo cerca que está de percibir efectivamente la energía. Esto es claro porque, en cuanto usted puede observar esta energía, se percata de que está en el mismo continuo que la belleza.

—¿Cómo funciona eso? ¿Acaso no es la belleza relativa?

Sarah movió la cabeza negativamente.

—Las cosas que nosotros percibimos como bellas pueden ser diferentes unas de otras, pero las verdaderas características que atribuimos a los objetos bellos son similares. Reflexione. Cuando algo nos impresiona por su belleza es porque tiene más presencia, muestra mayor nitidez de forma, exhibe más viveza de color, ¿no le parece? Es algo que destaca, algo que brilla, algo casi iridiscente comparado con la opacidad de otros objetos menos atractivos.

Asentí con un ademán.

—Mire este lugar —añadió ella—. Sé que le ha seducido, porque nos seduce a todos; se diría que nos arrebata. Los colores y las formas parecen amplificados. Pues bien, el siguiente nivel de percepción, el inmediatamente superior, es ver que un campo de energía se cierne por encima de todo esto.

Debí parecer aturullado, porque Sarah se echó a reír. Luego dijo muy seria:

—Quizá deberíamos dar un paseo hasta los huertos. Están a menos de un kilómetro hacia el sur. Creo que los encontrará interesantes.

Le agradecí el tiempo que había dedicado a explicarme el Manuscrito, a mí, un completo extraño, y a hacerme de guía en Viciente. Se encogió de hombros.

—Parece usted una persona bien dispuesta hacia lo que estamos haciendo —declaró—. Y aquí todos sabemos que nos hemos comprometido en un esfuerzo de relaciones públicas. Para que esta investigación continúe necesitamos difundir el mensaje en Estados Unidos y donde sea. No gustamos mucho a las autoridades locales.

Súbitamente oímos una voz detrás de nosotros:

—¡Discúlpenme, por favor!

Nos volvimos y vimos a tres hombres que caminaban a paso vivo por el sendero en nuestra dirección. Aparentaban los tres cerca de cincuenta años y vestían elegantemente.

—¿Podrían ustedes decirnos dónde están los huertos experimentales? —preguntó el más alto de los tres.

—¿Podría usted decirnos qué hacen ustedes aquí? —preguntó a su vez Sarah.

—Mis colegas y yo tenemos permiso del propietario de esta finca para examinar los huertos y hablar con alguien sobre la presunta investigación que se lleva a cabo aquí. Somos de la Universidad de Perú.

—Tengo la impresión de que no están ustedes de acuerdo con nuestros hallazgos —dijo Sarah sonriendo, obviamente con ánimo de aligerar la situación.

—Absolutamente no —intervino otro de los hombres—. Consideramos descabellado proclamar que ahora pueda verse una energía misteriosa, teniendo en cuenta que antes no había sido observada nunca.

—¿Han tratado ustedes de verla? —inquirió Sarah.

El hombre ignoró la pregunta e insistió:

—¿Tendría la amabilidad de indicarnos la dirección de los huertos?

—No faltaría más —dijo ella—. Delante de ustedes, a unos cien metros, encontrarán un sendero que se desvía hacia el este. Tómenlo, síganlo como medio kilómetro, y allí están.

—Gracias —dijo el hombre, mientras sus compañeros ya emprendían la marcha.

Un momento después comenté yo:

—Les ha enviado en dirección equivocada.

—No del todo. Hay otros huertos en aquella zona. Y las personas que los atienden están mejor preparadas para hablar con esa clase de escépticos. Por aquí pasan ocasionalmente tipos de esa especie, y no sólo científicos, sino también simples curiosos, gentes que ni remotamente entenderían lo que hacemos... Lo cual pone de relieve el problema que existe en la interpretación científica.

—¿A qué se refiere?

—Como he dicho antes, la antigua actitud escéptica era excelente para explorar los fenómenos más obvios y visibles del universo, supongamos los árboles, o la luz del sol, o el trueno. Pero existe otra serie de fenómenos observables, más sutiles, que no se pueden estudiar, o de hecho ni siquiera se puede decir que existan, si el investigador no prescinde de su escepticismo o no lo deja entre paréntesis y prueba cualquier vía posible para percibirlos. Una vez lo ha conseguido puede volver al estudio riguroso.

—Interesante —dije.

Por delante de nosotros terminaban los bosques y se veían docenas de parcelas cultivadas, en cada una de las cuales crecía una especie de plantas diferente. La mayoría parecían alimenticias, desde bananas a espinacas. Siguiendo el flanco oriental de las parcelas, un ancho camino de grava se dirigía en sentido norte hacia lo que parecía ser una carretera de uso público. A lo largo del camino había, espaciadas, tres construcciones metálicas, a modo de tinglados de uso accesorio. Junto a cada una de ellas trabajaban cuatro o cinco personas.

—Veo a algunos amigos —dijo Sarah. Señaló la construcción más próxima—. Vamos allá. Me gustaría presentárselos.

Me presentó a tres hombres y una mujer, participantes los cuatro en la investigación. Los hombres cambiaron conmigo unas palabras y se excusaron para continuar su trabajo, pero la mujer, una bióloga llamada Marjorie, parecía disponible para hablar.

Capté su mirada.

—¿Qué es exactamente lo que usted investiga aquí? —pregunté.

Me pareció que la pillaba desprevenida, pero sonrió y finalmente respondió:

—Es difícil saber por dónde empezar. ¿Está usted familiarizado con el Manuscrito?

—Con las primeras secciones —declaré—. Acabo de empezar la Tercera Revelación.

—Bien, más o menos en eso estamos todos. Venga, se lo enseñaré.

Me hizo seña de que la siguiera y, rodeando la construcción metálica, llegamos a una parcela dedicada al cultivo de alubias. Observé que el aspecto de las plantas era excepcionalmente saludable: crecían en un suelo muy rico en humus, casi esponjoso, sin señales de ataque de insectos, sin hojas marchitas, los pies de mata cuidadosamente espaciados para que las plantas estuvieran próximas pero no se tocasen nunca.

La mujer señaló la planta más cercana.

—Hemos procurado considerar estas plantas como sistemas de energía total y pensar en todo cuanto necesitan para florecer: suelo, nutrientes, humedad, luz. Lo que hemos encontrado es que la totalidad del ecosistema en torno a cada planta es en realidad un sistema vivo, un único organismo, y que la salud de cada una de las partes transmite su impacto a la salud del conjunto. —Tras unos segundos de indecisión añadió—: El punto básico es que una vez comenzamos a pensar en las relaciones de energía alrededor de la planta, comenzamos también a ver resultados maravillosos. Las plantas que estudiamos no fueron particularmente más grandes, pero según los criterios nutricionales sí fueron más potentes.

—¿Cómo se mide eso?

—Contenían más vitaminas, minerales, proteínas e hidratos de carbono. —La mujer me miraba muy expectante—. ¡Pero eso no fue lo más sorprendente! Descubrimos que las plantas que recibían la atención humana más directa eran más potentes todavía.

—¿Qué clase de atención? —pregunté.

—Ya sabe, manosear la tierra a su alrededor, inspeccionarlas cada día. Esa clase de cosas. Efectuamos un experimento con un grupo de control: unas plantas recibían atención especial, otras no, y se confirmó lo observado. Es más, ampliamos el concepto y encargamos a un investigador que no sólo prestara atención a las plantas sino que mentalmente les pidiera que crecieran más fuertes. La persona en cuestión se sentaba efectivamente con ellas y concentraba toda la atención y el máximo interés en su crecimiento.

—¿Y crecieron más fuertes?

—En proporciones significativas, y además con mayor rapidez.

—Increíble.

—Sí, es increíble... —Su voz se apagó. Estaba observando a un hombre de cierta edad, aparentemente sexagenario, que caminaba hacia nosotros—. El caballero que se acerca —agregó discretamente— es un micronutricionista. Vino aquí por primera vez hará cosa de un año, e inmediatamente pidió una excedencia temporal en la Universidad del estado de Washington, donde trabajaba. Se llama Hains, profesor Hains. Ha hecho algunos estudios extraordinarios.

Mi acompañante me presentó al profesor en cuanto llegó a nuestro lado. Era un hombre de complexión recia y cabello negro, que griseaba en las sienes. Tras ser incitado por Marjorie comenzó a resumir su investigación. Estaba interesado con preferencia, me dijo, en el funcionamiento de los órganos del cuerpo según las indicaciones de unas pruebas sanguíneas de alta sensibilidad, y especialmente en lo que relacionaba aquel funcionamiento con la calidad del alimento ingerido.

Me contó que su máxima preocupación eran los resultados de un estudio concreto, los cuales mostraban que si bien las plantas nutricionalmente ricas del género cultivado en Viciente aumentaban la eficiencia del cuerpo de manera espectacular, el aumento sobrepasaba lo que razonablemente se habría esperado de los propios nutrientes según el conocimiento que tenemos de cómo actúan éstos sobre la fisiología humana. Algo inherente a la estructura de aquellas plantas producía un efecto que no se había previsto.

Yo miré a Marjorie, luego pregunté:

—Entonces, ¿concentrar la atención en aquellas plantas les aportó algo que incrementa el vigor humano y que ellas devuelven cuando uno las come? ¿Menciona el Manuscrito esta energía?

Marjorie miró al profesor. Éste sonrió a medias y me dijo:

—Todavía no lo sé.

Le interrogué sobre sus investigaciones futuras y explicó que quería crear una réplica de aquel huerto en su universidad de origen, en Washington, y proceder a un estudio a largo plazo para ver si las personas que comían aquellas plantas tenían más energía o eran más saludables por un período de tiempo más prolongado. Mientras él hablaba, yo no pude evitar el mirar de vez en cuando a Marjorie. De pronto, aquella mujer parecía increíblemente hermosa, dueña de un cuerpo largo y esbelto, a pesar de sus gastados tejanos y su camiseta. Tenía los ojos pardos, y el cabello castaño enmarcaba entre rizos su rostro.

Sentí una poderosa atracción física. En el momento preciso en que tomaba conciencia de esta atracción, ella volvió la cabeza, me miró directamente a los ojos y retrocedió un paso para apartarse de mí.

—Me esperan en otra parte —dijo—. Quizá volvamos a vernos después.

Se despidió de Hains, me sonrió tímidamente, y se alejó por el camino.

Tras unos minutos más de conversación con el profesor, yo también me despedí de él deseándole suerte y retrocedí hacia donde estaba Sarah. Aunque todavía hablaba animadamente con otro de los investigadores, noté que su mirada me seguía los pasos.

Al acercarme, el hombre que dialogaba con ella sonrió, reordenó los papeles de su tablilla de notas y se dirigió al tinglado metálico.

—¿Ha encontrado algo? —me preguntó Sarah.

—Sí —dije distraídamente—, tengo la impresión de que esas personas hacen cosas muy interesantes.

Había bajado la mirada al suelo cuando ella dijo:

—¿Adónde ha ido Marjorie?

Alcé los ojos y vi en su rostro una expresión irónica.

—Ha dicho que la esperaban en otra parte.

—¿La ha disgustado usted de alguna manera?

Sarah sonreía ahora abiertamente. Me eché a reír.

—Supongo que sí. Aunque no dije nada.

—No necesitaba decirlo. Marjorie debió detectar una alteración en su campo. Era bastante obvia. Yo misma la noté, ahí en el camino, desde el primer momento.

—¿Una alteración en mi qué?

—En el campo de energía que envuelve su cuerpo. La mayoría de nosotros ha aprendido a verlo, por lo menos cuando la luz ayuda. En el caso de una persona que tiene ideas o preocupaciones sexuales, el campo de energía parece arremolinarse a su alrededor y, de hecho, se proyecta hacia la otra persona, aquella que es el objeto de la atracción.

La explicación me pareció completamente fantástica, pero antes de que pudiera comentarla nos distrajo un grupo de jóvenes que había salido de la construcción metálica y venía hacia nosotros.

—Es la hora de las proyecciones de energía —dijo Sarah—. No se pierda esto.

Seguimos a cuatro muchachos, aparentemente estudiantes, hasta una parcela de maíz. Ya más cerca, observé que dicha parcela estaba dividida en dos partes, cada una de unos tres metros cuadrados, diferentes una de otra. El maíz, en una, tenía una altura de aproximadamente setenta centímetros; en la otra, las plantas medían escasamente cuarenta. Los cuatro jóvenes se sentaron en las esquinas de la media parcela donde crecía el maíz más alto, mirando al interior del cuadrilátero. Todos al unísono parecieron fijar sus ojos en las plantas. El sol de la tarde brillaba detrás de mí, bañando la parcela en una suave luz ambarina, aunque en la distancia los bosques de más allá seguían siendo oscuros. Contra este fondo casi negro destacaban los estudiantes y las matas de maíz.

Sarah se había colocado a mi lado.

—Esto es perfecto —dijo—. ¡Mire! ¿Lo ve?

—¿Qué he de ver?

—Pues que los chicos están proyectando su energía hacia las plantas.

Miré concienzudamente la escena pero no detecté nada de particular.

—No veo nada —confesé.

—Agáchese más, entonces —me aconsejó Sarah—, y concéntrese en el espacio entre las personas y las plantas.

Por un instante creí captar un parpadeo de luz, pero deduje que era sólo una imagen recurrente o que me engañaban los ojos. Intenté unas cuantas veces más ver algo, y finalmente renuncié.

—Me es imposible —admití, poniéndome en pie.

Sarah me palmeó un hombro.

—No se preocupe. La primera vez es enormemente difícil. Por lo general se necesita hasta cierto punto experimentar con la manera en que cada persona enfoca sus ojos.

Uno de los jóvenes sentados en actitud de meditar nos miró y se llevó el dedo índice a los labios, ante lo cual nos alejamos hacia el tinglado.

—¿Va a quedarse mucho tiempo en Viciente? —preguntó Sarah.

—Probablemente no. El amigo con quien estoy anda buscando la última sección del Manuscrito.

Pareció sorprendida.

—Creí que ya había sido localizado todo. Aunque supongo que no estoy al corriente: me he dedicado tan a fondo a la parte que afecta a mi trabajo que apenas he leído nada del resto.

Instintivamente me palpé los bolsillos de los pantalones, acometido por la duda de dónde habría puesto la traducción de Sarah. La llevaba enrollada en el bolsillo trasero.

—Mire —siguió diciendo ella—, hemos comprobado que hay dos períodos del día especialmente propicios para ver los campos de energía. Uno es la puesta de sol; el otro, el amanecer. Si quiere, podemos volver a encontrarnos mañana a la hora del alba e intentarlo de nuevo. —Tendió la mano hacia el fólder—. Haré una copia de esa traducción y podrá llevarla consigo.

Ponderé la sugestión un par de segundos y decidí que no causaría ningún daño.

—¿Por qué no? —dije—. Tendré que consultarlo con mi amigo, sin embargo, y asegurarme de que disponemos de tiempo suficiente. —Le sonreí—. ¿Qué le hace pensar que seré capaz de ver ese fenómeno?

—Digamos que es una corazonada.

Acordamos reunirnos en la loma a las seis de la mañana y emprendí a solas el camino de la posada, un kilómetro y medio. Aunque el sol ya se había puesto, su luz teñía aún de matices anaranjados las nubes grises del horizonte. El aire era frío pero no soplaba el viento.

En el vasto comedor de la posada se estaba formando una cola frente al mostrador de servicio. Sintiéndome hambriento, me acerqué a la cabecera de la fila para ver qué platos componían el menú. Wil y el profesor Hains ocupaban puestos muy avanzados y hablaban entre sí informalmente.

—Vaya —me saludó Wil—, ¿cómo ha ido la tarde?

—Estupendamente —dije.

—Éste es William Hains —añadió él.

—Sí —asentí—, ya nos conocemos.

El profesor movió afirmativamente la cabeza.

Yo mencioné mi temprana cita de la mañana siguiente. Wil consideró que no habría problema ninguno, puesto que quería entrevistarse con algunas personas con quienes no había tenido aún ocasión de hablar y calculaba que no podría marcharse hasta después de las nueve.

La cola del mostrador avanzó y las personas situadas detrás de nosotros me invitaron amablemente a que me uniera a mis amigos. Me coloqué junto al profesor.

—¿Qué conclusiones saca de lo que estamos haciendo aquí? —preguntó Hains.

—No lo sé —admití—. De momento dejo que las cosas maduren un poco. La idea de los campos de energía ha sido para mí una novedad.

—Su realidad es nueva para todos —dijo él—, pero lo más interesante es que esta energía es lo que la ciencia ha estado buscando siempre: un elemento común implícito en toda la materia. Desde Einstein en particular, la física ha necesitado una teoría de los campos unificados. No sé si lo que tenemos es exactamente lo que la ciencia persigue, pero como mínimo el Manuscrito ha estimulado algunas investigaciones interesantes.

—¿Qué le falta a la ciencia para aceptar esta idea?

—Una manera de medirla —respondió el profesor—. La existencia de esta energía, de hecho, no es tan extraña. Los maestros de karate nos han hablado de una energía Chi fundamental responsable de sus hazañas aparentemente imposibles, como partir ladrillos con las manos o plantarse en un sitio sin que los esfuerzos sumados de cuatro hombres puedan derribarles. Y todos hemos visto a atletas practicar ejercicios tan espectaculares como retorcerse, girar, suspenderse en el aire desafiando la gravedad. Todo ello es fruto de esta energía oculta a la que hemos accedido. Y que, ciertamente, no será aceptada hasta que otras muchas personas sean capaces de verla por sí mismas.

—¿Usted la ha visto?

—Algo he observado. Depende mucho de lo que haya comido.

—¿Cómo es eso?

—Bien, la gente de por aquí que ve con facilidad los campos de energía come primordialmente vegetales. En general, además, come sólo esos vegetales de alta potencia que ella misma cultiva. —Señaló el mostrador de servicio—. Ahí tenemos una parte, aunque gracias a Dios también sirven algún que otro pescado y alguna carne de ave para vejestorios como yo adictos a esos venenos. Pero si me esfuerzo en comer de manera distinta, sí, puedo ver algo.

Le pregunté por qué no prolongaba más tiempo sus cambios de dieta.

—Lo ignoro —dijo—. Cuesta romper los viejos hábitos.

La cola continuó su avance, y cuando llegué al mostrador elegí exclusivamente verduras. Los tres nos acomodamos en una mesa grande, junto a otros comensales, y hablamos de cosas banales por espacio de una hora. Luego, Wil y yo nos dirigimos al jeep a retirar nuestro equipaje.

—¿Tú has visto esos campos de energía? —le pregunté.

Sonrió y asintió con la cabeza.

—Mi cuarto está en el primer piso —dijo—. El tuyo, en el tercero. Número 306. En el mostrador de recepción te darán la llave.

En la habitación no había teléfono, pero un camarero a quien vi en el pasillo me aseguró que alguien llamaría a mi puerta a las cinco en punto de la mañana. Me acosté y reflexioné unos minutos. La tarde había sido larga y apretada, y no me costaba entender el hermetismo de Wil: quería que yo experimentase la Tercera Revelación a mi manera.

La siguiente cosa de que tuve conciencia fueron los recios golpes en mi puerta. Consulté el reloj: las cinco. Cuando quienquiera que llamase volvió a hacerlo, en voz lo bastante alta para que me oyese grité: «¡Gracias!», y enseguida me levanté y fui a mirar por la ventana. El único indicio de la mañana era una pálida luminosidad en el extremo oriental del cielo.

Me duché, me vestí rápidamente y bajé las escaleras. El comedor estaba abierto, y un sorprendente número de personas se movía de acá para allá. Comí sólo fruta y me apresuré a salir.

Sobre los terrenos de la posada, la niebla se desmenuzaba en girones impulsados por la brisa que se congregaban sobre los lejanos prados. Los pájaros se llamaban unos a otros entre los árboles. A medida que me alejaba del edificio abría el Sol su brecha en el horizonte oriental. Los colores eran espectaculares. El cielo mostraba un azul profundo por encima de una brillante franja melocotón.

Llegué con quince minutos de antelación a la loma, de modo que dispuse de tiempo para apoyarme en el tronco de un gran árbol y dejarme fascinar por el entramado de ramas nudosas que se extendía sobre mi cabeza. A los pocos minutos oí que alguien se acercaba por el sendero y miré en aquella dirección con la esperanza de que fuera Sarah. En lugar de ella vi a alguien que no conocía, un hombre cuya edad debía de mediar la cuarentena. El desconocido dejó el sendero y siguió acercándose sin haberme visto. Cuando al fin me vio, ya a escasos metros, se sobresaltó ligeramente, lo cual hizo que también yo me sobresaltase.

—Oh, hola —saludó en inglés con fuerte acento de Brooklyn.

Vestía vaqueros, calzaba botas de excursionista y parecía excepcionalmente atlético y en buena forma. Tenía el cabello rizado, con tendencia a la calvicie.

Respondí a su saludo con un movimiento de cabeza.

—Lamento haber aparecido de este modo —añadió él.

—Los dos estábamos distraídos.

Me dijo que se llamaba Phil Stone y yo le respondí presentándome y explicando que esperaba a una amiga.

—Usted debe de intervenir en alguna investigación —sugerí.

—No exactamente —replicó—. Trabajo para la Universidad de California del Sur. Realizamos unos estudios en otra comarca sobre la degradación de la selva tropical, pero siempre que tengo ocasión subo en el coche y me vengo aquí para respirar un poco. Me gusta pasear por unos bosques tan distintos. —Miró en torno—. ¿Se da usted cuenta de que algunos de estos árboles tienen cerca de quinientos años? Esto es un auténtico bosque virgen, cosa muy poco común. Todo perfectamente equilibrado: los árboles filtran la luz del Sol, permitiendo que una multitud de plantas tropicales viva y prospere bajo sus ramas. La vida vegetal en las selvas húmedas es también antigua, pero se desarrolla de manera diferente. Aquello es básicamente jungla. Esto se parece más a los viejos bosques de las zonas templadas, como los de Estados Unidos.

—Allí nunca he visto nada comparable a esto —objeté yo.

—Lo sé. Sólo quedan unos pocos. La mayoría de los que conozco, casi todos por referencia, los vendió el gobierno para la explotación de la madera, como si lo único que se pudiera sacar de ellos fueran tablas, muebles y esas cosas. Es una vergüenza que alguien meta sus zarpas en lugares así. Fíjese en la energía.

—¿Puede usted verla? —pregunté.

Me miró fijamente, como si estudiara si debía o no extenderse en detalles.

—Sí, puedo ver la energía —dijo al fin.

—Bien, yo no he podido aún. Lo intenté ayer, cuando un grupo de personas meditaba junto a las plantas en los huertos experimentales.

—Oh, al principio yo tampoco podía ver campos tan grandes —comentó él—. Tuve que empezar mirándome los dedos.

—¿Los dedos?

—Vamos un poco más allá. —Señaló una zona donde los árboles estaban algo más espaciados y entre sus copas se veía el cielo azul—. Se lo demostraré.

Cuando llegamos al lugar que indicaba, dijo:

—Tiéndase en el suelo boca arriba y junte las yemas de los dedos índices. Mantenga el cielo como fondo. —Hice obedientemente lo que me ordenaba—. Ahora separe las puntas de los dedos un par de centímetros y mire directamente al espacio que hay entre ellas. ¿Qué ve?

—Borroso.

—Ignórelo. Desenfoque ligeramente los ojos, acérquese los dedos, luego apártelos más.

Yo continuaba obedeciéndole y ejecutaba los movimientos sin saber con certeza qué quería decir cuando me indicaba que desenfocase los ojos. Por último situé vagamente la mirada en el espacio que separaba mis dedos. Las puntas de éstos se hicieron de nuevo borrosas, y cuando ello ocurrió vi algo como hebras de humo tendidas de una punta a otra.

—¡Ajá! —exclamé, y expliqué lo que veía.

—¡Eso es, eso es! —asintió Phil—. Ahora continúe un poco más con ese juego.

Aproximé los dedos de una mano a los de la otra, luego hice lo mismo con las palmas, y finalmente con los antebrazos. En cada caso continué viendo las hebras de energía entre ambas partes. Bajé los brazos y miré interrogativamente a Phil.

—¿Le gustaría comprobar si ve también mi campo? —preguntó él.

Retrocedió unos pasos y situó la cabeza y el torso de manera que el cielo estuviese directamente detrás. Yo me levanté. Durante unos minutos intenté con el mayor empeño distinguir alguna cosa, hasta que un rumor que se produjo a mis espaldas rompió mi concentración. Me volví y vi a Sarah.

Phil se acercó sonriendo abiertamente.

—¿Es ésa la persona que usted esperaba?

Sarah también sonreía. Señaló a Phil.

—Eh, yo te conozco —dijo.

Siguió avanzando y ambos se abrazaron calurosamente; luego ella me miró a mí y añadió:

—Siento haberme retrasado. Mi despertador mental no ha funcionado, por algún motivo que ignoro, pero ahora creo que ya sé por qué. Les ha dado a los dos ocasión de hablar. ¿Qué estabais haciendo?

—Tu amigo acaba de aprender cómo ver los campos entre sus dedos —dijo Phil.

Sarah me observaba.

—El año pasado Phil y yo estábamos aquí arriba, en este mismo punto, aprendiendo la misma cosa. —Hizo una seña a Phil—. Ven, juntemos nuestras espaldas. Quizá pueda ver la energía entre nosotros.

Se situaron espalda contra espalda frente a mí. Yo sugerí que se acercaran más, y lo hicieron hasta que la distancia entre nosotros fue de aproximadamente un metro y medio. Sus siluetas se dibujaban contra el cielo, que en aquella dirección era todavía de un azul oscuro. Ante mi sorpresa, el espacio entre ellos pareció cambiar de color: ahora era amarillo, o de un rosa amarillento.

—La ve —anunció Phil, interpretando la expresión de mi rostro.

Sarah se volvió, tomó a Phil del brazo y ambos se apartaron de mí hasta doblar la distancia que nos separaba. Envolviendo la parte superior de sus torsos había un campo de energía de un rosa blanquecino.

Cuando regresó a mi lado, Sarah se sentó en el suelo y me indicó que la imitase.

—Bien —dijo con gravedad—. Ahora contemple este escenario, admire su belleza.

Inmediatamente me sentí lleno de reverente respeto por las formas y figuras que me rodeaban. Parecía, de pronto, capaz de concentrarme en cada uno de los inmensos robles de una manera plena, no meramente en una parte de ellos sino en la totalidad de su forma y de una sola vez. Me fascinó la configuración de sus ramas una a una. Miré árbol tras árbol, girando en redondo, y hacer esto incrementó de un modo u otro la sensación de presencia que cada roble exudaba hacia mí, como si los estuviera viendo por primera vez, o al menos como si por primera vez apreciase sus características.

Súbitamente atrajo mi atención el follaje tropical que los grandes árboles tenían debajo; de nuevo miré la forma única que cada planta exhibía. También observé la manera en que cada tipo de planta crecía juntamente con otras de su misma especie, en lo que me daba la impresión de que eran pequeñas comunidades. Por ejemplo, las grandes matas arbustivas con aspecto de bananos estaban con frecuencia rodeadas de pequeños filodendros, los cuales se cernían a su vez sobre otras plantas menores, como helechos y similares. Cuando miraba aquellos miniambientes volvía a impresionarme la singularidad de su contorno y su presencia.

A menos de cuatro metros de distancia, una planta de gran follaje en particular atrajo mi mirada. En una determinada época yo había tenido en casa una del mismo tipo como planta de adorno: era una forma jaspeada de filodendro. De color verde oscuro, la mata se ramificaba hasta alcanzar un diámetro superior al metro. El estado de aquella planta parecía perfectamente saludable, vibrante de vida.

—Sí, concéntrese en esa mata, muy bien —dijo Sarah—. Pero sin obsesionarse, tranquilo.

Seguí su consejo, y al propio tiempo jugué con el enfoque de mis ojos. En cierto momento intenté fijar la vista en un espacio de unos quince centímetros a un lado de cada parte física de la planta. Gradualmente comencé a captar destellos de luz, y luego, con un sencillo ajuste del enfoque, pude ver una especie de gran burbuja de luz blanquecina envolviendo la planta.

—Ahora sí veo algo —anuncié.

—Mire un poco alrededor —dijo Sarah.

Retrocedí aturdido. En torno a cada planta, en mi campo visual, había aparecido la luz blanquecina, visible, aunque de una transparencia tan absoluta que en ninguna de las plantas se alteraban ni el color ni las formas. Comprendí que lo que estaba viendo era una extensión de la belleza única e inimitable propia de cada planta. Era como si primero hubiese visto las plantas, a continuación su singularidad y presencia, y como si después algo hubiese ampliado la pura belleza de su expresión física, en cuyo momento yo había captado los campos de energía.

—Pruebe a ver esto —dijo entonces Sarah.

Se sentó delante de mí, de cara al filodendro. Un penacho de la luz blanquecina que rodeaba su cuerpo se proyectó hacia fuera y absorbió la planta. El diámetro del campo de energía del filodendro, a su vez, se expandió varios palmos.

—¡Demonio! —exclamé, provocando la risa de los dos amigos.

Pronto mi risa se unió a la de ellos. Yo era consciente de la peculiaridad de lo que estaba ocurriendo, pero no sentía la menor inquietud ante el hecho de presenciar sin apenas dificultades unos fenómenos cuya existencia había puesto en duda pocos momentos antes. Me di cuenta de que la percepción de los campos, en lugar de evocar una sensación surrealista, lo que hacía era que las cosas que me rodeaban pareciesen más sólidas y más reales que nunca.

Y no obstante, al mismo tiempo, todo el entorno parecía diferente. La única referencia que tenía para una experiencia así habría sido quizás una película que intensificara el colorido de un bosque con objeto de hacerlo parecer un lugar místico, encantado, misterioso. Las plantas, las hojas, el cielo, todo destacaba ahora con una presencia y un leve y trémulo resplandor que sugerían que allí había vida, y acaso conciencia, más allá de nuestras conjeturas normales. Tras haber visto aquello, no habría manera de, en el futuro, dar por sentado que un bosque era simplemente un bosque.

Lancé una mirada a Phil.

—Siéntese y concentre su energía en el filodendro —le dije—. Me gustaría comparar.

Él se mostró perplejo.

—Lo siento, no puedo —replicó—. Y no sé por qué.

Trasladé mi mirada a Sarah.

—Unas personas pueden y otras no —dijo ella—. No hemos aclarado el motivo. Marjorie tiene que hacer una criba entre sus estudiantes para poder así determinar quiénes sí pueden. Dos psicólogos tratan de relacionar esta habilidad con características de la personalidad, pero hasta ahora siguen en las nubes.

—Déjeme probar a mí —dije.

—Conforme —asintió Sarah—. Adelante.

Volví a sentarme de cara a la planta. Sarah y Phil continuaron en pie, ocupando posiciones en ángulo recto con la mía.

—Bien, ¿cómo empiezo?

—Enfoque simplemente su atención hacia la planta, como si quisiera hincharla con su energía —indicó Sarah.

Clavé mis ojos en la planta e imaginé que la energía se expandía dentro de ella. Transcurridos unos minutos miré de nuevo a los dos amigos.

—Lo lamento —dijo Sarah irónicamente—, está claro que no es usted uno de los pocos elegidos.

Yo miré a Phil frunciendo el entrecejo con fingido enojo.

Unas voces coléricas que resonaban por el camino interrumpieron en aquel momento nuestra conversación. Entre los árboles distinguimos a un grupo de hombres que pasaban hablando ásperamente entre ellos.

—¿Quién es esa gente? —preguntó Phil a Sarah.

—Realmente no lo sé —respondió ella—. Sospecho que lo que hacemos aquí ha soliviantado a esos tipos, como a otros muchos.

Mis ojos habían vuelto a inspeccionar el bosque que nos rodeaba, y descubrí desconcertado que todo parecía de nuevo normal.

—¡Eh, ya no veo los campos de energía!

—Alguna cosa le ha robado sus facultades, ¿no es así? —observó Sarah.

Phil sonrió y me dio una palmada en el hombro.

—Descuide, a partir de ahora podrá repetirlo en cualquier momento. Es más o menos como montar en bicicleta. Lo único que tiene que hacer es ver la belleza y extender la observación desde allí.

De pronto me acordé de comprobar la hora. El Sol estaba ya mucho más alto en el cielo y una ligera brisa matinal hacía oscilar las copas de los árboles. Mi reloj señalaba las ocho menos diez.

—Temo que tengo que volver —dije.

Sarah y Phil se unieron a mí. Mientras caminábamos dejé vagar una vez más la mirada por la ladera boscosa.

—Este sitio es una maravilla —dije—. Lástima que queden tan pocos lugares así en Estados Unidos.

—Una vez haya usted visto los campos de energía en otras regiones —dijo a su vez Phil— se dará cuenta de hasta qué punto es dinámico este bosque. Mire los robles. Son muy raros en Perú, pero fíjese cómo crecen aquí, en Viciente. Un bosque talado, especialmente el que ha sido despojado de árboles de madera dura para cultivar pinos y obtener mayor provecho, tiene un campo de energía muy bajo. Y una ciudad, con excepción de las personas, posee una energía de otra clase completamente distinta.

Traté de enfocar las plantas que crecían a lo largo del camino, pero la acción de caminar me impedía concentrarme.

—¿Están seguros de que volveré a ver esos campos? —pregunté.

—Absolutamente —replicó Sarah—. No sé de nadie que haya fracasado al repetir la experiencia si inicialmente los ha visto. En cierta ocasión nos visitó un oftalmólogo y, cuando aprendió a ver los campos, se entusiasmó. Resultó que había investigado ciertas anomalías de la vista, incluidas varias formas de ceguera a los colores, y concluyó que algunas personas poseían lo que él llamaba «receptores lentos» en los ojos. Había enseñado a pacientes suyos cómo ver colores que anteriormente desconocían.

»Según él, ver campos de energía era sólo cuestión de hacer eso mismo: despertar otros receptores durmientes, algo que, en teoría, cualquiera puede hacer.

—Me gustaría vivir cerca de un sitio como éste —dije yo.

—Nos gustaría a todos —replicó Phil; luego apartó la vista de mí y preguntó a Sarah—: ¿Está todavía aquí el doctor Hains?

—Sí, no puede marcharse.

—Pues ahí tiene un hombre —Phil se dirigía de nuevo a mí— dedicado a interesantes investigaciones sobre lo que esta energía puede hacer por usted.

—Cierto —asentí—. Hablé con él ayer.

—En mi última visita —continuó— Hains me habló de un estudio que le habría gustado conducir, en el cual se examinarían los efectos físicos que podría tener meramente el hecho de estar cerca de ciertos ambientes de alta energía, como es el caso de ese bosque de ahí atrás. Utilizaría el mismo sistema de medidas que se emplea para calcular la eficiencia del órgano y su rendimiento, con objeto de verificar aquellos efectos.

—Bien, los efectos yo ya los conozco —intervino Sarah—. Siempre que vengo a esta hacienda, apenas el coche traspone los límites empiezo a sentirme mejor. Todo se magnifica. Tengo la impresión de ser más fuerte, de pensar con mayor claridad y rapidez. Y las percepciones psíquicas que tengo a propósito de todo esto y de cómo se relaciona con mi trabajo en el terreno de la física son pasmosas.

—¿En qué trabaja? —inquirí.

—¿Recuerda lo que le conté de mi perplejidad ante los experimentos con partículas, durante los cuales estos minifragmentos de átomo aparecían dondequiera que los científicos pensaban que iban a estar?

—Sí.

—Pues he intentado ampliar esta idea un poco con algunos experimentos de mi propia cosecha. No para resolver los problemas en que aquellos colegas trabajaban, relacionados con las partículas subatómicas, sino para explorar cuestiones de las que ya le he hablado anteriormente. Por ejemplo, ¿hasta qué punto el universo físico como un todo, dado que está compuesto de una misma energía básica, responde a nuestras expectativas? ¿Y hasta qué punto son precisamente nuestras expectativas las que generan todas las cosas que nos suceden?

—¿Se refiere a las coincidencias?

—Sí, piense en los acontecimientos de su vida. La vieja idea newtoniana es que todo ocurre por azar, que usted o yo podemos tomar excelentes decisiones y estar preparados, pero que cada suceso tiene su propia línea causal independiente de nuestra actitud.

»Tras los recientes descubrimientos de la física moderna, podemos legítimamente preguntarnos si el universo no será mucho más dinámico.

»Quizás el universo funcione según normas mecanicistas como operación básica, pero luego también responde sutilmente a la energía mental que nosotros proyectamos hacia él. Es decir, ¿por qué no? Si podemos hacer que las plantas crezcan más deprisa, quizá podamos hacer que ciertos acontecimientos ocurran más deprisa... o más despacio, dependerá de cómo pensemos.

—Eh, ¿menciona el Manuscrito esas cosas?

Sarah me sonrió.

—Por supuesto, de allí proceden nuestras ideas. —Comenzó a rebuscar en el interior de su bolso mientras caminábamos, hasta que por fin extrajo un fólder—. Aquí está su copia —dijo.

La examiné superficialmente y me la guardé en un bolsillo. En aquel momento cruzábamos el puente, y me detuve a observar los colores y formas de las plantas que tenía más cerca.

Alteré mi enfoque e inmediatamente vi los campos de energía en torno a todo lo que mi vista alcanzaba. Tanto Sarah como Phil tenían anchos campos que parecían teñidos de un amarillo verdoso, aunque el campo de Sarah mostraba ocasionalmente destellos rosados.

De pronto ambos se detuvieron y miraron atentamente camino arriba. A unos metros de nosotros un hombre avanzaba con paso rápido en nuestra dirección. Una sensación de ansiedad me oprimió el estómago, pero yo estaba resuelto a mantener mi visión de la energía. Y cuando el hombre se acercó más le reconocí: era el más alto de los científicos de la Universidad de Perú que la víspera nos habían preguntado por los huertos experimentales. A su alrededor detecté como un estrato de color rojo.

Al llegar junto a nosotros el hombre se dirigió de inmediato a Sarah y dijo en tono condescendiente:

—Es usted una investigadora científica, ¿verdad?

—Exactamente —replicó ella.

—Entonces, ¿cómo puede tolerar esa clase de ciencia? He visto los huertos y no puedo creer en semejante descuido. No han controlado ustedes nada. Puede haber muchas explicaciones para el hecho de que una planta crezca más de lo habitual.

—Tenerlo todo bajo control es imposible, señor. Buscamos tendencias generales.

Detecté impaciencia en la voz de Sarah.

—Pero presuponer que una energía, ahora visible y antes no, sustenta la química de los seres vivos, eso es absurdo. No tienen ustedes pruebas.

—Pruebas son lo que buscamos.

—¿Y cómo pueden proclamar la existencia de algo antes de tener la prueba correspondiente?

Las voces de ambos interlocutores sonaban ahora coléricas, pero yo sólo las escuchaba a medias. Lo que cautivaba mi atención era la dinámica de sus campos de energía. Al comienzo de la discusión Phil y yo habíamos retrocedido unos pasos, mientras que Sarah y el hombre alto se habían situado uno frente a otro, separados por una distancia de poco más de un metro. Inmediatamente, los campos de energía de los dos parecieron hacerse más densos y en cierto sentido excitarse, como bajo los efectos de una vibración interna. A medida que la conversación progresaba, sus campos pasaron a entremezclarse. Cuando uno de los interlocutores hacía una afirmación, su campo creaba un movimiento que semejaba absorber el campo del otro con, aparentemente, una especie de maniobra de vacío. Pero en cuanto la otra persona replicaba la energía retrocedía en su dirección. En términos de la dinámica de los campos de energía, apuntarse un tanto dialéctico parecía significar capturar parte del campo del oponente e incorporarlo al propio.

—Además —le decía Sarah al hombre—, hemos observado los fenómenos que tratábamos de comprender.

El hombre dedicó a Sarah una mirada desdeñosa.

—Entonces está usted loca, aparte de ser incompetente —dijo, y se volvió para marcharse.

Ella le gritó cuando se alejaba:

—¡Y usted es un perfecto dinosaurio!

Phil y yo nos echamos a reír, pero Sarah continuaba tensa. Al reanudar la marcha por el camino, junto a nosotros, comentó:

—Esa gente me saca de quicio.

—Olvídalo —dijo Phil—. De vez en cuando aparecen tipos así, ya lo sabes.

—Pero ¿por qué son tantos? ¿Y por qué precisamente ahora?

Cerca ya de la posada, distinguí a Wil a un lado del jeep. Las puertas del vehículo estaban abiertas y se veían, en desorden, diversos bultos del equipaje. Wil me descubrió inmediatamente y me llamó por señas.

—Bien, parece que estoy a punto de despegar —dije.

Mis palabras rompieron un silencio de diez minutos que yo guardaba desde que había intentado explicar lo que vi ocurrir con la energía de Sarah durante la discusión. Evidentemente, no lo había explicado demasiado bien, porque mis comentarios no provocaron más que miradas inexpresivas y nos llevaron a los tres a un largo período de ensimismamiento.

—Conocerle ha sido un gran placer —dijo Sarah tendiéndome la mano.

Phil miraba hacia el jeep.

—¿No es ése Wil James? —preguntó—. ¿Es el compañero con quien usted viaja?

—Sí —asentí—. ¿Por qué?

—Simple curiosidad. Le he visto por aquí otras veces. Conoce al dueño de este lugar y formó parte del grupo inicial que propició la investigación de los campos de energía.

—Venga y se lo presentaré —dije.

—No, gracias, tengo que marcharme. Volveremos a vernos por aquí más adelante, estoy seguro. Sé que no será usted capaz de pasar mucho tiempo ausente.

—Puede apostar a que no —le confirmé.

Sarah interpuso que también ella necesitaba marcharse y que yo podría restablecer el contacto, si quería, a través de la posada.

Les entretuve a ambos unos minutos más, reiterándoles mi agradecimiento por sus lecciones.

La expresión del rostro de Sarah se tornó seria.

—Ver la energía, captar esta nueva manera de percibir el mundo físico, se consigue a través de una especie de contagio. Ninguno de nosotros lo comprende, pero cuando una persona frecuenta la compañía de otras que ven la energía, por lo general no tarda en verla también. Así pues, vaya usted y enséñelo a otros.

Moví afirmativamente la cabeza, y enseguida me apresuré a acercarme al jeep. Wil me acogió con una sonrisa.

—¿A punto? —le pregunté.

—Casi. ¿Qué tal la mañana?

—Interesante. Tengo mucho que contarte.

—Por ahora será mejor que te lo reserves —replicó—. Necesitamos salir de aquí. Las cosas se vuelven poco propicias.

Me acerqué más a él.

—¿Qué pasa?

—Nada demasiado serio —dijo—. Luego te lo explicaré. Recoge tus trastos.

Entré en la posada y reuní las cuatro pertenencias que había dejado en la habitación. Wil me había comunicado con anterioridad que no habría que pagar nada, que invitaba el dueño, de modo que bajé a recepción, entregué mi llave al empleado, salí al exterior y regresé junto al jeep.

Wil examinaba algo debajo del capó. Cerró la cubierta de éste cuando yo me acercaba.

—Listo —dijo—. Vámonos.

Abandonamos la zona de aparcamiento y bajamos por el camino particular de la posada hacia la carretera principal. Varios coches más se marchaban al mismo tiempo que nosotros.

—Bien, ¿qué es lo que ocurre? —pregunté a Wil.

—Un grupo de funcionarios locales —replicó—, junto con algunos tipos, presuntamente científicos, se han quejado de la relación de ciertas personas con este centro de conferencias. No alegan que se produzca alguna actividad ilegal, sólo que algunos de los personajes que circulan por aquí pueden ser lo que ellos llaman indeseables, no auténticos investigadores calificados. Los funcionarios en particular pueden causar un montón de problemas, susceptibles de acabar arruinando el negocio de la posada.

Le miré a la expectativa, y él continuó:

—Mira, normalmente se alojan en la posada varios grupos al mismo tiempo. De ellos, sólo una mínima parte tienen alguna cosa que ver con las investigaciones referentes al Manuscrito. Los demás son grupos dedicados a sus propias disciplinas científicas que se desplazan hasta aquí por la belleza del lugar.

»Si los funcionarios se ponen demasiado pelmas y crean un clima negativo, todos aquellos grupos dejarán de reunirse en Viciente.

—Creo haberte oído decir que los funcionarios locales, precisamente, no echarían a perder la mina de divisas extranjeras en que esto se ha convertido.

—Cierto, no preveía que lo hicieran. Pero alguien les ha puesto nerviosos por causa del Manuscrito. ¿Entienden los cuidadores de los huertos lo que está pasando?

—No, yo diría que no. Se preguntaban por qué, de pronto, cada vez hay más gente enojada por los alrededores.

Wil guardó silencio. Cruzamos la puerta de la hacienda y giramos hacia el sudeste.

Un par de kilómetros después tomamos otra carretera que, en dirección este, parecía conducir a la cadena de montañas que se veía a lo lejos.

—Pasaremos junto a los huertos —dijo Wil al cabo de unos momentos.

Efectivamente, vi algo más adelante las parcelas y el primer tinglado metálico. Al llegar a la altura de éste se abrió la puerta y mis ojos encontraron los de la persona que salía. Era Marjorie. Sonrió, se volvió hacia nosotros cuando pasábamos, y nuestras miradas quedaron prendidas una de otra un largo momento.

—¿Quién es? —preguntó Wil.

—Una mujer que conocí ayer —respondí.

Él asintió con la cabeza y cambió de tema.

—¿Has sabido algo de la Tercera Revelación?

—Me dieron una copia.

Wil no preguntó nada más, pareció sumirse en sus pensamientos, de modo que saqué la traducción que llevaba en el bolsillo y localicé el punto en que había interrumpido mi lectura. A partir de allí, la Tercera Revelación explicaba la naturaleza de la belleza, describía esta percepción como el medio que permitía finalmente a los seres humanos aprender a observar los campos de energía. Una vez logrado esto, decía, nuestra comprensión del universo físico se transformaría con rapidez.

Comenzaríamos, por ejemplo, a ingerir más alimentos que aún conservaban viva esta energía, y seríamos conscientes de que ciertos lugares irradiaban más energía que otros y que la radiación más intensa procedía de antiguos ambientes naturales, especialmente bosques.

Me disponía a leer las páginas finales cuando Wil rompió de súbito su silencio.

—Cuéntame tu experiencia en los huertos —dijo.

Lo mejor que supe, relaté en detalle los acontecimientos de los dos días, incluidas las personas que había conocido. Cuando mencioné mi encuentro con Marjorie, él me miró y sonrió.

—¿Cuánto hablaste con esas personas sobre las otras revelaciones? —preguntó—. ¿Y qué relación hay entre las revelaciones y lo que hacen en los huertos?

—No mencioné las revelaciones en absoluto. Al principio no confiaba en aquella gente, y después pensé que ellos sabían más que yo.

—Creo que podrías haberles proporcionado alguna información importante si hubieses sido perfectamente honesto con ellos.

—¿Qué clase de información?

Me miró afectuosamente.

—Eso sólo lo sabes tú.

Me quedé sin palabras, de modo que me dediqué a contemplar el paisaje. El terreno se hacía cada vez más escarpado y rocoso. Grandes moles de granito sobresalían por encima de la carretera.

—¿Cómo interpretas el hecho de haber visto de nuevo a Marjorie cuando pasábamos junto a los huertos? —preguntó inesperadamente Wil.

Empecé a decir: «Como una simple coincidencia», pero en lugar de ello respondí:

—No lo sé. ¿Tú qué piensas?

—Pienso que nada ocurre por casualidad. Para mí, significa que vosotros dos tenéis algo pendiente, un asunto sin terminar, algo que necesitáis deciros y no os habéis dicho.

La idea me intrigó, pero también me molestó. Toda mi vida me habían acusado de mostrarme demasiado distante, de hacer preguntas pero no expresar opiniones ni adoptar una determinada posición. ¿Por qué, pensé, volvía ahora a encontrarme con aquello?

Noté asimismo que empezaba a sentirme de manera diferente. Es decir, en Viciente me había sentido audaz y competente, y ahora experimentaba lo que sólo podía calificarse de creciente depresión mezclada con ansiedad.

—Has hecho que me deprima —confesé a Wil.

Rompió a reír ruidosamente, y luego replicó:

—No soy yo. Es el efecto de salir de las tierras de Viciente. La energía de ese sitio le eleva a uno como una cometa. ¿Por qué motivo te parece que todos aquellos científicos comenzaron a deambular por allí años atrás? Ellos no sospecharon cuál era la causa de que les gustase tanto. —Volvió la cabeza para mirarme a la cara—. Pero nosotros la conocemos, ¿verdad? —Dedicó un instante de atención a la carretera, y enseguida retornó a mí, lleno de cordialidad—. Uno tiene que potenciar como sea su propia energía cuando se marcha de un lugar así.

Le miré perplejo y él sonrió como para reafirmar sus palabras. Continuamos en silencio por espacio de un par de kilómetros, hasta que dijo:

—Cuéntame más de lo que pasó en los jardines.

Proseguí la historia. Cuando describía cómo había visto realmente los campos de energía, Wil puso cara de asombro, pero se abstuvo de hacer comentarios.

—¿Tú ves los campos? —le pregunté.

Me lanzó una mirada fugaz.

—Sí —respondió escuetamente—. Continúa.

Relaté el resto sin más interrupciones, hasta que llegué a la discusión de Sarah con el científico peruano y la dinámica de sus campos de energía durante la confrontación.

—¿Qué dijeron a propósito de eso Sarah y Phil? —preguntó él entonces.

—Nada. No parecían tener para ello un marco de referencia.

—Yo no lo expresaría así —replicó Wil, pensativo—. Los dos están tan fascinados por la Tercera Revelación que no han ido más allá. La manera en que los seres humanos compiten por la energía es la Cuarta Revelación.

—¿Compiten por la energía? —repetí.

Él se limitó a sonreír e indicó con un movimiento de cabeza la traducción que yo sostenía en la mano.

Retomé el hilo de la lectura en el punto donde la había interrumpido. El texto apuntaba claramente hacia la Cuarta Revelación. Decía que los humanos terminarían por ver el universo como gran reserva de una única energía dinámica, una energía que puede nutrirnos a nosotros y responder a nuestras expectativas. Sin embargo, también veremos que hemos sido desconectados de la mayor fuente de dicha energía, que nos hemos aislado nosotros mismos de ella y en consecuencia nos hemos sentido débiles e inseguros y deficientes.

Enfrentados a esta deficiencia, los humanos hemos ansiado siempre aumentar nuestra energía personal de la única manera que sabíamos: procurando robársela psicológicamente a otros; una rivalidad inconsciente que subyace en todos los conflictos humanos del mundo.

# LA PUGNA POR EL PODER

Un bache en la grava del pavimento hizo que el jeep traquetease y me despertó. Miré el reloj: las tres de la tarde. Mientras me desperezaba e intentaba desprenderme completamente del sueño sentí un dolor agudo en la región lumbar.

El trayecto había sido agotador. Después de dejar Viciente habíamos viajado el día entero, tomando varias direcciones distintas como si Wil buscase algo que no encontraba. Habíamos pasado la noche en una pequeña hostería donde las camas eran duras, irregulares, y yo dormí muy poco. Ahora, tras viajar en incómodas condiciones por segundo día consecutivo, estaba dispuesto a protestar.

Miré a Wil, y le vi tan concentrado en la ruta, y tan tenso y alerta, que decidí no interrumpirle. Su estado de ánimo parecía el mismo que varias horas antes, cuando detuvo el jeep y me dijo que teníamos que hablar.

—¿Recuerdas que te advertí de que las revelaciones debían ser descubiertas una por una? —me había preguntado.

—Sí.

—¿Crees de veras que cada una se presentará por sí sola?

—Bien, hasta ahora así ha sido —le respondí medio en broma.

Wil me miraba con expresión grave.

—Encontrar la Tercera Revelación fue fácil. Todo lo que teníamos que hacer era visitar Viciente. Pero a partir de ahora, tropezar con las otras visiones puede ser mucho más difícil. —Guardó un momento de silencio y añadió—: Creo que deberíamos dirigirnos al sur, hacia un pueblecito próximo a Quilabamba, un lugar llamado Cula. Allí hay otro bosque virgen que opino que deberías ver. Pero es de vital importancia que permanezcas alerta. Las coincidencias quizá se produzcan con regularidad, pero tú tienes que percatarte. ¿Lo entiendes?

Le dije que creía que sí y que tendría presentes sus advertencias. Después de esto la conversación había decaído y yo me había abandonado a un sueño profundo, abandono que ahora lamentaba por el daño que había hecho a mi espalda. Volví a desperezarme. Wil me observaba de reojo.

—¿Dónde estamos? —pregunté.

—Otra vez en los Andes.

Los cerros se habían convertido en altas sierras y valles distantes. La vegetación era más escasa, los árboles tenían menores dimensiones y parecían muy castigados por el viento. Al hacer una aspiración profunda noté también que el aire era más tenue y bastante más frío.

—Mejor será que te pongas esta chaqueta —dijo Wil. Tirando con una sola mano sacó de una bolsa una cazadora con capucha—. Por la tarde, allá arriba, nos helaremos.

Más adelante, a la salida de un tramo de curvas, descubrimos un cruce de caminos. A un lado, cerca del edificio de tablas blancas de un almacén y de una gasolinera, estaba aparcado un vehículo con la cubierta del capó levantada. Sobre un cuadrado de lona extendido en el suelo había un surtido de herramientas.

Cuando nosotros pasábamos, un hombre rubio salió del almacén y nos miró fugazmente. Tenía la cara redonda y llevaba gafas de montura negra.

Un impulso hizo que me fijase en él. Mi memoria dio un salto atrás de cinco años.

—Sé que no es él —comenté a Wil—, pero ese tipo es exacto que un amigo con quien trabajé durante un tiempo. Ya ni me acordaba.

Noté que Wil me escudriñaba.

—Te dije que estuvieras alerta a los acontecimientos —indicó—. Retrocedamos, a ver si el hombre necesita ayuda. No parece una persona del país.

Encontramos un punto donde los márgenes de la carretera eran lo bastante anchos para permitirnos dar la vuelta y efectuamos la maniobra. Cuando regresamos al cruce, el hombre rubio trabajaba en el motor. Wil se detuvo junto a la bomba de gasolina y se asomó por la ventanilla.

—¿Algún problema? —preguntó.

El hombre se empujó las gafas hacia arriba de la nariz, un gesto que también mi antiguo amigo compartía.

—Pues sí —respondió—. Temo que he perdido la bomba del agua.

Aparentaba unos cuarenta años, era flaco y hablaba un inglés convencional con acento francés.

Wil se apeó del jeep. Nos presentamos. El hombre tendía la mano con una sonrisa que me era asimismo familiar. Dijo que se llamaba Chris Reneau.

—Eso suena a francés —comenté.

—Soy francés —confirmó él—. Pero enseño psicología en Brasil y he venido a Perú buscando información sobre un descubrimiento arqueológico, un manuscrito.

Dudé unos instantes, preguntándome hasta qué punto podía confiar en él.

—Nosotros estamos aquí por el mismo motivo —dije finalmente.

Me miró con gran interés.

—¿Pueden decirme algo sobre el caso? ¿Han visto copias?

Antes de que yo pudiera responder, Wil, que había entrado en el almacén, volvió a salir, dejando que la puerta de tela metálica batiese a espaldas suyas.

—Ha habido suerte —me dijo—. El dueño tiene un lugar donde podemos acampar, y además hay comida caliente. Nos quedaremos a pasar la noche. —Se volvió y miró expectante a Reneau—. Es decir, si a usted no le importa compartir el territorio.

—¡Oh, vamos, no! —exclamó él—. Bienvenida sea la compañía. La bomba nueva no llegará aquí hasta mañana por la mañana.

Mientras Reneau y Wil iniciaban una conversación sobre la mecánica y la fiabilidad del coche del primero, yo busqué una posición cómoda, recostado contra el jeep, y aproveché el calor del sol para abandonarme a una placentera evocación del viejo amigo que Reneau me había devuelto a la memoria. Mi amigo había sido un joven listo y curioso, ciertamente comparable a lo que Reneau parecía ser, y un impenitente lector. Pude recordar casi qué teorías le atraían, aunque el tiempo, de hecho, oscurecía mis remembranzas.

—Llevemos nuestras cosas a la zona de acampada —decía en aquel momento Wil palmeándome la espalda.

—Muy bien —asentí, distraído.

Él abrió la puerta trasera del jeep, sacó la tienda y los sacos de dormir y los descargó en mis brazos; luego se ocupó de transportar el talego de las ropas de repuesto. Reneau estaba cerrando su vehículo. Los tres pasamos junto al almacén y descendimos por un tramo de peldaños. La empinada sierra se elevaba detrás del edificio de madera blanca. Doblamos a la izquierda siguiendo un estrecho sendero, y al cabo de una veintena de metros oímos rumor de agua. Poco después veíamos una corriente que caía en cascada sobre las rocas. El aire era allí más fresco y percibí en él la fuerte fragancia de la menta.

Delante mismo de nosotros el terreno se nivelaba y la corriente formaba un estanque de unos ocho metros de diámetro. Alguien había aclarado parte del espacio para facilitar la acampada, aparte de levantar una contención de piedra donde encender fuego. Había leña amontonada junto a un árbol próximo.

—Esto está muy bien —declaró Wil.

Procedió a desembalar su tienda, que tenía cabida para cuatro personas, mientras que Reneau se dispuso a instalar a la derecha la suya, mucho menor.

—¿Son Wil y usted investigadores? —me preguntó en un determinado momento, cuando ya Wil había terminado con su tienda y partido en busca de noticias de la cena.

—Wilson es un guía —dije—, y yo confieso que por ahora no hago nada.

Reneau acogió mi respuesta con cara de desconcierto, en vista de lo cual sonreí y pregunté a mi vez:

—¿Ha tenido ocasión de ver alguna parte del Manuscrito?

—Conozco la Primera y la Segunda Revelación —declaró. Se acercó más a mí—. Y le diré algo. Creo que todo está ocurriendo como el Manuscrito anuncia. Nuestro concepto del mundo cambia: lo he comprobado en la psicología.

—¿A qué se refiere?

Respiró profundamente.

—Mi campo de trabajo son los conflictos, investigar por qué los individuos se tratan unos a otros con tanta violencia. Siempre hemos sabido que esta violencia procede del impulso que nos lleva a intentar someter y dominar a nuestros semejantes, pero sólo en fechas recientes hemos estudiado el fenómeno desde el interior, desde el punto de vista de la conciencia individual. Nos hemos preguntado qué ocurre dentro de un ser humano que le hace querer dominar a otro. Hemos descubierto que cuando un individuo se acerca a otra persona y traba conversación con ella, lo cual ocurre en el mundo millones de veces cada día, pueden suceder dos cosas: que el individuo se aleje sintiéndose fuerte o sintiéndose débil, según lo que haya ocurrido en la interacción.

Le miré con cierta perplejidad, y él pareció ligeramente turbado por haberse embarcado en una disertación tan larga. Enseguida le pedí que continuase.

—Por esta razón —añadió—, los seres humanos parecemos adoptar siempre una postura manipuladora. No importa cuáles sean las circunstancias de la situación ni el tema a tratar: nosotros nos preparamos para decir lo que más nos convenga con tal de salirnos con la nuestra en la conversación. Cada uno de nosotros procura hallar una manera de ejercer el control y de este modo dominar el encuentro. Si lo conseguimos, si nuestro punto de vista prevalece, entonces, en lugar de sentirnos débiles, recibimos un refuerzo psicológico.

»Dicho de otra manera, los seres humanos tratamos de ser más listos que el prójimo e imponerle nuestro control no sólo en razón de una meta tangible a la que intentamos llegar en el mundo exterior, sino por la exaltación que así recibimos psicológicamente. Éste es el motivo de que veamos en el mundo tantos conflictos irracionales, lo mismo a nivel individual que entre las naciones.

»El consenso en mi campo es que todas estas materias están ahora emergiendo en la conciencia pública. Los seres humanos nos percatamos de hasta qué extremos nos manipulamos unos a otros, y en consecuencia estamos reconsiderando nuestras motivaciones. Buscamos otra manera de interactuar. Y a mi entender, esta reconsideración formará parte de la nueva visión del mundo de que habla el Manuscrito.

El regreso de Wil interrumpió nuestra conversación.

—Están preparados para servirnos —anunció.

Nos apresuramos a remontar el sendero y entramos en el sótano del almacén, que era la parte del edificio destinada a vivienda. Cruzamos la sala de estar, pasamos al comedor y nos encontramos ante una mesa en la que había dispuesto un estofado de carne, así como verduras y ensalada.

—Siéntense, siéntense —decía el propietario en inglés, colocando sillas y apresurándose de un lado a otro.

Además del hombre estaban presentes una mujer, sin duda su esposa, y una muchacha de unos quince años.

Al sentarse, Wil rozó accidentalmente con el brazo el tenedor dispuesto sobre la mesa. El tenedor cayó al suelo con cierto estrépito. El hombre miró ceñudamente a la mujer, quien a su vez habló a la chica en tono áspero, quizá porque ésta no había mostrado intención de moverse para traer otro tenedor. La muchacha corrió entonces a la habitación contigua, regresó con el cubierto y, vacilante, se lo ofreció a Wil. Encorvaba la espalda y le temblaba levemente la mano.

Mis ojos encontraron a los de Reneau a través de la mesa.

—Buen provecho, señor —dijo el hombre, tendiéndome uno de los platos.

Durante la mayor parte de la cena, Reneau y Wil hablaron informalmente de la vida académica, de los problemas de la enseñanza y de la publicación. El propietario había abandonado el comedor, pero la mujer continuaba plantada junto a la puerta.

Cuando la mujer y su hija empezaban a servir platos individuales de tarta, el codo de la muchacha golpeó mi vaso de agua. Ésta se derramó sobre la mesa, delante de mí. La madre acudió enfurecida, gritándole a la chica en español y empujándola a un lado.

—Lo siento —me dijo luego. Intentaba secar el agua con un paño—. Esa criatura es tan torpe...

La muchacha, de repente, estalló. Le arrojó a la mujer el último plato de tarta que quedaba, falló el tiro y las salpicaduras de tarta y los fragmentos de loza se esparcieron por el centro de la mesa. En aquel preciso instante regresaba el propietario.

El hombre se puso a vociferar y la chica escapó del comedor.

—Lo lamento muchísimo —dijo él, acercándose presuroso a la mesa.

—No ha pasado nada —repliqué—. Vamos, no sea tan duro con la muchacha.

Wil ya estaba en pie y comprobaba el importe de la cuenta, después de lo cual nos marchamos sin más demora. Reneau guardaba silencio, pero habló apenas salimos al exterior.

—¿Se ha fijado en esa chica? —dijo, dirigiéndose a mí—. Es un ejemplo típico de violencia psicológica. A esto conduce la necesidad humana de dominar a otros cuando es llevada hasta el extremo. El dueño y la mujer dominan totalmente a la chica. ¿Ha visto lo nerviosa y encogida que estaba?

—Sí —asentí—, y más que harta, al parecer.

—¡Exactamente! Sus padres nunca han aflojado. Y desde su propio punto de vista, ella no tiene otra opción que el pataleo, la simple violencia. Es la única manera de ganar para sí un poco de control. Por desgracia, cuando madure, debido a este trauma temprano, pensará que debe hacerse con un control muy superior y dominar a otros con la misma o mayor intensidad con que la han dominado a ella. Esta característica la llevará profundamente arraigada y la convertirá en alguien tan dominante como sus padres lo son ahora, especialmente cuando tenga cerca personas vulnerables, como, por ejemplo, niños.

»De hecho, no cabe duda de que este mismo trauma lo sufrieron sus padres antes que ella. Hoy tienen que dominar como consecuencia de la forma en que sus padres les dominaron a ellos. Éstos son los mecanismos que transmiten la violencia psicológica de cada generación a la siguiente.

Reneau calló de sopetón. Al cabo de unos segundos, en tono muy distinto, agregó:

—Necesito sacar del coche mi saco de dormir. Bajaré enseguida.

Yo asentí con un ademán y, junto a Wil, seguí el camino hacia la zona de acampada.

—Tú y Reneau habéis hablado por los codos —observó Wil.

—Por supuesto.

—O mejor dicho —Wil sonreía—, es Reneau quien se ha hartado de hablar. Tú escuchas y respondes a preguntas directas, pero no ofreces mucho.

—Me interesa lo que él tiene que decir —repliqué a la defensiva.

Wil ignoró mi tono.

—¿Has visto la energía moverse entre los miembros de esa familia? El hombre y la mujer chupaban la energía de la niña hasta dejarla medio muerta.

—He olvidado observar el flujo de energía —dije.

—Bien, ¿no crees que a Reneau le gustaría verlo? Y por cierto, ¿qué piensas de tu encuentro con él?

—No lo sé. Nada aún.

—¿No te parece que ha de tener algún significado? Íbamos tranquilamente por la carretera, y tú has visto a alguien que te ha recordado a un antiguo amigo, y cuando hemos hablado con esa persona ha resultado que también estaba buscando el Manuscrito. No me dirás que la cosa no pasa de coincidencia.

—Sí.

—Quizás os habéis encontrado para que tú recibas cierta información que amplíe los frutos de tu viaje. ¿Y no se desprende de ello que quizá tú también tengas para él alguna información valiosa?

—Sí, supongo que sí. ¿Qué te parece que debería contarle?

Wil me miró una vez más con su característico afecto.

—La verdad —dijo.

Antes de que yo pudiera responder, Reneau apareció brincando por el camino en dirección a nosotros.

—He traído una linterna por si acaso la necesitamos después —dijo.

Por primera vez me di cuenta de que caía el crepúsculo. Miré hacia el oeste. El Sol ya se había puesto, pero el cielo tenía aún un vivo color naranja. Las escasas nubes, por aquella parte, mostraban un tono rojizo más oscuro. Durante unos segundos creí ver un campo de luz blanquecina en torno a las plantas que había en primer término, aunque la imagen se difuminó enseguida.

—Hermosa puesta de Sol —comenté.

Entonces observé que Wil había desaparecido en el interior de su tienda y Reneau sacaba el saco de dormir de su funda.

—Vaya si lo es —replicó distraídamente, sin mirar.

Me acerqué a él. Levantó la vista de lo que estaba haciendo y dijo:

—No le he preguntado, me parece, cuántas revelaciones conoce usted ya.

—Las dos primeras simplemente me las describieron —repliqué—. Pero acabamos de pasar un par de días en la Posada Viciente, cerca de Satipo. Mientras estábamos allí, una de las personas ocupadas en la investigación me entregó una copia de la Tercera Revelación. Es bastante curiosa.

Sus ojos se iluminaron.

—¿La ha traído consigo?

—Sí. ¿Quiere echarle una mirada?

No desperdició la ocasión, y se llevó la copia a la tienda para leerla. Yo encontré mientras tanto unos fósforos y un periódico viejo y encendí una fogata. El fuego brillaba alegremente cuando Wil salió de su tienda.

—¿Dónde está Reneau? —preguntó.

—Leyendo la traducción que me dio Sarah.

Wil fue a sentarse en un tronco liso que alguien había colocado cerca del espacio reservado para el fuego. Me reuní con él. La oscuridad se había ya adueñado del entorno y no se veía nada, excepto la silueta de los árboles a nuestra izquierda, las débiles luces de la gasolinera detrás de nosotros y un resplandor difuso procedente de la tienda de Reneau. El bosque estaba lleno de rumores nocturnos, algunos de los cuales yo no recordaba haber oído con anterioridad.

Transcurrida una media hora, Reneau emergió de su tienda linterna en mano. Vino a sentarse a mi izquierda. Wil bostezaba.

—Esta visión es asombrosa —dijo el primero—. ¿Es cierto que alguien puede ver los campos de energía que en ella se describen?

Le conté brevemente mis experiencias, comenzando con nuestra llegada a Viciente y siguiendo hasta el momento en que fui capaz de ver yo mismo los campos.

Él guardó silencio unos minutos. Luego inquirió:

—¿De veras hacían experimentos en los que proyectaban su propia energía hacia las plantas, y esto influía en su desarrollo?

—En su desarrollo y en su potencial nutritivo —precisé.

—Pero la visión principal abarca más que eso —comentó, como hablando consigo mismo—. La Tercera Revelación es que el universo en su totalidad está integrado por esta energía, y que nosotros podemos influir no sólo en las plantas, sino también sobre otras cosas, simplemente por lo que hacemos con la energía que nos pertenece, la parte que tenemos bajo control. —Guardó silencio un minuto—. Me pregunto cómo afectará a otras personas nuestra energía.

Wil me miraba y sonreía.

—Le contaré lo que yo vi —dije—. Presencié una discusión entre dos personas, y sus energías hacían cosas realmente extrañas.

Reneau se empujó las gafas hacia arriba.

—Sí, hábleme de eso.

Wil optó en aquel momento por levantarse.

—Creo que necesito descansar —anunció—. La jornada ha sido dura.

Le deseamos buenas noches, y él se retiró a su tienda. A continuación, describí lo mejor que supe lo que Sarah y el otro científico se habían dicho uno a otro, poniendo especial énfasis en la acción de sus campos de energía.

—Espere, espere un minuto —me interrumpió Reneau—. ¿Vio usted que sus energías se empujaban mutuamente, como si cada una, digamos, tratase de capturar la contraria mientras aquellas personas discutían?

—Exactamente.

Se quedó un instante pensativo.

—Esto hay que analizarlo a fondo. Son dos personas que discuten sobre quién tiene la visión correcta de la situación, sobre cuál de las dos está en lo cierto; cada una quiere triunfar a costa de la otra, incluso llegando al extremo de invalidar la confianza en sí misma de la oponente y de recurrir al insulto. —Enderezó súbitamente la cabeza—. ¡Sí, todo eso tiene sentido!

—¿Qué quiere decir?

—El movimiento de esta energía, si podemos observarlo sistemáticamente, es una vía para comprender lo que los seres humanos están recibiendo cuando compiten y discuten y se perjudican unos a otros. Cuando controlamos a otro ser humano recibimos su energía. Nos llenamos hasta el tope a expensas del otro, y es llenarnos de energía lo que nos motiva. Mire, necesito aprender a ver esos campos de energía. ¿Por dónde para esa Posada Viciente? ¿Cómo se va hasta allí?

Le describí la situación en términos generales, pero añadí que tendría que pedirle a Wil las indicaciones específicas.

—Sí, mañana sin falta lo haré —dijo convencido—. Ahora debo dormir un poco. Quiero marcharme lo más temprano posible.

Se despidió, y luego se refugió en su tienda y me dejó a solas con el crepitante fuego y los rumores de la noche.


Cuando desperté, Wil ya no estaba en la tienda. Me llegaba un aroma de cereal caliente. Salí del saco de dormir y fisgué por la abertura de la lona. Wil sostenía una sartén sobre el fuego. Reneau no estaba a la vista, y también su tienda había desaparecido.

—¿Dónde se ha metido Reneau? —pregunté mientras me acercaba a la fogata.

—Ya ha recogido sus cosas. Está ahí arriba trabajando en su coche, preparándose para partir en cuanto le llegue la pieza de recambio.

Wil me pasó un cuenco de gachas de avena y ambos nos sentamos en uno de los troncos para desayunar.

—¿Os quedasteis hablando hasta... muy tarde? —inquirió él.

—El tiempo justo para contarle todo lo que sé.

En aquel momento oímos pasos en el sendero. Reneau caminaba deprisa hacia nosotros.

—Listo y a punto —dijo—. Es hora de despedirse.

Conversamos todavía unos minutos, y a continuación Reneau regresó hacia el almacén y se marchó. Wil y yo nos turnamos para bañarnos y afeitarnos en el cuarto de aseo del dueño de la gasolinera, después hicimos el equipaje, llenamos de gasolina el depósito del vehículo y partimos rumbo al norte.

—¿Está muy lejos Cula? —pregunté.

—Llegaremos antes de anochecer, si hay suerte —respondió Wil. Y no tardó en añadir—: Bien, ¿qué has aprendido de Reneau?

Le miré atentamente. Parecía esperar una respuesta concreta.

—Pues no lo sé —dije.

—¿Qué concepto válido te ha dejado?

—Quizá que los seres humanos, aunque no somos conscientes de ello, tendemos a controlar y dominar a los demás. Queremos apoderarnos de la energía que existe entre las personas. De un modo u otro, la energía nos forma, nos desarrolla, hace que nos sintamos mejor.

Wil fijaba la vista en la carretera que teníamos delante. Parecía haberse puesto de pronto a pensar en otra cosa.

—¿Por qué lo preguntas? —inquirí—. ¿Acaso es esto la Cuarta Revelación?

Devolvió su atención a lo que le decía.

—No del todo. Tú has visto la energía fluir entre las personas. Pero no estoy seguro de que sepas lo que se siente cuando eso te ocurre a ti.

—¡Pues dime de una vez lo que se siente! —exclamé, empezando a exasperarme—. ¡Me acusas de no hablar, y sacarte información a ti es como arrancarte un diente! Llevo días tratando de saber algo más sobre tus experiencias anteriores con el Manuscrito, y lo único que haces es rehuirme.

Se echó a reír y me obsequió con una sonrisa.

—Tenemos un pacto, ¿recuerdas? Si te parezco reservado es por una razón. Una de las revelaciones se refiere a cómo interpretar los acontecimientos de la vida pasada de cada uno. Es un proceso por el cual se llega a tener claro quién es uno y qué ha venido a hacer en este planeta. Quiero simplemente esperar a que alcancemos esta revelación antes de hablar de mi pasado, ¿conforme?

La audacia de su tono me hizo sonreír.

—Sí, supongo que sí.

El resto de la mañana viajamos en silencio. El día era soleado, el cielo azul.

Ocasionalmente, a medida que ascendíamos por la montaña, gruesas nubes atravesaban nuestra ruta y nos cubrían de humedad el parabrisas. Hacia mediodía paramos en un lugar que ofrecía una vista espectacular de las montañas y valles que se extendían hacia el este.

—¿Tienes hambre? —preguntó Wil.

Asentí con un gesto, y él sacó de una bolsa que llevaba en el asiento posterior dos sándwiches pulcramente envueltos. Tras entregarme uno añadió:

—¿Qué opinas de este panorama?

—Es una maravilla.

Sonreía levemente, y por la forma en que me miraba me dio la impresión de que estaba observando mi campo de energía.

—¿Qué haces? —pregunté.

—Miraba, y basta. Las cumbres de las montañas son lugares especiales que pueden acumular energía en quienquiera que se sitúe en ellas. Tú pareces tener cierta afición a los paisajes montañosos.

Le hablé entonces del valle de mi abuelo y de la sierra que dominaba el lago, y de cómo aquel lugar me había hecho sentir alerta y vigorizado el mismo día que llegaba Charlene.

—Puede que el haber crecido allí —dijo él— te preparase para algo que ha de ocurrir aquí y ahora.

Estaba a punto de interrogarle más a fondo sobre la energía que proporcionan las montañas cuando añadió:

—Si un bosque virgen está en una montaña, la energía se amplifica más aún.

—¿Está el bosque adonde vamos en una montaña?

—Compruébalo tú mismo —respondió Wil—. Ya puede verse.

Señalaba hacia el este. A muchos kilómetros distinguí dos cadenas de montañas que discurrían paralelas, al parecer, por un largo trecho, y luego convergían diseñando una V. En el espacio entre las dos sierras había lo que sin duda era una pequeña población, y en el vértice, en el punto donde ambas cadenas se juntaban, la montaña ascendía pronunciadamente y culminaba en un picacho rocoso. Este pico parecía más alto que la sierra en que estábamos ahora, y la zona que rodeaba su base era mucho más verde, como si la cubriera una vegetación muy frondosa.

—¿Se trata de aquella zona verde? —inquirí.

—Sí. Es comparable a Viciente, sólo que más potente, especial.

—¿Especial? ¿En qué sentido?

—Facilita una de las restantes revelaciones.

—¿Cómo es eso?

Wil puso en marcha el jeep y reanudó el avance por la carretera.

—Apuesto —dijo— a que tú mismo lo descubrirás.

Ninguno de los dos dijo mucho más por espacio de aproximadamente una hora; luego yo me abandoné al sueño, hasta que Wil me devolvió a la realidad sacudiéndome del brazo.

—Despierta —dijo—. Estamos llegando a Cula.

Me enderecé en el asiento. Por delante de nosotros, en un valle donde se juntaban dos carreteras, se veía una población. A ambos lados estaban las dos sierras que antes habíamos visto. En aquellos montes los árboles parecían tan grandes como los de Viciente, y sus hojas eran de un verde espectacular.

—Quiero decirte algo antes de que entremos ahí —declaró Wil—. A pesar de la energía de este bosque, la población es mucho menos civilizada que en otras regiones de Perú. Se sabe que es un lugar donde conseguir información sobre el Manuscrito, pero la última vez que yo estuve aquí hervía de sujetos codiciosos que ni sentían la energía ni entendían las revelaciones. Querían únicamente el dinero o la fama que conseguirían si descubriesen la Novena.

Eché una mirada al pueblo, que se componía de cuatro o cinco calles. Grandes casas de madera se alineaban en las dos vías principales, que se cruzaban en el centro de la población, pero el resto de las calles eran poco más que callejuelas sembradas de casuchas. Aparcados cerca de la encrucijada había como una docena de vehículos destartalados, entre coches y camiones.

—¿Por qué están todos ahí? —pregunté, señalándolos.

—Porque ése es uno de los últimos puntos donde se puede conseguir gasolina y provisiones antes de adentrarse en las montañas.

A marcha lenta nos adentrábamos nosotros en la población, para detenernos poco después delante de una de las casas grandes. Era un establecimiento comercial, y aunque no entendí los rótulos escritos en español deduje, por los productos visibles en el escaparate, que era una mezcla de ferretería y tienda de comestibles.

—Espérame un minuto —dijo Wil—. Tengo que entrar a por unas cosas.

Asentí, y él desapareció en el interior del establecimiento. Precisamente cuando yo me entretenía mirando a mi alrededor, una camioneta se detuvo al otro lado de la calle y se apearon varias personas. Una era una mujer de cabello negro vestida con una cazadora de faena. Con gran sorpresa descubrí que se trataba de Marjorie. Ella y un muchacho de poco más de veinte años cruzaron la calle y pasaron por delante de mí.

Salté del jeep.

—¡Marjorie! —grité.

Ella se detuvo, buscó con la mirada y sonrió al verme.

—¡Hola! —exclamó.

Dio un paso hacia mí, pero su acompañante la cogió del brazo.

—Robert nos advirtió que no habláramos con nadie —dijo en voz baja, tratando en vano de que yo no lo oyese.

—No hay cuidado —replicó ella—. Conozco bien a esta persona. Tú sigue.

Él me miró con aire escéptico, después se encogió de hombros y entró en la tienda. Yo intenté entonces, entre espantosos tartamudeos, explicar lo que había ocurrido entre nosotros en los jardines de Viciente. Ella se echó a reír y me dijo que Sarah se lo había contado todo con detalle. Se disponía a añadir alguna cosa cuando Wil compareció con una bolsa de provisiones.

Hice las presentaciones y los tres hablamos unos minutos, mientras Wil colocaba adecuadamente sus compras en la trasera del jeep.

—Tengo una idea —dijo al terminar—. Comamos algo ahí, al otro lado de la calle.

Miré hacia lo que parecía ser una pequeña cafetería.

—Me parece bien.

—Yo no sé —dijo Marjorie—. Habré de marcharme enseguida. Me acompañan.

—¿Adónde vas? —inquirí.

—Hacia el oeste, unos tres kilómetros. He venido a visitar a un grupo que estudia el Manuscrito.

—Después de comer te podemos acompañar nosotros —sugirió Wil.

—Bueno, supongo que no habrá inconveniente.

Wil me miró.

—Me falta comprar todavía una cosa. Adelantaos vosotros, tomad una mesa y guardadme sitio. Cuestión de minutos.

Nos mostramos de acuerdo, y Marjorie y yo esperamos a que pasaran unos vehículos para cruzar. Wil se alejó calle abajo. Súbitamente, el joven con quien Marjorie había llegado salió de la tienda y se nos enfrentó de nuevo.

—¿Adónde vas? —dijo, cogiéndola del brazo como había hecho antes.

—Es un amigo mío —replicó ella—. Vamos a tomar un bocado y después me acompañará de regreso.

—Mira, aquí no puedes confiar en nadie. Sabes que Robert no estaría de acuerdo.

—No pasa nada.

—¡Quiero que vengas conmigo ahora mismo!

Yo le así del brazo y le aparté de Marjorie.

—Ya oyes lo que te ha dicho —le advertí.

Él retrocedió un paso, me miró, y de pronto se mostró muy tímido. Dio media vuelta y se marchó de nuevo a la tienda.

—Vamos allá —dije.

Atravesamos la calle y entramos en la cafetería. El local era realmente pequeño, tenía ocho mesas y estaba impregnado de grasa y humo. Descubrí una mesa libre a la izquierda. Cuando nos dirigíamos a ella varias de las personas presentes nos miraron unos instantes, y enseguida volvieron a lo que hacían.

La camarera sólo hablaba español, pero Marjorie conocía bien el idioma y encargó la comida para los dos. A continuación me miró cálidamente y yo le sonreí.

—¿Quién es el joven con quien estabas?

—Se llama Kenny —respondió escuetamente—. No sé lo que le pasa. Gracias por ayudarme.

Su mirada iba directamente a mis ojos, y su comentario hizo que me sintiera estupendamente bien.

—¿Cómo has conectado con ese grupo? —pregunté.

—Robert Jensen es un arqueólogo. Ha formado un equipo para estudiar el Manuscrito y buscar la Novena Revelación. Fue a Viciente hace unas semanas, luego volvió hace un par de días... Yo...

—¿Qué?

—Bueno, yo tenía en Viciente una persona de la que quería separarme. Entonces conocí a Robert y me pareció una persona encantadora y que hacía algo muy interesante. Me convenció de que nuestra investigación en los huertos mejoraría muchísimo por medio de la Novena Revelación y afirmó que él estaba en camino de encontrarla. Dijo que la búsqueda de esta revelación sería lo más emocionante que jamás había hecho, así que cuando me ofreció un puesto en su equipo por unos meses decidí aceptar...

De nuevo se interrumpió. Bajó la mirada a la mesa. Parecía de pronto sentirse incómoda y opté por cambiar de tema.

—¿Cuántas de las revelaciones has leído?

—Sólo la que vi en Viciente. Robert tiene otras, pero se empeña en creer que la gente debe desprenderse de sus credos tradicionales antes de estar en condiciones de comprenderlas. Dice que, en todo caso, preferiría que los conceptos clave los aprendieran de él.

Debí de fruncir el entrecejo, porque Marjorie añadió rápidamente:

—Esto no te gusta demasiado, ¿verdad?

—Suena sospechoso —concedí.

Volvió a mirarme intensamente.

—A mí también me hizo dudar. Quizá cuando me acompañes puedas hablar con él y decirme lo que piensas.

La camarera vino con la comida. En el momento en que se retiraba vi que Wil entraba por la puerta. Se acercó a nuestra mesa con paso vivo.

—Tengo que encontrarme con unas personas a un par de kilómetros al norte —anunció—. Estaré ausente dos o tres horas. Toma el jeep y acompaña a Marjorie, a mí me llevarán en otro coche. —Me dedicó una sonrisa—. Después podemos volver a reunirnos aquí.

Me pasó por la mente la idea de hablarle de Robert Jensen, pero decidí no hacerlo.

—De acuerdo —dije.

Él miró a Marjorie.

—Ha sido un placer conocerte. Me gustaría tener tiempo para quedarme a charlar.

Ella le devolvió la mirada con su peculiar expresión de timidez.

—Habrá otras ocasiones.

Wil asintió, me entregó las llaves del jeep y se marchó.

Marjorie se dedicó por unos minutos a comer, y finalmente dijo:

—Parece un hombre resuelto. ¿Cómo le conociste?

Le conté con detalle lo que me había ocurrido a mi llegada a Perú. Mientras hablaba, ella me escuchó absorta en mi relato; tan absorta, de hecho, que me encontré explicando la historia con gran facilidad y describiendo los giros y episodios dramáticos con agudeza y auténtico estilo. Marjorie parecía hechizada, pendiente de cada palabra.

—Bondad divina —comentó en determinado momento—. ¿Crees que estás en peligro?

—No, ahora no. No a tanta distancia de Lima.

Ella seguía mirándome expectante, por lo que mientras terminábamos de comer resumí brevemente los acontecimientos de Viciente hasta la ocasión en que Sarah y yo habíamos llegado a los jardines.

—Allí fue donde te conocí —dije—, y tú escapaste.

—Oh, no, no fue eso —replicó—. Simplemente, no sabía quién eras, y cuando vi tus sentimientos pensé que lo mejor era marcharse.

—Bueno, te presento mis excusas —dije, conteniendo la risa— por dejar que mi energía se desmandara.

Ella miró el reloj.

—Temo que es hora de volver. Estarán preocupados por mí.

Dejé sobre la mesa dinero suficiente para pagar la cuenta y salimos en busca del jeep de Wil. La noche era fría hasta el punto de que el aliento se condensaba ante nuestras bocas.

Ya a bordo del coche, Marjorie me indicó:

—Sal por la carretera del norte. Ya te avisaré donde hay que girar.

Di en la calle una vuelta en redondo para tomar la dirección contraria y salir del pueblo.

—Cuéntame más cosas del sitio adonde vamos —pedí.

—Es una granja que, según creo, Robert tiene alquilada. Aparentemente, su grupo viene usándola desde hace tiempo mientras él estudiaba las revelaciones. Desde que yo estoy aquí, sin embargo, todos se han dedicado a reunir provisiones y pertrechos, a poner a punto los vehículos, cosas así. Algunos de sus hombres parecen bastante toscos.

—¿Por qué te invitó a participar?

—Dice que necesita una persona capaz de ayudarle a interpretar la última visión una vez la encontremos. Por lo menos esto es lo que dijo en Viciente. Aquí no ha hablado más que de aprovisionamiento y de ayudarle a preparar el viaje.

—¿Adónde se propone ir?

—No lo sé —respondió Marjorie—. Nunca me contesta cuando se lo pregunto.

Nos habíamos alejado un par de kilómetros de la población cuando ella señaló un desvío a la izquierda. Se trataba de una carretera estrecha y pedregosa, que ascendía serpenteando hasta salvar una cresta de lomas de mediana altura, para descender de nuevo a un valle llano y apacible. Allí se veía una casa campestre construida con tablas rústicas, detrás de la cual se alzaban varios graneros y dependencias. Tres llamas nos observaban desde un prado rodeado por una cerca.

Mientras reducíamos la marcha para detenernos, varias personas aparecieron entre unos vehículos y nos miraron con caras serias. Observé que un generador eléctrico de gasolina zumbaba a un lado de la casa. Luego se abrió la puerta de ésta y un hombre alto, de cabello negro y rasgos enjutos y enérgicos, avanzó hacia nosotros.

—Ése es Robert —dijo Marjorie.

—Bien —asentí, sintiéndome todavía fuerte y lleno de confianza.

Nos apeamos cuando Jensen llegaba. Miraba a Marjorie.

—Me tenías preocupado —dijo—. Me han contado que has encontrado a un amigo.

Me presenté, y él me estrechó la mano con firmeza.

—Soy Robert Jensen. Me alegro mucho de que los dos estéis bien. Entrad.

Dentro de la casa varias personas trajinaban cosas diversas. Un hombre transportaba hacia la parte trasera una tienda y otros artículos de acampada. A través del comedor distinguí a dos mujeres peruanas que en la cocina empaquetaban comestibles. Jensen se sentó en una de las sillas de la sala de estar y nos ofreció otras dos a nosotros.

—¿Por qué has dicho que te alegras de que estemos bien? —pregunté yo.

Él se inclinó hacia mí y, en tono sincero, preguntó a su vez:

—¿Cuánto tiempo llevas en esta comarca?

—Sólo desde hoy.

—Entonces no puedes saber lo peligrosa que es. La gente desaparece. ¿Has oído hablar del Manuscrito? ¿Sabes que falta la Novena Revelación?

—Sí, he oído hablar. De hecho...

—Pues necesitas saber lo que ocurre —me interrumpió—. La búsqueda de la última revelación se está poniendo fea. Mezclados en esto hay tipos peligrosos.

—¿Quiénes son? —inquirí.

—Personas a quienes tiene absolutamente sin cuidado el valor arqueológico del descubrimiento. Gentuza que sólo quiere la revelación para alcanzar sus propios fines.

Un hombre corpulento, panzudo y con barba, interrumpió la conversación y mostró a Jensen una lista. Ambos discutieron brevemente algo en español.

Jensen volvió a mirarme.

—¿Estás tú aquí también para encontrar la revelación que falta? ¿Tienes idea de en qué te estás metiendo?

Me sentí torpe y tuve dificultad en expresarme:

—Bien... Me intereso principalmente por saber más cosas del Manuscrito en su totalidad. Todavía no he visto mucho de su contenido, por cierto.

Él se enderezó en su silla, luego dijo:

—¿Has tenido en cuenta que el Manuscrito es propiedad estatal y que las copias del texto han sido declaradas ilegales, salvo si están oficialmente autorizadas?

—Sí, pero muchos hombres de ciencia discrepan en ese sentido. Consideran que el gobierno está eliminando nuevos...

—¿No crees que Perú, como nación, tiene derecho a disponer de sus propios tesoros arqueológicos? ¿Sabe el gobierno que tú estás en el país?

No supe qué decir: un nudo de ansiedad había vuelto a formarse en mi estómago.

—Mira, no me interpretes mal —prosiguió Jensen, sonriendo—. Yo estoy de tu parte. Si cuentas con alguna clase de soporte académico desde el exterior del país, entonces dímelo. Pero tengo la impresión de que simplemente vas flotando por ahí.

—Algo parecido —confesé.

Noté que la atención de Marjorie se había desplazado de mí a Jensen. Fue ella quien habló, para preguntar:

—¿Qué crees tú que debería hacer?

Jensen se alzó de su asiento y sonrió.

—Quizá podríamos encontrarte un sitio aquí, entre nosotros —me dijo a mí—. Necesitamos más personal. El sitio al que vamos es relativamente seguro, me parece. Y tú encontrarías con más facilidad algunas vías de regreso a casa si las cosas no funcionaran bien. —Me miró de hito en hito—. Pero tendrás que estar dispuesto a hacer exactamente lo que yo diga, en todo momento y a cada paso.

Lancé una mirada a Marjorie y vi que seguía todavía pendiente de Jensen. Me sentí confuso. Quizá debería considerar la oferta de Jensen, pensé. Si él estaba en buenas relaciones con el gobierno, aquélla podía ser la única oportunidad que yo tenía para legitimar mi presencia y mi regreso a Estados Unidos. Quizás había estado engañándome a mí mismo. Quizá Jensen tenía razón y yo estaba actuando por encima de mis posibilidades.

—Creo que deberías atender a lo que dice Robert —comentó Marjorie—. Es terrorífico andar por ahí solo.

Aunque sabía que ella podía estar en lo cierto, yo conservaba aún la fe en Wil y en lo que hacíamos. Quise expresar esta idea, pero cuando intenté hablar me encontré con que no podía formularla en palabras. Me era ya imposible pensar con claridad.

Súbitamente, el hombre corpulento volvió a entrar en el cuarto y fue a mirar por la ventana. Jensen se apresuró a le-

vantarse de la silla y reunirse con él; luego se dirigió a Marjorie y dijo con indiferencia:

—Alguien viene. Ve a pedirle a Kenny que entre aquí, por
favor.

Ella asintió y se marchó. Por la ventana distinguí las luces
de un vehículo que se aproximaba y que instantes después se
detenía a escasos metros.

Jensen abrió la puerta y, cuando lo hizo, oí que alguien
mencionaba mi nombre en el exterior.

—¿Quién es? —dije.

Jensen me miró enérgicamente.

—Calla y no te muevas —ordenó.

Él y el hombre corpulento salieron y cerraron la puerta a
sus espaldas. Por la ventana pude ver una única figura silue-
teada contra las luces del vehículo. Mi primer impulso fue
quedarme dentro de la casa. La evaluación que Jensen había
hecho de mi situación me había llenado de lúgubres presa-
gios. Pero algo en la persona próxima al vehículo, una furgoneta, me pareció familiar. Abrí la puerta y salí al exterior. Tan
pronto me vio, Jensen se precipitó hacia mí.

—¿Qué estás haciendo? ¡Vuelve ahí dentro!

Por encima del rumor del generador me pareció oír de
nuevo mi nombre.

—¡Entra enseguida! —insistió Jensen—. Podría ser una
trampa. —Estaba parado frente a mí, obstruyéndome la visión de la furgoneta—. ¡Vuelve a entrar enseguida!

Me sentí totalmente confuso, lleno de pánico, incapaz de
tomar una decisión. Entonces la figura distorsionada por las
luces se acercó más y pude ver su forma por el flanco del
cuerpo de Jensen. Oí claramente:

—¡Ven, tengo que hablar contigo!

Se acercó un poco más, y mi mente se aclaró y me di
cuenta de que era Wil. Pasé corriendo junto a Jensen.

—¿Qué demonio te ocurre? —preguntó Wil perentoria-
mente—. Tenemos que marcharnos de aquí.

—¿Y Marjorie? —dije.

—En este momento no podemos hacer nada por ella. Hay
que marcharse, y basta.

Comenzábamos a alejarnos cuando Jensen exclamó:

—¡Será mejor que te quedes! ¡No conseguirás nada!

Me volví a mirarle. Wil, ahora a mi lado, guardaba silencio, como brindándome la opción de quedarme o marcharme.

—Vámonos —dije.

Pasamos junto a la furgoneta en que había llegado Wil y observé que otros dos hombres habían estado esperando en el asiento delantero. Cuando llegamos al jeep de Wil, éste me pidió las llaves y emprendimos la marcha. La furgoneta con los dos hombres nos siguió.

Wil se volvió a mirarme.

—Jensen me dijo que habías decidido quedarte con su grupo. ¿Qué mosca te ha picado?

—¿Cómo sabes su nombre? —tartamudeé.

—Porque me han hablado de él hace poco. Trabaja para el gobierno peruano. Es un auténtico arqueólogo, pero se le ha encomendado la misión de mantener en secreto todo el asunto a cambio del derecho exclusivo de estudiar el Manuscrito; sólo que no está previsto que vaya en busca de la visión que falta. Aparentemente ha decidido violar el acuerdo, porque se rumorea que pronto saldrá a buscarla.

»Cuando supe que él era la persona con quien se encontraba ahora Marjorie pensé que tenía ineludiblemente que llegar hasta aquí. ¿A ti qué te ha contado Jensen?

—Que estoy en peligro y que debía unirme a él, y que él me sacaría del país si era eso lo que yo deseaba.

Wil sacudió la cabeza.

—Realmente te tenía atrapado.

—¿Qué quieres decir?

—Tendrías que haber visto tu campo de energía. Fluía casi entero hacia el suyo.

—No entiendo.

—Recuerda la discusión de Sarah con el científico, en Viciente... Si hubieses presenciado la victoria de uno de ellos convenciendo al otro de que tenía razón, habrías visto que la energía del perdedor se incorporaba a la del vencedor y que aquél, el vencido, se quedaba vacío, debilitado, confuso... Es decir, se quedaba como parecía estar la chica de aquella familia peruana —Wil sonrió—, o como estás tú ahora.

—¿Viste que me ocurría eso? —pregunté.

—Claro que sí. Y que te era extremadamente difícil impedir su control sobre ti y liberarte. Por un minuto creí que no lo conseguirías.

—Dios —dije—. Ese tipo debe de ser verdaderamente maligno.

—Yo no diría tanto —replicó Wil—. Lo más probable es que sólo sea consciente a medias de lo que está haciendo. Él piensa que es correcto controlar la situación, y sin duda aprendió mucho tiempo atrás que puede controlarla con éxito siguiendo una determinada estrategia. Primero pretende ser tu amigo, luego descubre un punto débil, del género que sea, en lo que estás haciendo, en el presente caso el peligro que corres. En realidad, socava sutilmente tu confianza en tu propia trayectoria hasta que tú empiezas a identificarte con él. En cuanto esto sucede estás en sus manos. —Wil me miraba con fijeza—. Ésta es sólo una de las muchas estrategias que las personas usan para robar a otras su energía. Te informarás sobre las restantes maneras de hacerlo más adelante, en la Sexta Revelación.

Yo apenas le escuchaba: mi pensamiento estaba con Marjorie. No me había gustado dejarla allí.

—¿Crees que deberíamos tratar de ir a por Marjorie? —pregunté.

—Ahora no. Mi impresión es que no corre ningún riesgo. Podemos llegarnos a la granja mañana, cuando nos marchemos, e intentar hablar con ella.

Ambos guardamos silencio. Al cabo de unos minutos, Wil dijo:

—¿Comprendes a qué aludía cuando he hablado de que Jensen no se daba cuenta de lo que estaba haciendo? Él no es distinto a la mayoría de las personas. Hace simplemente lo que le produce la sensación de ser el más fuerte.

—Me parece que no, que no lo entiendo.

Wil reflexionaba.

—Todo esto, en la mayoría de personas, todavía es inconsciente. Lo único que sabemos es que nos sentimos débiles y que nos sentimos mejor cuando controlamos a otros. De lo que no nos percatamos es de que este modo de sentirnos mejor lo pagan otra u otras personas. Proviene de la energía que les hemos quitado. La mayor parte de la gente se pasa la vida a la caza de energía ajena. —Me miró con ojos chispeantes—. Aunque ocasionalmente esto funciona de otra manera: encontramos a alguien que, por lo menos durante un tiempo, nos transmite su energía.

—¿Adónde quieres ir a parar?

—Sitúate en el momento en que Marjorie y tú comíais juntos en la cafetería de Cula, y yo he entrado.

—Muy bien.

—No sé de lo que estaríais hablando, pero obviamente su energía se vaciaba en ti. Mientras me acercaba a la mesa podía verlo claramente. Dime, ¿cómo te sentías entonces?

—Me sentía muy bien —declaré—. De hecho, las experiencias y conceptos que le exponía me parecían transparentes como el cristal. Podía expresarme con gran facilidad. ¿Pero esto qué importa?

Wil sonreía complacido.

—A veces, una persona busca voluntariamente que definamos para ella una situación y nos cede abiertamente su energía, igual que Marjorie hacía contigo. Como consecuencia nos sentimos llenos de poder, pero ya verás que este regalo generalmente no dura. Muchas personas, Marjorie incluida, no son lo bastante fuertes como para continuar dando energía. A esto se debe que muchas relaciones personales se conviertan con el tiempo en pugnas por el poder. Los seres humanos suman energías, las enlazan, y después compiten por quién va a controlarlas. Y el perdedor paga siempre el precio. —Wil se interrumpió abruptamente y me examinó con atención—. ¿Has reflexionado sobre la Cuarta Revelación? Piensa en lo que te ha ocurrido. Observaste que la energía fluye entre las personas y te preguntaste qué significaba, y entonces te tropezaste con Reneau, quien te contó que los psicólogos estaban ya investigando por qué razón los seres humanos anhelan dominarse unos a otros.

»Todo aquello quedaba demostrado en la familia perua-na. Tú viste con nitidez que dominar a otro hace que el do-minador se sienta poderoso e inteligente, pero absorbe la energía vital de aquellos que son dominados. No establece ninguna diferencia el que nos digamos que lo estamos ha-ciendo por el bien de las otras personas, o que éstas sean, por ejemplo, nuestros hijos, y que por lo tanto deberíamos te-ner siempre el control. El detrimento, el perjuicio, se produ-ce siempre.

»A continuación encontraste a Jensen y comprobaste a qué sabe realmente esto. Viste que cuando alguien te domina psíquicamente, de hecho se te lleva la mente. No fue como si hubieras salido perdedor en un debate intelectual con Jensen. Tú no tenías la energía ni la claridad mental para debatir. Todo tu poder mental se traspasaba a Jensen. Por desdicha, este género de violencia psíquica se produce sin cesar dentro de la cultura de los hombres, con frecuencia por parte de personas, por otro lado, cargadas de buenas intenciones.

Me limité a asentir con un gesto. Wil había resumido exactamente mi experiencia.

—Trata de integrar enteramente la Cuarta Revelación —continuó—. Mira cómo se ajusta a lo que ya sabes. La Ter-cera Revelación te demostró que el mundo físico es en efecto un vasto sistema de energía. Y ahora la Cuarta pone en evi-dencia que durante mucho tiempo los seres humanos hemos competido inconscientemente por la única parte de esta ener-gía a la que estábamos abiertos: la parte que fluye entre las personas. En esto han consistido siempre los conflictos hu-manos, a cualquier nivel: desde las pequeñas pugnas en fami-lia o en los lugares de trabajo hasta las guerras entre naciones. Es el resultado de sentirse inseguro y débil y tener que robar la energía de otros para sentirse bien.

—Espera un momento —protesté—. Ciertas guerras ha-bía que librarlas. Eran justas.

—Por descontado —replicó Wil—. Pero el único motivo de que cualquier conflicto no pueda ser resuelto inmediata-mente es que uno de los bandos se aferra a una posición irra-cional, y esto ocurre por causa de la energía.

Wil pareció entonces recordar algo. Rebuscando en un talego, sacó unos pliegos de papel unidos por un clip.

—¡Casi lo había olvidado! —exclamó—. Encontré una copia de la Cuarta Revelación.

Me entregó los papeles y no dijo nada más. Miraba al frente, atento ahora a la conducción.

Tomé la pequeña linterna que Wil tenía en el tablero de instrumentos del jeep y durante los siguientes veinte minutos leí el documento, que era breve. Comprender la Cuarta Revelación, decía, es una cuestión de ver el mundo de los hombres como una vasta competencia por la energía, y en consecuencia por el poder.

Sin embargo, una vez los seres humanos comprendan su pugna, continuaba la visión, empezarán inmediatamente a superar estos conflictos. Todos comenzaremos a liberarnos de la competencia por la mera y estricta energía humana... porque al fin estaremos en condiciones de recibir nuestra energía de otra fuente.

Miré a Wil.

—¿Cuál es la otra fuente? —pregunté.

Él sonreía, pero no dijo nada.

# EL MENSAJE DE LOS MÍSTICOS

A la mañana siguiente desperté en cuanto oí que Wil se movía. Habíamos pernoctado en una casa perteneciente a uno de sus amigos, y Wil estaba sentado en un catre al otro lado del cuarto, vistiéndose rápidamente. Fuera todavía era de noche.

—Hay que hacer el equipaje —murmuró.

Reunimos nuestras ropas y efectuamos varios viajes al jeep con las provisiones que él había comprado. El centro de la población estaba sólo a unos centenares de metros de distancia, pero pocas luces penetraban las sombras. Del amanecer no se distinguía más que una franja clara de cielo hacia el este. Aparte el canto de unos pocos pájaros anunciando la mañana, no se oía el menor sonido.

Cuando terminamos la tarea me quedé junto al jeep, en tanto que Wil hablaba brevemente con su amigo, quien esperaba soñoliento en el porche a que completáramos los preparativos. De pronto nos llegó un ruido desde el cruce de calles. Distinguimos las luces de tres vehículos que avanzaban hacia el centro del pueblo y se detenían.

—Podría ser Jensen —dijo Wil—. Acerquémonos a ver qué hacen, pero con prudencia.

Dimos un pequeño rodeo por varias calles y por un pasaje entramos en la principal, a unos treinta metros de los vehículos. Dos furgones cargaban combustible y un tercero estaba parado frente a un almacén. Había cuatro o cinco personas

por los alrededores. Vi a Marjorie salir del almacén y deposi-
tar algo en el furgón parado allí, y luego caminar distraídamente hacia nosotros mirando los comercios adyacentes.

—Acércate e intenta que se venga con nosotros —susurró
Wil—. Te espero.

Me deslicé por la esquina, y al avanzar más quedé horrorizado. Detrás de Marjorie y delante del almacén percibí por
primera vez que varios de los hombres de Jensen llevaban armas automáticas. Momentos después se intensificó mi temor.
En la calle que se cruzaba con la mía había soldados armados
que, agazapados y muy despacio, se aproximaban al grupo de
Jensen.

En aquel preciso instante Marjorie me vio, los hombres
de Jensen vieron a su vez a los soldados y se dispersaron. El
estrépito de los disparos de una metralleta llenó el aire. Marjorie me miró con pánico en los ojos. Me precipité hacia ella y
la así del brazo. Nos lanzamos de cabeza al pasaje contiguo.
Sonaban más disparos, entre coléricos gritos en español.
Tropezamos con un montón de cajas de cartón vacías y caímos al suelo. Nuestros rostros casi se tocaban.

—¡Vamos, corre! —dije, levantándome de un salto.

Marjorie se esforzaba, pero en lugar de enderezarse, tiró
de mí hacia abajo. Con la cabeza me señaló el extremo del
pasaje. Dos hombres armados se ocultaban allí, de espaldas a
nosotros, mirando hacia la calle siguiente. Permanecimos inmóviles. Finalmente, los hombres emprendieron una carrera
a través de la calle en dirección a una zona arbolada que había
más allá.

Pensé que teníamos que volver a la casa del amigo de Wil y
al jeep. Estaba seguro de que esto era lo que Wil había hecho.
Nos arrastramos cautelosamente hasta la calle. A nuestra derecha se oían voces enfurecidas y algunos disparos, pero no
vimos a nadie. Miré a la izquierda: nadie tampoco; ni rastro de
Wil. Supuse que había escapado por delante de nosotros.

—Tratemos de llegar a los árboles —dije a Marjorie, que
ahora estaba alerta y con aire resuelto—. Después —continué—, si los árboles nos protegen, podremos doblar a la izquierda. El jeep está aparcado en aquella dirección.

—Adelante —murmuró ella.

Cruzamos la calle y conseguimos llegar hasta unos veinticinco o treinta metros de la casa. El jeep seguía allí y no se percibía alrededor movimiento alguno. Cuando nos preparábamos para lanzarnos a través de la última calle que nos separaba de la casa, un vehículo militar dobló una esquina a nuestra izquierda y avanzó lentamente hacia la vivienda. Simultáneamente, Wil apareció corriendo por el espacio libre, saltó al jeep, lo puso en marcha y partió velozmente en dirección opuesta. El vehículo militar emprendió su persecución.

—¡Maldición! —exclamé.

—¿Qué haremos ahora? —preguntó Marjorie, con el pánico reflejado de nuevo en su rostro.

Continuaban oyéndose tiros en las calles que teníamos detrás, más próximos esta vez. Delante, los árboles se espesaban hasta formar un bosque que ascendía en pendiente por el monte que dominaba el pueblo y se prolongaba con otras alturas hacia el norte y el sur. Era el extremo de la misma cadena montañosa que yo había visto desde el promontorio horas antes.

—Subamos a aquella loma —dije—. ¡Deprisa!

Caminamos cuesta arriba durante varios centenares de metros. En un collado nos paramos y nos volvimos a mirar el pueblo. Los vehículos militares parecían haber invadido las calles y numerosos soldados practicaban lo que sin duda era un registro casa por casa. Por debajo de nosotros, en la falda de la montaña, podían oírse voces ahogadas.

Continuamos apresuradamente monte arriba. Lo único que podíamos hacer era correr.

Toda la mañana caminamos siguiendo la cordillera en dirección norte, deteniéndonos únicamente para agacharnos cuando algún vehículo pasaba por la carretera que discurría por la sierra paralela a la nuestra, a la izquierda. La mayor parte del tráfico la constituían los mismos jeeps militares de color gris acero que habíamos visto anteriormente, pero en ocasiones el vehículo era civil. Irónicamente, aquella carretera constituía la única guía y el único lugar seguro en medio de la selvática soledad que nos rodeaba.

Más adelante, las dos cadenas montañosas se acercaban una a otra y se hacían más escarpadas. Dentados afloramientos de roca protegían el fondo del valle intermedio. Súbitamente, del norte vimos llegar un jeep similar al de Wil, que enseguida tomó un camino lateral que descendía entre curvas al valle.

—Ése parece Wil —dije, esforzándome por ver mejor.

—Bajemos —propuso Marjorie.

—Espera un minuto. ¿Y si fuera una trampa? ¿Y si le hubieran capturado y utilizaran el jeep como señuelo para atraernos?

Su rostro se ensombreció.

—Tú quédate aquí —resolví—. Yo bajaré. Procura no perderme de vista, y si todo está bien te haré señas para que me sigas.

Aunque a regañadientes, aceptó, y emprendí el descenso por la escarpada ladera hacia el punto donde el jeep había aparcado. Envuelto en follaje, sólo vagamente pude distinguir que alguien se había apeado del vehículo, aunque no identifiqué quién era. Sin abandonar la protección de árboles y matorrales me abrí camino entre los peñascos, resbalando de vez en cuando sobre la gruesa capa de musgo.

Por fin, el jeep estuvo directamente delante de mí, en la ladera opuesta y a no más de cien metros. El conductor, de pie junto al vehículo y apoyado en la parte trasera, me resultaba aún irreconocible. Me trasladé hacia mi derecha para verle mejor. Era Wil. Continué hacia la derecha, apresuradamente, y me sentí resbalar. En el último segundo me agarré al tronco de un árbol y me di impulso para retroceder. Mi estómago se encogió de miedo. A mis pies había un abismo de nueve o diez metros de profundidad. Por un pelo me había salvado de matarme.

Asido al árbol, me enderecé y traté de llamar la atención de Wil. Por fortuna, él estaba en aquel momento escudriñando la ladera por encima de mi situación y su mirada captó mis gestos. Se sobresaltó, pero inmediatamente vino hacia mí a través de la espesura. Yo le señalé con grandes ademanes la profunda garganta.

Él examinó el terreno y luego me llamó.

—Oye, no veo manera de cruzar eso —dijo—. Tendrás que seguir valle abajo, quizás encuentres un paso allí.

Asentí, y me disponía a avisar a Marjorie cuando oí que un vehículo se acercaba en la distancia. Wil saltó inmediatamente al jeep y partió en dirección a la carretera principal. Yo corrí ladera arriba. Por último, entre el follaje, conseguí ver a Marjorie, que caminaba hacia mí.

Repentinamente, de la zona detrás de ella llegaron fuertes gritos en español y ruidos de gente que corría. Marjorie se escondió detrás de un saliente rocoso. Yo cambié de dirección para seguir corriendo, tan silenciosamente como pude, hacia la izquierda. Mientras corría intenté ver de nuevo a Marjorie, a pesar del obstáculo de los árboles; y justamente cuando la descubrí dos soldados tiraban de sus brazos para sacarla del escondrijo. Ella lanzó un grito agudo.

Continué mi carrera ladera arriba, manteniéndome agachado. El grito y la mirada de pánico de Marjorie se habían clavado en mi mente. Llegado a lo alto de la sierra puse otra vez rumbo norte, ahora con el corazón desbocado por el terror.

Así debí recorrer cerca de dos kilómetros. Luego me detuve y escuché atentamente, pero no pude oír ni voces ni movimiento en el terreno que había dejado atrás. Tendido boca arriba, procuré distenderme y pensar con claridad, empeño inútil porque el espectro de la captura de Marjorie por los soldados me llenaba de angustia. ¿Por qué le habría pedido yo que se quedara sola en el monte? ¿Qué debía hacer ahora para remediar mi estupidez?

Me senté, aspiré profundamente y escudriñé la carretera de la otra sierra. No había visto en ella tráfico mientras corría. Otra vez escuché con atención: nada, excepto los habituales rumores del bosque. Poco a poco empecé a tranquilizarme. Al fin y al cabo, Marjorie sólo había sido detenida. No era culpable de nada, porque escapar de un tiroteo no constituía delito. Probablemente su detención duraría sólo hasta que se estableciera su identidad como investigadora científica debidamente titulada.

Una vez más tomé dirección norte. La espalda me dolía ligeramente. Me sentía sucio y cansado, y las punzadas del hambre me torturaban el estómago. Durante dos horas caminé sin pensar y sin ver a nadie. Luego, desde la ladera de mi derecha me llegó ruido de pasos rápidos y pesados. Volví a detenerme, pero el ruido había cesado. Allí los árboles eran más grandes, impedían que los rayos del Sol llegaran al suelo, lo cual aclaraba el sotobosque. Me era posible ver hasta cincuenta o sesenta metros. Nada se movía. Dejé a mi derecha un gran peñasco y varios árboles, pisando tan suavemente como podía. Tres peñascos más, enormes, se alzaban en mi camino. Di la vuelta a dos. Ningún movimiento tampoco. Di la vuelta al tercero. Unas ramas chasquearon a mis espaldas. Giré lentamente.

Allí, junto a la roca, estaba el hombre barbudo a quien había visto en la granja de Jensen, enloquecidos los ojos, presa de pánico, apuntándome al vientre con un arma automática. Parecía esforzarse en recordar quién era yo.

—Espere un momento —balbucí—. Conozco a Jensen.

Me miró con mayor detenimiento y bajó el arma. Y entonces sí, en los bosques enfrente se oyó el ruido de gente que se movía. El hombre barbudo escapó a la carrera por mi lado, sosteniendo el rifle en una mano. Yo le seguí instintivamente. Ambos corríamos al límite de nuestras fuerzas, regateando troncos y rocas y mirando intermitentemente atrás.

Al cabo de un largo trecho él dio un traspié, y yo le adelanté y seguí hasta dejarme caer entre dos peñas. Necesitaba descansar. Miré atrás de nuevo, tratando de detectar movimiento o sonido. Con sorpresa, vi a un soldado, a unos cincuenta metros, que apuntaba con su rifle al hombre corpulento, quien pugnaba torpemente por ponerse en pie. Antes de que yo pudiera lanzar un aviso, el soldado disparó. El pecho del hombre estalló cuando lo perforaron las balas que entraron por su espalda. La sangre me salpicó. El eco de los disparos estremeció el aire.

Por un instante el hombre no se movió. Se le vidriaron los ojos, y luego su cuerpo se arqueó hacia delante y cayó a tierra. Yo reaccioné ciegamente echando de nuevo a correr hacia el norte para alejarme del soldado antes de que volviese a disparar y manteniendo los árboles entre él y yo. La ladera se hizo de inmediato más escarpada y rocosa y adquirió un grado de inclinación espectacular.

Todo mi cuerpo temblaba de fatiga y terror mientras subía abriéndome paso entre los peñascos. En cierto momento resbalé y me vi forzado a mirar atrás. El soldado se acercaba al cadáver del barbudo. Tuve la suerte de refugiarme detrás de una roca en el preciso instante en que el soldado levantaba la vista, aparentemente hacia mí. Me pegué al suelo y me arrastré por detrás de otros peñascos. Después, la pendiente de la ladera se suavizó, y cuando el terreno se hizo horizontal quedé fuera del campo visual del soldado, lo cual, a los pocos metros, me permitió ponerme en pie y correr nuevamente entre peñas y árboles. Mi mente estaba aturdida. Mi único pensamiento era escapar. Pese a que ya no me atrevía a mirar atrás, tenía la certeza de que el soldado seguía mis pasos.

La pendiente volvió a acentuarse y tuve que batallar para seguir subiendo, porque se me agotaban las fuerzas. Al final de la cuesta el suelo se niveló. Allí el bosque era espeso y el sotobosque frondoso. Pero detrás encontré una pared de roca desnuda que tuve que escalar penosamente y con extremo cuidado, buscando asideros para las manos y soportes para los pies a medida que subía. Por fin, sintiéndome deshecho, llegué arriba, y entonces mi corazón se encogió a la vista de lo que me esperaba. Otro abismo impresionante me cerraba el paso. No podía continuar.

Estaba condenado, acabado. Unas piedras sueltas rodaban peñasco abajo detrás de mí, indicándome que el soldado se acercaba rápidamente. Me hinqué de rodillas, exhausto, agotado, y con un suspiro final renuncié a la lucha, aceptando mi destino. Pronto, lo sabía, llegarían las balas. Y, hecho interesante, como final del terror, la muerte parecía casi un alivio placentero. Mientras esperaba, mi memoria voló a los domingos de mi infancia y a la inocente contemplación de Dios. ¿Cómo sería la muerte? Traté de abrirme a la experiencia.

Tras un largo período de espera, durante el cual perdí la noción del tiempo, me percaté de pronto de que nada había ocurrido. ¡Nada! Miré en torno y descubrí que me había situado en el pico más alto de la montaña. Otras cumbres, peñascos y acantilados se encadenaban desde allí a niveles inferiores, brindándome una vasta panorámica en todas direcciones.

Un movimiento retuvo mis miradas. Ladera abajo, hacia el sur, el soldado caminaba con indiferencia alejándose de mí y llevándose, además de su rifle, el arma que había pertenecido al hombre de Jensen.

Aquella imagen me calentó el cuerpo y lo llenó con el cosquilleo de una risa silenciosa. ¡De un modo u otro había sobrevivido! Me volví y me senté con las piernas cruzadas, y saboreé la euforia. Deseé quedarme allí para siempre. El día resplandecía de Sol y cielo azul.

Mientras descansaba, me chocó la proximidad de las cumbres purpúreas de la cordillera, o más bien la sensación de que estaban próximas. La misma percepción era aplicable a las pocas nubes blancas que se veían en lo alto. Tuve la impresión de que podía tender la mano y tocarlas.

Tendí efectivamente la mano hacia el cielo, y al hacerlo noté algo diferente en relación con lo que mi cuerpo sentía. Mi brazo se había elevado con increíble facilidad y yo mantenía la espalda, el cuello y la cabeza perfectamente erguidos sin absolutamente ningún esfuerzo. Desde mi posición, sentado con las piernas cruzadas, me levanté sin ayuda de los brazos, y me desperecé. La sensación fue de ligereza total.

Al mirar hacia las lejanas montañas observé que la Luna diurna que hasta entonces había sido visible estaba a punto de ponerse. Era una media luna, al parecer, y colgaba sobre el horizonte como un cuenco invertido. Al instante comprendí por qué tenía aquella forma. El Sol, a millones de kilómetros por encima de mí, iluminaba sólo la parte superior de la Luna poniente. Logré percibir la línea exacta entre la luz del Sol y la superficie lunar, y esta observación en cierto modo extendió mi conciencia del mundo exterior hasta límites más vastos.

Imaginé que la Luna ya se había hundido bajo el horizonte, y cuál sería exactamente la forma que presentaría a quienes vivían más al oeste que yo y todavía podían verla. Luego imaginé cómo se vería cuando se hubiese desplazado a un punto situado directamente debajo de mí, al otro lado del planeta. Ante la gente de allí aparecería llena, porque el Sol que brillaba sobre mi cabeza brillaría también más allá de la Tierra e incidiría de frente contra su superficie.

Esta imagen envió un torrente de sensaciones a lo largo de mi espina dorsal, y mi espalda pareció enderezarse más aún cuando concebí, no, experimenté que la misma cantidad de espacio que normalmente había por encima de mi cabeza existía igualmente bajo mis pies, en la otra cara del globo. Por primera vez en mi vida conocí la redondez de la Tierra no como un concepto intelectual sino como una auténtica sensación física.

A determinado nivel este conocimiento me estimulaba, pero a otro se me antojaba perfectamente ordinario y natural. Lo único que quería hacer era abandonarme a la sensación de estar suspendido, flotando en medio de un espacio que existía en todas direcciones. Más que empujar contra la tierra con mis piernas para mantenerme en pie, oponiéndome a la fuerza de la gravitación, sentía ahora como si me sostuviese una fuerza ascensional desde mi propio interior, como si estuviera hinchado como un globo con el helio suficiente para flotar sobre el suelo tocándolo apenas con los pies. Era algo similar a estar en perfectas condiciones atléticas, como tras un año de ejercicios intensos, sólo que mucho más ligero y coordinado.

Volví a sentarme en la roca y, de nuevo, todo pareció próximo: el escarpado peñasco donde yo me sentaba, los grandes árboles de la ladera, más abajo, y las otras montañas del horizonte. Y mientras contemplaba las ramas de los árboles que se balanceaban levemente en la brisa experimenté no la simple percepción visual del hecho, sino sobre todo una sensación física, como si las ramas que el viento movía fueran pelos de mi cuerpo.

Lo percibía todo como si de alguna manera fuese parte de

mí. Sentado en la cumbre de la montaña y extendiendo la mirada por el paisaje que se desplegaba en pendiente desde mi observatorio, en todas direcciones, sentí exactamente como si lo que siempre había conocido como mi cuerpo físico fuera tan sólo la cabeza de otro cuerpo mucho más grande consistente en todo lo demás que yo alcanzaba a ver. Experimenté con pleno realismo que el universo entero se miraba a sí mismo a través de mis ojos.

Esta percepción provocó un destello de recuerdos. Mi memoria retrocedió en el tiempo, más allá del inicio de mi viaje a Perú, más allá de mi infancia y de mi nacimiento. Me di cuenta de pronto de que mi vida no había comenzado efectivamente con mi concepción y nacimiento en este planeta: había empezado mucho, mucho antes, con la formación del resto de mi ser, de mi cuerpo real, el universo mismo.

El estudio de la evolución siempre me había aburrido, pero ahora, a medida que mi mente continuaba su retroceso en el tiempo, todo cuanto había leído sobre el tema volvió a mí, incluidas varias conversaciones con el amigo que se parecía a Reneau. Recordé que éste era el campo en el que él estaba interesado: la evolución.

Memoria y conocimiento semejaron mezclarse en mi mente. De algún modo rememoraba cosas que habían ocurrido, y el recuerdo me permitía contemplar la evolución de una manera nueva.

Presencié cómo la primera materia estallaba en el universo y me percaté de que, como la Tercera Revelación había descrito, no había en ella nada auténticamente sólido. La materia era sólo energía que vibraba a cierto nivel, y en sus inicios existía únicamente en su forma vibratoria más simple: el elemento que llamamos hidrógeno. Esto era cuanto había en el universo: hidrógeno, nada más.

Observé que los átomos comenzaban a gravitar juntos, como si el principio imperante, el impulso de aquella energía, radicase en iniciar un movimiento hacia un estado más complejo. Y cuando unas porciones de hidrógeno alcanzaron densidad suficiente, comenzaron a calentarse, a arder, a convertirse en lo que llamamos estrellas, y en esta combustión el hidrógeno se autofusionó y saltó a la vibración inmediatamente superior, el elemento que conocemos como helio.

Mientras yo continuaba observando, aquellas primeras estrellas envejecieron y finalmente reventaron y vomitaron el hidrógeno y el helio recientemente creado en el universo. Y todo el proceso volvió a empezar. El hidrógeno y el helio gravitaron juntos hasta que el calor aumentó lo suficiente para que se formasen nuevas estrellas, y esto a su vez fusionó el helio y creó el litio, que vibraba al nivel inmediatamente superior.

Y prosiguió el ciclo... con cada nueva generación de estrellas creando materia que antes no había existido, hasta que el amplio espectro de esta materia, los elementos químicos básicos, se hubo formado y esparcido por doquier. La materia había evolucionado desde el elemento hidrógeno, la más simple vibración de la energía, hasta el carbono, que vibraba a una velocidad extremadamente alta. Se había constituido ya la plataforma para el nuevo paso en la evolución.

Cuando nuestro Sol se formaba, partes de materia cayeron en órbita a su alrededor, y una de ellas, la Tierra, contenía todos los elementos de nueva creación, carbono incluido. Al enfriarse la Tierra, los gases que la masa fundida había atrapado en su seno emigraron a la superficie y se mezclaron para generar vapor de agua, y vinieron las grandes lluvias que formaron océanos en la corteza entonces yerma. Luego, cuando el agua cubría gran parte de la superficie de la Tierra, los cielos se aclararon y el Sol, ardiendo con brillantez, bañó el nuevo mundo con luz, calor y radiación.

Y en los someros charcos, marismas y lagunas, en medio de las grandiosas tormentas eléctricas que periódicamente barrían el planeta, la materia saltó más allá del nivel vibratorio del carbono hacia un estado más complejo aún: la vibración representada por los aminoácidos. Pero por primera vez este nuevo nivel de vibración no era estable en sí ni por sí mismo. La materia tenía que absorber continuamente otra materia para sostener su vibración. Tenía que alimentarse. La vida, el nuevo impulso de la evolución, había emergido.

Todavía confinada a existir únicamente en el agua, vi esta

vida dividirse en dos formas distintas. Una forma, la que llamamos vegetal, se sustentaba de materia inorgánica y convertía los elementos de ésta en nutrientes utilizando el dióxido de carbono de la atmósfera primigenia. Como subproducto, las plantas soltaban al mundo por primera vez oxígeno libre. La vida vegetal se extendió rápidamente por los océanos y finalmente también sobre la tierra.

La otra forma, la que llamamos animal, absorbía exclusivamente vida orgánica para sostener su vibración. Mientras yo observaba, los animales llenaron los océanos en la gran era de los peces y, cuando las plantas hubieron soltado suficiente oxígeno a la atmósfera, iniciaron asimismo su migración a tierra firme.

Vi que los anfibios, medio peces, medio algo nuevo, abandonaban el agua por primera vez y usaban pulmones para respirar aquel inédito aire. Su materia volvió a dar un salto adelante para generar los reptiles y cubrir con ellos la Tierra en el período de los dinosaurios. A continuación vinieron los mamíferos de sangre caliente y asimismo poblaron la Tierra, y me di cuenta de que cada especie que aparecía significaba que la vida, la materia, había avanzado un grado en su vibración. Finalmente, la progresión terminó. Allí, en el pináculo, estaba la especie humana.

La humanidad. La revelación había cesado. En un destello acababa yo de presenciar la historia entera de la evolución, la historia de la materia que cobraba vida y luego evolucionaba, como siguiendo un plan previamente trazado, hacia vibraciones siempre a nivel superior, creando las condiciones exactas, por último, para que emergiesen los seres humanos; para que cada uno de nosotros, como individuos, apareciésemos sobre la Tierra.

Sentado en la cima de aquella montaña casi pude captar de qué modo esta evolución había progresado más aún incluso en las vidas de los seres humanos. La evolución posterior se relacionaba de algún modo con la experiencia de las coincidencias de la vida. Algo en aquellos acontecimientos nos empujaba adelante en nuestra respectiva existencia y creaba una vibración superior que a su vez impulsaba también la evolución. Sin embargo, por mucho que lo intenté, no conseguí entenderlo del todo.

Durante mucho tiempo permanecí junto al precipicio rocoso, inundado de paz e integridad. Luego, de súbito, me percaté de que el Sol iniciaba su descenso por el oeste. También descubrí que hacia el noroeste, a un par de kilómetros, había alguna clase de población. Logré distinguir las formas de los tejados. La carretera de la cordillera occidental parecía, con sus curvas, dirigirse hacia allí.

Me levanté y comencé a bajar entre las peñas. Dejé escapar una sonora carcajada. Estaba todavía conectado con el paisaje, de tal modo que sentí que en cierto sentido andaba por mi propio cuerpo, y más todavía, que estaba explorando las regiones de mi propio cuerpo. La sensación era vivificante.

Rebasé los riscos y penetré en el bosque. El sol de la tarde proyectaba las largas sombras de los árboles sobre el suelo. A medio camino llegué a una zona donde el arbolado era particularmente denso, y apenas entré experimenté en mi cuerpo un perceptible cambio: me sentía más ligero aún y mejor coordinado. Me detuve para mirar atentamente los grandes árboles y los arbustos del sotobosque, concentrándome en su forma y su belleza. Pude ver un titilar de luces blancas y lo que parecía un resplandor rosado en torno a cada planta.

Continué caminando, llegué a un arroyo que irradiaba un color azul pálido y que me llenó de una intensa tranquilidad, casi de somnolencia. Finalmente seguí mi camino a través del fondo del valle y subí por las laderas de la otra vertiente hasta alcanzar la carretera. A partir del momento en que pisé la grava de su superficie avancé sin preocupaciones por el borde de la calzada en dirección norte.

Delante de mí avisté a un hombre vestido con ropas clericales que salía de una curva. Verle me estremeció de emoción. Sin asomo de miedo, apresuré el paso dispuesto a hablar con él. Estaba persuadido de que sabría exactamente qué decirle y qué hacer. Sentía un perfecto bienestar. Pero para mi sorpresa, el clérigo había desaparecido. A la derecha se desviaba otra carretera que, en ángulo, retrocedía hacia el fondo del valle, pero tampoco vi a nadie en aquella dirección. Corrí por la carretera que estaba siguiendo. Nadie tampoco. Pensé en retroceder y tomar el desvío, pero sabía que el pueblo estaba más adelante y seguí andando con el mismo rumbo. Sin embargo, volví a pensar varias veces en el otro camino.

Había recorrido un centenar de metros y me encontraba de nuevo en una curva cuando oí ruido de motores. Entre unos árboles distinguí una columna de vehículos militares que venía a gran velocidad. Dudé un momento ante la idea de mantenerme en mi terreno, pero entonces recordé el terror de los disparos en la ladera.

Tuve el tiempo justo de saltar fuera de la carretera, hacia la derecha, tenderme en el suelo y quedarme quieto. Diez jeeps pasaron como una exhalación. Yo había aterrizado en un punto completamente al descubierto, y lo único que podía hacer era confiar en que nadie mirase hacia allí. Los vehículos desfilaron a escasos metros. Olí el humo de los tubos de escape y pude ver la expresión de algunas caras.

Afortunadamente, nadie se dio cuenta de mi presencia. Cuando hubieron pasado todos me arrastré al abrigo de un árbol corpulento. Me temblaban las manos y mi sensación de paz y conexión se había hecho completamente añicos. En mi estómago había vuelto a formarse el bien conocido nudo de ansiedad. Por último, regresé palmo a palmo a la carretera, y apenas llegué tuve que lanzarme otra vez al margen: dos jeeps más pasaron rugiendo. Sentí náuseas.

Esta vez me mantuve prudentemente alejado de la carretera y retrocedí por donde había venido, moviéndome con la mayor cautela. Así llegué al desvío que antes había dejado atrás. Tras mirar y escuchar atentamente sin detectar ni soldados ni motores, decidí avanzar entre los árboles por un lado de aquella carretera y volver al valle siguiendo una trayectoria oblicua. Mi cuerpo volvía a pesarme. Me pregunté qué era lo que había estado haciendo. ¿Por qué había caminado de aquel modo, sin ninguna precaución? Debí de haber perdido el juicio, alucinado por la conmoción del tiroteo, fascinado por algún arrebato de euforia. «Sé realista —me dije—. Ten mucho cuidado. ¡Hay gente por ahí que te matará si cometes el más mínimo error!»

Y entonces me paralizó la sorpresa. Delante de mí, a unos treinta metros, estaba el clérigo. Se había sentado debajo de un árbol frondoso que rodeaban numerosos peñascales. Mientras yo le miraba perplejo, él abrió los ojos y sostuvo impasible mi mirada. Di un paso atrás, amedrentado, pero él se limitó a sonreír y a invitarme con un gesto a que me acercase.

Lo hice con clara prevención. El cura permanecía inmóvil. Era flaco, alto, aparentaba unos cincuenta años de edad; llevaba el cabello, de color castaño oscuro como sus ojos, extremadamente corto.

—Tiene usted aspecto de necesitar ayuda —me dijo en perfecto inglés.

—¿Quién es usted? —pregunté.

—Soy el padre Sánchez. ¿Y usted?

Le expliqué quién era y de dónde venía, aturdido, primero apoyando una rodilla en tierra y acabando por sentarme.

—Tuvo usted parte en lo que pasó en Cula, ¿no es así? —inquirió él.

—¿Qué sabe usted de eso?

Yo no estaba dispuesto a entregarle a ciegas mi confianza.

—Sé que en algunas esferas del gobierno hay una gran indignación. No quieren que se dé publicidad al Manuscrito.

—¿Por qué?

Se puso en pie. Me observaba, y eludió la respuesta.

—Le sugiero que me acompañe —dijo—. Nuestra misión está apenas a un kilómetro. Con nosotros no correrá peligro.

Vacilé unos momentos, pese a saber que prácticamente no tenía elección, y por último asentí con un ademán. Él me guió caminando lentamente carretera abajo, en actitud respetuosa y meditativa. Sopesaba cada palabra que pronunciaba.

—¿Le buscan todavía los soldados? —preguntó en un momento determinado.

—A decir verdad, no lo sé.

Guardó silencio unos minutos. Luego inquirió:

—¿Anda usted detrás del Manuscrito?

—No, ya no —declaré—. Ahora mismo lo único que deseo es sobrevivir a esto y volverme a casa.

El clérigo hizo un gesto tranquilizador, y de pronto me di cuenta de que empezaba a confiar en él. Algo en su forma de mirar y en su cordialidad me afectaban positivamente. Me recordaba a Wil. Al cabo de un rato llegamos a la misión, que era un racimo de casitas frente a un patio y una pequeña iglesia. Estaba situada en un lugar de gran belleza. Cuando nos aproximamos, el clérigo dijo algo en español a otros hombres vestidos también con ropas talares, y ellos se escabulleron silenciosamente. Traté de ver adónde iban, pero la fatiga me abrumaba. El cura me introdujo en una de las casas.

Dentro había una zona de estar y dos dormitorios. Un fuego ardía en la chimenea. Poco después de nuestra entrada, otro clérigo compareció con pan y un cuenco de sopa en una bandeja. Infinitamente cansado, me puse a comer mientras Sánchez me hacía compañía sentado en una silla contigua. Después, cediendo a su amable insistencia, me acosté en una de las camas y caí en un sueño profundo.

Cuando salí al patio observé inmediatamente que todo estaba pulcramente cuidado. Pequeños setos y diversos arbustos alineados con precisión bordeaban los senderos de gravilla. Cada planta parecía colocada de modo que resaltase su forma natural. Ninguna había sido podada.

Me desperecé sintiendo el roce de la camisa almidonada que llevaba puesta. Era de algodón y no se ajustaba bien a mi cuello, pero estaba limpia y recién planchada. Poco antes había despertado para encontrarme con que dos religiosos llenaban de agua caliente una bañera y habían dispuesto la ropa limpia y unas toallas. Tras bañarme y vestirme pasé a la otra habitación y vi sobre una mesa, esperándome, frutos secos y panecillos calientes. Había comido con voracidad, rodeado por los silenciosos clérigos. Cuando terminé, éstos se retiraron y yo salí al patio donde estaba ahora.

Fui a sentarme en uno de los bancos de piedra que flanqueaban el espacio. El Sol rozaba apenas las copas de los árboles y me acariciaba el rostro.

—¿Qué tal ha dormido? —preguntó una voz detrás de mí.

Me volví y vi al padre Sánchez, parado, muy erguido, sonriéndome.

—Muy bien, gracias.

—¿Puedo sentarme con usted?

—¡Oh, no faltaría más!

Ninguno de los dos habló durante varios minutos, tanto rato de hecho que me sentí un poco incómodo. Varias veces le miré, preparándome para decirle algo, pero él tenía la cara vuelta hacia el Sol, la cabeza ligeramente echada atrás, los ojos entornados.

Finalmente comentó:

—Ha elegido usted un buen sitio.

Supuse que se refería al banco a aquella hora de la mañana.

—Mire, necesito pedirle consejo —dije—. ¿Cuál es la manera más segura de volver a Estados Unidos?

Me miró con gravedad.

—No lo sé. Depende de lo peligroso que le considere el gobierno. Cuénteme cómo fue que estuviera en Cula.

Se lo conté todo desde la primera vez que oí hablar del Manuscrito. Mi sensación de euforia en la cima de la montaña me parecía ahora extravagante y pretenciosa, de modo que sólo aludí a ella brevemente. Sánchez, sin embargo, inmediatamente me interrogó sobre ella.

—¿Qué hizo usted después de que el soldado perdiera su rastro y se marchase? —preguntó.

—Sólo quedarme sentado allá arriba unas horas —respondí—. Descansando y reanimándome, supongo.

—¿Y qué más sintió?

Busqué una respuesta evasiva, y por último decidí intentar una descripción:

—Me resulta difícil explicarlo. Sentí una especie de conexión eufórica con todo, y una seguridad y una confianza extrañas. Ya no estaba cansado.

Él sonreía.

—Tuvo usted una experiencia mística. Muchas personas aseguran haberla tenido en el bosque próximo a la cumbre.

Asentí con incertidumbre. Él se volvió en el banco para situarse más directamente de cara a mí y continuó diciendo:

—Ésa es la experiencia que los místicos de todas las religiones han descrito siempre. ¿Ha leído usted algo sobre tales experiencias?

—Años atrás —respondí.

—¿Pero hasta ayer fueron sólo un concepto intelectual?

—Sí, supongo que sí.

Un clérigo joven vino hacia nosotros, me saludó con un gesto y le susurró unas palabras a Sánchez. Éste asintió con la cabeza y el otro clérigo dio media vuelta y se marchó. Sánchez siguió sus pasos con la mirada. El joven cruzó el patio y entró en una zona ajardinada, a unos treinta metros. Me fijé por primera vez en que aquella zona estaba también extremadamente limpia y contenía numerosas y variadas plantas. El cura anduvo de un lado para otro, titubeando, como si buscase algo, hasta que en un punto determinado se detuvo y se sentó. No distinguí bien qué fue lo que hacía allí.

Sánchez sonrió y pareció complacido. Luego me devolvió su atención.

—Creo que sería poco seguro que intentase usted regresar a su país ahora mismo —dijo—. No obstante, procuraré enterarme de cuál es la situación y si se sabe algo de sus amigos. —Se puso en pie frente a mí—. Discúlpeme, debo atender ciertas obligaciones. Comprenda, por favor, que le asistiremos de cualquier manera posible. Por el momento confío en que aquí se sentirá a gusto. Relájese y recupere fuerzas.

Hice un gesto de asentimiento. Él introdujo la mano en un bolsillo de su hábito, sacó unos papeles y me los tendió.

—Esto es la Quinta Revelación. Trata precisamente de la clase de experiencia que usted ha tenido. Sospecho que le parecerá interesante. —Tomé los papeles sin especial entusiasmo, y Sánchez añadió—: ¿Cómo interpreta usted la última visión que ha leído?

Dudé en responder. En aquellos momentos no me apetecía pensar en manuscritos ni en revelaciones. Finalmente dije:

—Entiendo que los seres humanos están enzarzados en una especie de competición por la energía ajena. Cuando logramos que otros acepten nuestros puntos de vista, los rivales se identifican con nosotros y ello nos transfiere su energía y nos hace sentir más fuertes.

Sánchez sonreía.

—¿El problema, entonces, es que cada cual intenta controlar y manipular al otro por causa de su energía, debido a que se siente falto de ella?

—Exactamente.

—¿Pero hay una solución, existe otra fuente de energía?

—Eso es lo que entrañaba la última revelación.

El clérigo asintió en silencio y se alejó pausadamente hacia la iglesia.

Yo esperé unos momentos, inclinado hacia delante, apoyados los codos en las rodillas, sin mirar la traducción del Manuscrito. Continuaba sintiendo una especial reticencia. Los acontecimientos de los dos últimos días habían apagado mi entusiasmo y prefería, en cambio, pensar en cómo iba a arreglármelas para volver a Estados Unidos. Entonces, en la zona ajardinada del otro lado del patio, observé que el cura joven se levantaba y se trasladaba, sin ninguna prisa, a otro punto situado a seis o siete metros de donde había estado. Allí se sentó otra vez.

Me intrigaba qué pudiera estar haciendo. De pronto, se me ocurrió la idea de que quizá ponía en práctica algo que explicaba el Manuscrito. Busqué la primera de las páginas y comencé a leer.

El texto describía una nueva interpretación de lo que siempre se había llamado conocimiento místico. Durante las últimas décadas del siglo veinte, afirmaba, este conocimiento se divulgaría como una forma de ser efectivamente asequible, una forma ya demostrada por los más esotéricos practicantes de muchas religiones. Cierto que para la mayoría de las personas el conocimiento místico seguiría siendo un concepto intelectual, válido únicamente para comentarlo y debatirlo. Pero para un creciente número de individuos sería experimentalmente real, porque tales individuos captarían destellos o ráfagas de aquel estado mental en el transcurso de sus vidas. El Manuscrito decía que esta experiencia era la clave para

poner fin a los conflictos humanos en el mundo, pues durante ella se recibe energía de otra fuente: una fuente con la que a
la larga aprenderíamos a conectar a voluntad.

Interrumpí la lectura y observé de nuevo al cura joven.
Tenía los ojos abiertos y parecía mirarme directamente. Le
saludé con un movimiento de cabeza, aunque no llegaba a
distinguir los detalles de su rostro. Ante mi sorpresa, él me
correspondió con un gesto similar y sonrió débilmente. A
continuación se levantó y echó a andar hacia una de las casas.
Noté que cuando cruzaba el extremo del patio y entraba en la
vivienda evitaba mis ojos.

Oí pasos y vi que Sánchez regresaba de la iglesia. Repitió
su amable sonrisa cuando llegó a mi lado.

—No me ha ocupado mucho tiempo —dijo—. ¿Le gustaría ver algo más de lo que hay por aquí?

—Sí, por supuesto —respondí—. Me interesan esos lugares de descanso que parece haber en los jardines.

Señalé la zona donde había estado sentado el clérigo joven.

—Vamos a verlos —accedió inmediatamente.

Mientras paseábamos por el patio, Sánchez me contó que
la misión tenía más de cuatrocientos años de antigüedad y fue
fundada por un misionero procedente de España que creía
que la manera de convertir a los indios era a través de sus co-
razones, no bajo la coerción de la espada. Su idea había dado
frutos, siguió diciendo Sánchez, y en parte debido al éxito y
en parte gracias al aislamiento y la lejanía, el misionero había
podido continuar en paz su obra.

—Nosotros mantenemos la tradición de buscar la verdad
en el interior de las personas —concluyó el cura.

La zona de descanso estaba ajardinada inmaculadamente.
Aproximadamente un cuarto de hectárea de denso bosque
había sido aclarado y los arbustos y plantas de flor allí cultivados estaban separados por senderos pavimentados con guija-
rros lisos y regulares. Como las del patio, las plantas aparecían
perfectamente distribuidas, con un criterio que resaltaba su
forma natural.

—¿Dónde le apetecería sentarse? —preguntó Sánchez.

Miré en torno para elegir mi opción. Delante de nosotros había varias parcelas especialmente cuidadas, rincones que parecían paisajes completos. Todas contenían espacios abiertos rodeados de bellísimas plantas, rocas y árboles de gran tamaño y de formas diversas. Una de las parcelas, a nuestra izquierda, que era donde estuvo sentado el cura joven, destacaba por su mayor número de afloramientos rocosos.

—¿Qué tal ahí? —dije.

Sánchez asintió, nos dirigimos a la parcela elegida y nos sentamos en sendas rocas. El cura hizo unas cuantas inspiraciones profundas y después me miró.

—Cuénteme más cosas de su experiencia en la montaña.

Yo continuaba resistiéndome.

—No sé qué más puedo decirle. Duró muy poco.

La mirada de Sánchez se tornó ligeramente severa.

—Sólo porque terminase cuando usted volvió a tener miedo no hay que negarle importancia, ¿verdad? Quizá fue algo que valga la pena recuperar.

—Quizá. Pero me cuesta demasiado concentrarme en sentirme cósmico cuando por ahí anda gente dispuesta a matarme.

Él se echó a reír y adoptó una expresión más afectuosa.

—¿Estudian ustedes el Manuscrito en la misión? —pregunté.

—Sí. Precisamente enseñamos a otros cómo llegar a la experiencia que usted conoció de manera espontánea. No le importaría, ¿cierto?, revivir aunque fuera una parte de aquellas sensaciones.

Una voz, desde el patio, nos interrumpió: un clérigo llamaba a Sánchez. Éste se excusó, regresó al patio e inició un diálogo con el clérigo que le había llamado. Yo volví a sentarme y contemplé las rocas y plantas vecinas desenfocando un poco los ojos. En torno al arbusto más cercano distinguí a duras penas un halo de luz, pero cuando intenté verlo en las rocas no obtuve resultado ninguno.

Entonces descubrí a Sánchez, que retornaba del patio.

—Tengo que ausentarme por un tiempo —dijo al llegar—. Iré al pueblo para asistir a una reunión, así que quizá consiga alguna información concerniente a sus amigos, o por lo menos sabré si es seguro o no que emprenda usted viaje.

—Bien —dije—. ¿Volverá hoy mismo?

—Sospecho que no. Probablemente mañana por la mañana.

Debí parecerle débil o inepto, porque se acercó a mí y me apoyó una mano en el hombro.

—No se preocupe, aquí está a salvo. Por favor, siéntase como en casa. Disfrute de nuestros pequeños placeres. Es agradable hablar con cualquiera de los padres, pero comprenda que algunos de ellos serán más receptivos que otros; dependerá de su grado de preparación.

Asentí con la cabeza.

Él sonrió, echó a andar y se fue detrás de la iglesia, donde subió a una vetusta furgoneta de cuya presencia yo no me había percatado hasta entonces. El vehículo se puso en marcha después de varios intentos fallidos, rebasó el edificio de la iglesia y tomó la carretera que lo devolvería a las montañas.

Continué en los jardines durante varias horas, contentándome con ordenar mis pensamientos y preguntándome si Marjorie estaría bien y si Wil habría escapado. Muchas veces cruzó por mi mente la imagen del hombre de Jensen asesinado a balazos, pero la borré de mi memoria y procuré conservar la calma.

Hacia mediodía vi que varios clérigos disponían en el centro del patio una mesa larga con bandejas de comida. Cuando terminaron, una docena de religiosos se les unieron y todos se sirvieron sus propios platos y se sentaron a comer informalmente en los bancos de piedra. La mayoría se sonreían placenteramente unos a otros, pero oí muy pocas conversaciones. Uno desvió la mirada hacia mí y me señaló la comida.

Moví la cabeza asintiendo, avancé por el patio y fui a prepararme un plato de maíz y judías. Todos los curas parecían muy conscientes de mi presencia, aunque ninguno me dirigió la palabra; y aunque yo sí hice varios comentarios a propósito de la comida, sólo fueron acogidos con sonrisas y gestos corteses. Si intentaba mirarles de hito en hito, ellos bajaban los ojos.

Me senté solo en un banco y comí. Ni el maíz ni las judías tenían sal, sino que habían sido especiados con hierbas. Cuando se hubo acabado el almuerzo y los religiosos apilaban sobre la mesa sus platos vacíos, otro clérigo salió de la iglesia y se preparó apresuradamente una ración. Acto seguido buscó en derredor un sitio donde sentarse, y nuestras miradas se cruzaron. Sonrió, y le reconocí como el cura joven que por la mañana me había mirado ya desde los jardines donde reposaba, meditaba o hacía algo que no identifiqué. Ahora correspondí a su sonrisa, y él vino y me habló en un inglés dificultoso.

—¿Puedo sentarme en el banco con usted? —preguntó.

—Sí, por favor —respondí.

Se sentó y empezó a comer muy despacio, masticando en exceso y, de vez en cuando, intercalando sonrisas. Era bajo y delgado, pero de constitución fuerte, con el cabello negro como el carbón y los ojos de un castaño claro.

—¿Le gusta la comida? —me preguntó.

Yo sostenía el plato en mi regazo. Quedaban algunos granos de maíz.

—Oh, sí —dije.

Me llevé los últimos granos a la boca. Volvió a intrigarme lo lenta y deliberadamente que masticaba, e intenté hacer lo mismo; y entonces me percaté de que todos los religiosos habían estado comiendo más o menos igual.

—¿Estos productos son cultivados en la misión? —inquirí.

El joven dudó antes de responder, o se entretuvo tragando despacio.

—Sí, los alimentos son muy importantes.

—¿Medita usted con las plantas?

Me miró con evidente sorpresa. Replicó con otra pregunta:

—¿Ha leído el Manuscrito?

—Sí, las primeras cuatro revelaciones.

—¿Y se ha dedicado a los cultivos?

—Oh, no. Estoy aprendiendo, nada más.

—¿Ve los campos de energía?

—Sí, a veces.

Ambos guardamos silencio mientras él comía parsimoniosamente unos bocados.

—Los alimentos son la principal manera de obtener energía —dijo al fin. Yo asentí moviendo la cabeza—. Pero con objeto de absorber totalmente la energía de los alimentos, la comida debe ser apreciada... eh, esto... —Estaba esforzándose por encontrar la palabra adecuada—. Saboreada —añadió finalmente—. El sabor es la puerta de entrada. Uno debe apreciar el sabor. Éste es el motivo de las plegarias antes de comer. No se trata sólo de agradecimiento al Señor, sino también de hacer del comer una experiencia sagrada, de modo que la energía de lo que uno come pueda incorporarse al cuerpo.

Me miraba atentamente, como si quisiera asegurarse de que le entendía. Yo asentí sin comentarios, y se quedó pensativo.

Lo que me estaba diciendo, razoné, era que aquella pausa para la deliberada apreciación de la comida era el verdadero propósito que había detrás de la extendida costumbre religiosa de la acción de gracias, cuyo resultado sería una absorción superior de la energía de los alimentos.

—Pero comer es solamente el primer paso —continuó—. Después de que de esta manera haya aumentado la energía personal, uno se vuelve más sensitivo ante la energía de todas las cosas... y entonces uno aprende a recibir energía sin comer.

Yo repetí mis gestos afirmativos.

—Todo lo que nos rodea —siguió diciendo él— tiene energía. Pero cada cosa la tiene de un género especial. Por ello ciertos lugares aumentan nuestra energía más que otros. Depende de cómo se adapta nuestra forma a la energía que hay allí.

—¿Es eso lo que usted hacía esta mañana en el jardín? —pregunté—. ¿Aumentar su energía?

Pareció muy complacido.

—Sí.

—¿Y cómo lo consigue?

—Uno tiene que estar abierto, tiene que conectar, debe usar su sentido de la apreciación, como cuando se ven los campos. Pero uno da este paso más allá para sentir que se ha llenado completamente.

—No estoy seguro de seguirle.

Frunció el entrecejo, probablemente ante mi estupidez.

—¿Le gustaría volver a los jardines? Puedo enseñárselos.

—Muy bien —dije.

Me condujo a través del patio a la zona donde había estado por la mañana. Cuando llegamos, se detuvo y miró en torno, como si inspeccionara aquellos lugares en busca de algo.

—Por ese lado —indicó, señalando un punto al borde de la parte más densa del arbolado.

Seguimos el sendero, que trazaba curvas entre árboles y arbustos. El cura eligió un punto frente a un árbol muy grande que crecía entre peñascales de tal modo que su recio tronco parecía surgir de la roca. Sus raíces envolvían ésta antes de hincarse realmente en el suelo. Los arbustos de flor formaban semicírculos ante el árbol, y se percibía en el aire una extraña fragancia dulzona que emanaba de las inflorescencias amarillas de aquéllos. La espesura del bosque proporcionaba una sólida pantalla verde como fondo.

El clérigo me indicó que me sentara en una pequeña porción de terreno despejado delante del retorcido y nudoso árbol y entre los arbustos. Él se sentó conmigo.

—¿Piensa usted que el árbol es hermoso? —preguntó.

—Sí.

—Entonces, eh... siéntalo... eh...

Al parecer pugnaba otra vez por encontrar las palabras oportunas. Reflexionó unos momentos antes de añadir:

—El padre Sánchez me ha contado que usted tuvo una experiencia en la montaña. ¿Puede recordar cómo se sentía?

—Me sentía ligero y seguro... y conectado.

—¿Conectado de qué modo?

—Me cuesta describirlo. Como si todo el paisaje fuese parte de mí.

—¿Pero cuál era la sensación?

Medité un minuto. ¿Cuál era la sensación? Entonces se me ocurrió la respuesta obvia:

—Era amor —dije—. Creo que sentía amor por todo.

—Sí —asintió él—. Eso es. Sienta lo mismo por el árbol.

—Pero espere, espere —protesté—. El amor es algo que ocurre de improviso. No puedo forzarme a amar cualquier cosa.

—Usted no se fuerza a amar. Usted permite que el amor entre en su ser. Pero para hacerlo debe preparar su mente recordando cómo era lo que sentía e intentando volver a sentirlo.

Miré el árbol y procuré recordar aquella emoción de la cumbre. Gradualmente, comencé a admirar su forma y su presencia. Mi apreciación creció hasta que, efectivamente, sentí una emoción amorosa. La sensación era exactamente la misma que yo recordaba como niño por mi madre y como adolescente por la niña especial que era objeto de mi «amor infantil». No obstante, pese a que estaba mirando al árbol, aquel amor particular existía como un sentimiento general de fondo. Yo lo amaba todo.

El cura se apartó cautelosamente unos cuantos palmos y se volvió a mirarme con intensidad.

—Bien —dijo—. Está usted aceptando la energía.

Noté que sus ojos parecían ligeramente desenfocados.

—¿Cómo lo sabe? —inquirí.

—Porque puedo ver que el tamaño de su campo de energía aumenta.

Cerré los ojos y traté de llegar hasta la intensidad de sentimientos que había alcanzado en lo alto del risco, pero no me fue posible duplicar la experiencia. Lo que sentía estaba en la misma dimensión, aunque en grado menor que antes. El fracaso me llenó de frustración.

—¿Qué ha pasado? —preguntó el clérigo—. Su energía ha decaído.

—No lo sé. Simplemente, no he podido hacerlo con tanta fuerza.

Me contempló, primero, divertido, y después impaciente.

—Lo que usted experimentó en la montaña fue un regalo, un descubrimiento importante, una mirada a un camino nuevo. Ahora debe aprender a tener la misma experiencia por sí solo, paso a paso, un poco cada vez. —Se situó algo más lejos y continuó observándome—. Vamos, siga probándolo.

Cerré los ojos y traté de sentir profundamente. Al final me arrebató la emoción una vez más. Me entregué a ella y procuré aumentar la sensación con pequeños incrementos sucesivos. Mantenía la mirada fija en el árbol.

—Eso está muy bien —dijo de pronto el clérigo—. Usted recibe energía y la traspasa al árbol.

Le miré casi con preocupación.

—¿Dice que se la traspaso al árbol?

—Cuando usted aprecia la belleza y la singularidad de las cosas —explicó—, recibe energía. Y cuando llega al nivel en que siente amor, entonces puede devolver la energía sólo con desearlo.

Durante largo rato permanecí sentado allí, y cuanto más concentraba mi atención en el árbol y admiraba su forma y su color, más amor en general parecía acumular: una experiencia insólita. Imaginé que la energía fluía de mí y llenaba el árbol, pero no podía verla. Luego, cambiando el enfoque, observé que el joven clérigo se ponía en pie y mostraba intención de retirarse.

—¿Qué se nota cuando yo doy energía al árbol? —pregunté.

Me describió la percepción con detalle y la reconocí como el mismo fenómeno que había presenciado en Viciente cuando Sarah proyectaba energía hacia el filodendro. Aunque Sarah había tenido éxito, no parecía consciente entonces de que sentir amor fuera necesario para que se produjese la proyección. Debió de adquirir un estado amoroso espontáneamente, sin darse cuenta.

El clérigo echó a andar hacia el patio y salió de mi campo visual. Yo me quedé en el jardín hasta el oscurecer.

Los dos religiosos me saludaron atentamente cuando entré en la casa. En la chimenea, un rugiente fuego mantenía a raya el frío de la noche y varias lámparas de petróleo iluminaban el cuarto de estar. El aire olía a sopa de verduras, o quizá de patata. Sobre la mesa había una escudilla de loza, varias cucharas y una bandeja con cuatro rebanadas de pan.

Uno de los clérigos dio media vuelta después del saludo y se marchó sin mirarme, mientras que el otro mantuvo los ojos bajos y me señaló un gran puchero de hierro fundido colocado junto al fuego de la chimenea. Por debajo de su tapadera asomaba lo que debía ser el mango de un cucharón. Tan pronto miré el puchero, el segundo cura preguntó:

—¿Necesita usted algo más?

—Creo que no —dije—. Muchas gracias.

Él repitió su saludo, una inclinación de cabeza, y se marchó como su compañero. Me quedé solo. Levanté la tapadera del puchero: sopa de patata. Olía deliciosamente. Me serví varios cucharones, fui a sentarme a la mesa, saqué del bolsillo la parte del Manuscrito que me había dado Sánchez, la deposité junto a mi plato e intenté leer. Pero la sopa era tan sabrosa que me concentré enteramente en engullirla. Cuando terminé, coloqué el plato en una jofaina grande dispuesta al parecer con esta finalidad y me dediqué a contemplar el fuego, hipnotizado, hasta que las llamas se debilitaron. Luego apagué las lámparas y me fui a la cama.

Desperté al amanecer del día siguiente sintiéndome como nuevo. Fuera, una neblina matinal empañaba la visión del patio. Removí el fuego, coloqué varios leños sobre las brasas y abaniqué hasta que las llamas volvieron a brotar. Me disponía a buscar en la cocina algo que comer cuando oí que se acercaba la furgoneta de Sánchez.

Salí a su encuentro y le encontré en las proximidades de la iglesia transportando una mochila en una mano y varios paquetes en la otra.

—Tengo algunas noticias —anunció, haciéndome señas de que volviera con él al interior de la casa.

Otros varios religiosos comparecieron con pastelillos, sémola y más frutos secos. Sánchez les saludó, esperó a que se retirasen y entonces se sentó conmigo a la mesa.

—He asistido a una reunión de los padres del Consejo Sur —dijo—. Estábamos allí para hablar del Manuscrito, y en nuestra agenda figuraban las acciones agresivas del gobierno. Era la primera vez que un grupo de religiosos se congregaba públicamente en apoyo de este documento, y acabábamos de empezar nuestro debate cuando un delegado gubernamental ha llamado a la puerta y ha solicitado ser admitido. —Hizo una pausa para llenarse el plato y comer unos bocados, que masticó concienzudamente—. El delegado —continuó— nos ha asegurado que el único propósito del gobierno era proteger el Manuscrito de la explotación extranjera. Nos ha informado de que todas las copias en poder de ciudadanos peruanos deben ser autorizadas. Ha dicho que comprende nuestra preocupación, pero ha pedido que cumplamos la ley y entreguemos nuestras copias. Ha prometido que inmediatamente se nos entregarán a cambio duplicados legitimados por el gobierno.

—¿Las han entregado ustedes?

—Por supuesto que no.

Ambos dedicamos unos minutos a comer. Yo procuré masticar hasta el aburrimiento para apreciar el sabor.

—Preguntamos por el estallido de violencia en Cula —prosiguió Sánchez— y él dijo que había sido una reacción necesaria contra un hombre llamado Jensen, varios de cuyos seguidores eran agentes armados de otro país; gente, explicó, que planeaba encontrar y robar la parte aún no descubierta del Manuscrito, para sacarla de Perú, por lo cual el gobierno no tenía otra opción que arrestarles. No fueron mencionados ni usted ni sus amigos.

—¿Creyeron a ese personaje?

—No, no le creímos. Después de que se marchase continuamos la reunión. Convinimos que nuestra política sería de resistencia pasiva. Seguiremos haciendo copias y distribuyéndolas con cautela.

—¿Les permitirán los dirigentes de su Iglesia hacer eso? —pregunté.

—No lo sabemos —contestó Sánchez—. Las autoridades eclesiásticas han condenado el Manuscrito, aunque hasta ahora no han investigado en serio quiénes están relacionados con él. Nuestra principal preocupación es un cardenal que reside bastante más al norte, el cardenal Sebastián. La suya es la voz más destacada en contra del Manuscrito, y él es una persona muy influyente. Si convence a las altas jerarquías de que divulguen proclamas enérgicas nos veremos obligados a tomar alguna decisión sin duda interesante.

—¿Por qué se opone el cardenal al Manuscrito?

—Por miedo.

—¿Miedo a qué?

—Hace tiempo que no hablo con él, y además siempre evitamos el tema del Manuscrito. Pero creo que opina que el papel del hombre es participar en el cosmos ignorando el conocimiento espiritual, o sea sólo por la fe. Considera que el Manuscrito derrumbará el actual estado de las cosas, sobre todo las líneas de autoridad que rigen el mundo.

—No lo entiendo.

El padre Sánchez sonrió y dijo con la cabeza erguida:

—La verdad os hará libres.

Yo le observaba tratando de descifrar a qué se refería y comiendo lo que quedaba en mi plato de pan y frutos secos. Él comió a su vez unos bocados y echó un poco atrás la silla.

—Parece usted mucho más fuerte —comentó, cambiando bruscamente de tema—. ¿Ha hablado con alguno de los sacerdotes que están aquí?

—Sí —respondí—, de uno de ellos he aprendido un método para conectar con la energía. No... no sé cómo se llama: estaba sentado en un determinado punto de los jardines ayer por la mañana, mientras usted y yo conversábamos en el patio, ¿lo recuerda? Cuando después hablé con él, me mostró la manera de absorber energía y a continuación proyectarla.

—Se llama Juan —dijo Sánchez, indicándome con una seña que siguiese hablando.

—Fue una experiencia maravillosa —añadí—. Mediante el recuerdo del amor que he sentido en la vida fui capaz de abrirme. Hasta que cayó la noche estuve allí sentado, sosegándome en ello, gozándolo. No alcancé el estado que experimenté en lo alto de la sierra, pero me acerqué mucho.

El clérigo tenía ahora un aspecto más serio.

—El papel del amor ha sido mal entendido durante mucho tiempo. Amar no es algo que debamos hacer para ser buenos o para que el mundo sea un lugar mejor más allá de cierta abstracta responsabilidad moral, o porque debamos renunciar a nuestro hedonismo. Conectar con la energía se siente como una conmoción, después como euforia, y finalmente como amor. Encontrar energía suficiente para mantener aquel estado amoroso ciertamente favorece al mundo pero, sobre todo y más directamente, nos ayuda a nosotros. Es la cosa más hedonista que podemos hacer.

Asentí, y entonces noté que había apartado bastante más la silla y desde aquella distancia me miraba intensamente con los ojos desenfocados.

—Bien, ¿qué le parece ahora mi campo? —pregunté.

—Mucho más amplio. Creo que se siente usted perfectamente.

—Así es.

—Estupendo. Esto es lo que hacemos aquí.

—¿Lo que hacen?

—Me refiero a preparar a los sacerdotes para que se adentren en los montes y trabajen con los indios. Es una tarea solitaria y los padres deben tener una gran fortaleza. Todos los hombres que hay aquí han sido seleccionados minuciosamente y todos poseen una cosa en común: cada uno de ellos ha vivido una experiencia que califica de mística.

»Yo llevo muchos años estudiando este género de experiencia —continuó—, desde antes, por descontado, de que se descubriese el Manuscrito, y creo que cuando uno ya ha pasado por una experiencia mística, volver a aquel estado y elevar el propio nivel de energía resulta mucho más fácil. Otros pueden también conectar, pero cuesta más tiempo. Un recuerdo intenso de la experiencia, como pienso que ha aprendido usted, facilita su recreación. Después de ello, uno lentamente reconstruye.

—Y cuando está ocurriendo eso, ¿qué aspecto tiene el campo de energía de una persona?

—Crece hacia fuera y cambia ligeramente de color.

—¿Qué color?

—Normalmente va de un blanco apagado al verde y al

azul. Pero lo más importante es que se expande. Por ejemplo, en el caso de usted, durante la experiencia mística en la cima de la montaña su energía salió despedida hacia la totalidad del universo. Esencialmente, usted conectó con el cosmos y extrajo energía de él, y a cambio su energía se dilató para abarcarlo todo, para llegar a todas partes. ¿Puede usted recordar qué sensación tenía?

—Sí —dije—. Sentía como si el universo entero fuese mi cuerpo y yo solamente la cabeza, o quizá, para ser más preciso, los ojos.

—En efecto —asintió él—, y en aquel momento su campo de energía y el del universo fueron uno mismo. El universo era su cuerpo.

—También tuve durante aquel tiempo un recuerdo extraño —dije—. Me pareció recordar cómo este cuerpo más amplio, este universo mío, evolucionaba. Yo estaba allí. Yo vi formarse a partir del hidrógeno elemental las primeras estrellas y luego vi una materia más compleja evolucionar en sucesivas generaciones de aquellos soles. Sólo que no fue exactamente la materia lo que vi: la veía como simples vibraciones de energía que evolucionaban sistemáticamente hacia estados superiores más complejos aún. Después... comenzó la vida y evolucionó hasta un punto en que aparecieron los seres humanos...

Callé de pronto y él notó mi cambio de talante.

—¿Pasa algo malo? —inquirió.

—Allí fue donde se interrumpió el recuerdo de la evolución —expliqué—: con la llegada de los seres humanos. Me dio la impresión de que la historia continuaba, pero ya no pude captarla con claridad.

—La historia continúa —afirmó Sánchez—. Los seres humanos impulsan la evolución del universo hacia una complejidad vibracional cada vez más elevada.

—¿De qué manera? —pregunté.

Él sonrió, pero no contestó.

—Hablaremos de esto más adelante —dijo—. Lamento tener que ocuparme de unos asuntos urgentes. Nos veremos dentro de una hora, más o menos.

Asentí. Sánchez tomó una manzana de la mesa y se marchó. Yo salí poco después, deambulé por el exterior, y de repente me acordé de la Quinta Revelación, que había dejado en el dormitorio, y fui a buscarla. En cierto momento había pensado en el bosque donde el clérigo estaba sentado cuando nos conocimos. A pesar de mi fatiga y del pánico, había observado que el lugar era extraordinariamente bello, así que eché a andar por la carretera en dirección oeste hasta que llegué al punto exacto y, como había hecho él, me senté.

Apoyado en el tronco de un árbol, dejé mi mente en blanco y pasé varios minutos mirando a mi alrededor. La mañana era resplandeciente y corría un poco de aire. Me entretuve viendo cómo la brisa movía las ramas por encima de mi cabeza. El aire era refrescante e hice varias aspiraciones profundas. Durante una pausa del viento saqué el Manuscrito y localicé la página donde había interrumpido la lectura. Antes de que pudiese reanudar ésta, sin embargo, capté el sonido de un motor.

Me tendí en el suelo detrás del árbol e intenté determinar de qué dirección venía el ruido. Venía de la misión. Cuando se acercó más vi que el vehículo que hacía ruido era la vieja furgoneta de Sánchez, con él al volante.

—Se me ha ocurrido que podía usted estar aquí —me dijo, tras detenerse a corta distancia de donde yo me encontraba—. Suba. Debemos irnos.

—¿Qué pasa? —pregunté, deslizándome al asiento del pasajero.

La furgoneta reanudó la marcha rumbo a la carretera principal.

—Uno de mis compañeros me ha hablado de una conversación que oyó por casualidad en el pueblo. Andan por estas cercanías unos cuantos funcionarios gubernamentales que se dedican a hacer preguntas sobre la misión y sobre mí.

—¿Qué pretenden, según usted?

Me dirigió una mirada tranquilizadora.

—Pues no lo sé. Digamos simplemente que no estoy tan seguro como antes, no sé si nos dejarán en paz. Pienso, como precaución, que nos traslademos temporalmente a las montañas. Un amigo mío, el padre Carlos, vive cerca del Machu

Picchu. En su casa encontraremos asilo hasta que se aclare la situación. —Sonrió—. En todo caso, quiero que vea usted el Machu Picchu.

Me pareció intuir, de súbito, que había hecho un trato y me llevaba a alguna parte para entregarme a los representantes del gobierno. Decidí actuar con la mayor cautela mientras no me convenciese de lo contrario.

—¿Ha terminado de leer la traducción? —preguntó.

—Casi toda —dije.

—Me preguntaba usted sobre la evolución humana. ¿Ha terminado esa parte?

—No.

Él apartó los ojos de la carretera para observarme.

—¿Qué ocurre?

—Nada —respondí—. ¿Cuánto tardaremos en llegar al Machu Picchu?

—Unas cuatro horas.

Habría querido guardar silencio y dejar que Sánchez hablase, con la esperanza de que delatase su verdadero propósito, pero no pude dominar mi curiosidad respecto a la evolución.

—Entonces, ¿cómo continúan evolucionando los seres humanos? —pregunté.

Sánchez seguía mirándome de reojo.

—¿Usted qué cree?

—Ahora no tengo la menor idea —declaré—. Pero cuando estaba en las cumbres pensé que podía guardar alguna relación con las coincidencias significativas de que trata la Primera Revelación.

—Correcto —dijo él—. Ello cuadraría con las otras revelaciones, ¿no es así?

Me sentí confuso. Casi lo comprendía, y sin embargo no conseguía captarlo del todo. Opté por callar.

—Piense cómo forman las revelaciones una secuencia —continuó el cura—. La Primera Revelación ocurre cuando nos tomamos en serio las coincidencias. Estas coincidencias nos hacen intuir que hay algo más, algo espiritual, que opera por debajo de todo cuanto hacemos.

»La Segunda Revelación establece nuestra intuición como un hecho real. Podemos entender que hemos estado preocupados por la supervivencia material, centrándonos en controlar nuestra situación en el universo con la seguridad como único objetivo, y sabemos que nuestra sinceridad, nuestra nueva apertura, representan una especie de despertar a lo que verdaderamente está sucediendo.

»La Tercera Revelación inicia un nuevo concepto de la vida. Define el universo físico como energía pura, una energía que de una u otra manera responde a cómo pensamos.

»Y la Cuarta expone la tendencia humana a robar energía de otros seres humanos a través de ejercer el control de éstos sobreponiéndonos a su mente, un crimen que cometemos porque con demasiada frecuencia nos sentimos vacíos de energía y desconectados. Esta carencia de energía puede remediarse, por supuesto, cuando conectamos con la fuente superior. El universo nos proporciona toda la que necesitamos, sólo con que nos abramos a él. He aquí lo que revela la Quinta Revelación.

»En su caso —prosiguió—, tuvo usted una experiencia mística que le permitió ver brevemente la magnitud de la energía que uno puede adquirir. Pero este estado equivale a adelantarse de un salto a las demás personas y prever el futuro. No podemos prolongarlo durante mucho tiempo. En cuanto tratamos de hablar de él con alguien que opera en un estado de conciencia normal, o cuando intentamos vivir en un mundo donde todavía se están produciendo conflictos, somos bruscamente expulsados de aquel estado avanzado y retornamos al nivel de nuestra antigua personalidad.

»Y entonces todo es cuestión de reconquistar lentamente lo que hemos vislumbrado, un poco cada vez, e iniciar un progresivo regreso hacia aquella conciencia máxima. Pero para hacer esto debemos aprender a llenarnos conscientemente de energía, porque esta energía trae consigo las coincidencias, y las coincidencias nos ayudan a establecer el nuevo nivel sobre una base permanente.

Debí parecer aturdido, porque él dijo:

—Piense en ello: cuando ocurre algo más allá de lo posible que nos hace avanzar en nuestras vidas, entonces nos convertimos en personas más reales. Sentimos que estamos alcanzando lo que el destino nos conduce a ser. Cuando esto ocurre, el nivel de energía que primero ha aportado las coincidencias se ha establecido en nosotros. Puede que seamos apartados de él y perdamos energía cuando estamos atemorizados, pero aquel nivel sirve como un nuevo límite externo que puede recuperarse con bastante facilidad. Hemos pasado a ser una persona nueva. Existimos a un nivel de energía más alto, a un nivel, fíjese bien, de vibración superior.

»¿Puede visionar ahora el proceso? Nos llenamos hasta el tope, maduramos espiritualmente, volvemos a colmarnos y a madurar. Así es como nosotros, los seres humanos, continuamos la evolución llevándola progresivamente a un grado de vibración más elevado. —Sánchez hizo una pausa momentánea, y enseguida pareció pensar en algo que quería añadir—: Esta evolución ha venido produciéndose inconscientemente a lo largo de la historia de la humanidad. Ello explica por qué la civilización ha avanzado y por qué los seres humanos hemos crecido más en todos los sentidos, vivimos más, y así sucesivamente. Ahora, sin embargo, vamos a realizar conscientemente todo el proceso. Esto es lo que el Manuscrito nos dice. En eso consiste el movimiento hacia una conciencia espiritual de alcance universal.

Yo escuchaba atentamente, fascinado por lo que el padre Sánchez me contaba.

—Entonces, todo lo que tenemos que hacer es colmarnos de energía, como aprendí a hacer con Juan, y las coincidencias comenzarán a ocurrir de forma más persistente.

—Bien, sí, aunque no es tan sencillo como usted cree. Antes de que podamos conectar con la energía sobre una base permanente hay una prueba más que debemos superar. La próxima revelación, la Sexta, se refiere a esto.

—¿Y qué es?

Sánchez me miró con franqueza a la cara.

—Debemos enfrentarnos a nuestra particular manera de someter a control a nuestros semejantes. Recuerde, la Cuarta Revelación revela que los seres humanos nos hemos sentido siempre faltos de energía y hemos pugnado por controlarnos unos a otros con el fin de adquirir la energía que fluye entre las personas. La Quinta nos muestra a continuación que existe una fuente alternativa de energía, pero no nos es posible confiar de hecho en conectar con esta fuente si antes no combatimos el particular método que, como individuos, utilizamos en nuestros controles y cesamos de aplicarlo; porque tan pronto como recaemos en el hábito quedamos desconectados de la otra fuente.

»Desprendernos de este hábito no resulta fácil, pues al principio siempre es inconsciente. La clave para eliminarlo es traerlo de pleno a nuestra conciencia, cosa que hacemos viendo que nuestro estilo particular de control sobre los demás es un truco que aprendimos en la infancia para atraer la atención, para lograr que la energía viniese hacia nosotros, y que en ello nos hemos plantado. Este estilo es algo que repetimos una vez y otra y otra, permanentemente. Yo lo llamo nuestra inconsciente "farsa de control".

»Lo llamo farsa porque es una representación, con la que estamos familiarizados igual que con muchas secuencias de las películas, para la cual escribimos el guión siendo niños. Después hemos repetido la escena un número incontable de veces en nuestra vida cotidiana, ya sin percatarnos. Todo lo que sabemos es que el mismo tipo de acontecimientos nos ocurren repetidamente. El problema es que si estamos repitiendo sin cesar una determinada escena, entonces las restantes escenas de la película de nuestra vida real, la gran aventura marcada por las coincidencias, no pueden desarrollarse. Paramos la película cuando repetimos nuestra farsa única para maniobrar en busca de energía.

Sánchez disminuyó la velocidad del vehículo y avanzó con precauciones a lo largo de una serie de profundas roderas que habían estropeado el firme. Yo me sentía frustrado. No conseguía captar de manera satisfactoria cómo funcionaba la «farsa de control». Casi expresé mis sentimientos en voz alta, aunque finalmente no pude hacerlo. Notaba que algo me distanciaba todavía de él y no me importaba mostrarme tan poco franco.

—¿Lo ha entendido? —me preguntó.

—No lo sé —respondí lacónicamente—. No sé si yo interpreto o no interpreto una «farsa de control».

Entonces me dirigió la más cálida de las miradas y rió entre dientes.

—¿Lo dice en serio? Entonces, ¿por qué se comporta siempre con tanta reserva?

# CLARIFICAR EL PASADO

Delante de nosotros la carretera se estrechaba y describía una cerrada curva en torno a la pared de roca desnuda de la montaña. La furgoneta traqueteó sobre un surtido de pedruscos y tomó la curva lentamente. A lo lejos, los Andes alzaban sus macizas sierras grises por encima de bancos de nubes blancas como la nieve.

Miré a Sánchez. Conducía inclinado sobre el volante, tenso. Habíamos viajado la mayor parte del día subiendo empinadas pendientes y aventurándonos por angostos desfiladeros que los desprendimientos de rocas hacían más angostos aún. Me habría gustado introducir de nuevo en la conversación el tema de las «farsas de control», pero no encontré ningún momento adecuado, ante todo porque Sánchez parecía necesitar cada gramo de su energía para conducir, y luego porque yo no tenía claro lo que deseaba preguntar. Había leído el resto de la Quinta Revelación y descubierto en ella el eco exacto de los puntos que Sánchez me expuso. La idea de librarme de mi estilo de ejercer el control me parecía deseable, especialmente si con ello iba a acelerar mi evolución, pero todavía no entendía cómo operaba una de aquellas «farsas».

—¿En qué piensa? —me preguntó al fin el cura.

—Terminé de leer la Quinta Revelación —dije—, y pensaba en esas «farsas». Considerando lo que antes ha dicho sobre mí, asumo que usted cree que mi farsa tiene algo que ver con mi carácter reservado.

No contestó, sólo miraba la carretera. Entonces vi que unos cuarenta metros más adelante un vehículo todo terreno de gran tamaño bloqueaba el paso. Un hombre y una mujer estaban sentados al borde de un cantil de roca a quince metros del vehículo. No nos hicieron ninguna señal.

Pese a ello, Sánchez detuvo la furgoneta y los examinó atentamente. Enseguida sonrió.

—Conozco a la mujer —anunció—. Se llama Julia. Buena persona. Vamos a hablar con ellos.

Tanto el hombre como la mujer eran de tez oscura, aparentemente peruanos. La mujer tendría más edad, quizás unos cincuenta años, mientras que el hombre no pasaría mucho de los treinta. Cuando nos apeamos de la furgoneta la mujer se nos acercó.

—¡Padre Sánchez! —exclamó.

—¿Cómo está usted, Julia? —replicó el clérigo.

Ambos se abrazaron, y luego Sánchez me presentó a Julia y ésta nos presentó a su acompañante con el nombre de Rolando.

Sin más palabras, Julia y Sánchez nos volvieron la espalda y anduvieron hacia el saliente donde anteriormente estaban la mujer y Rolando. Éste me miraba con tal intensidad que instintivamente me volví y seguí los pasos de los otros dos. Rolando me acompañó, todavía mirándome como si quisiera alguna cosa. Observé que si bien su cabello y sus rasgos eran de persona joven, su complexión era rojiza y un tanto marchita. Por alguna razón imprecisa me sentí ansioso.

Varias veces, en el corto trecho hasta el cantil rocoso, él insistió en mirarme como si fuera a hablar, pero cada vez yo aparté los ojos y aceleré el paso. Continuó, pues, en silencio. Cuando llegamos al precipicio, me senté en un saliente estrecho para evitar que se sentase cerca de mí. Julia y Sánchez estaban más arriba, unos siete metros, sentados juntos en una peña.

Rolando, a pesar de todo, se situó lo más cerca posible. Aunque su constante atención me importunaba, también me provocaba una ligera curiosidad.

Entonces me sorprendió mirándole y preguntó de sopetón:

—¿Está usted aquí por el Manuscrito?

Me tomé tiempo para responder:

—He oído hablar de él.

Pareció perplejo.

—¿No lo ha visto?

—Lo he visto en parte —dije—. Y usted, ¿tiene alguna relación con él?

—Estoy interesado —replicó—, pero no he visto todavía ninguna copia.

Siguió un período de silencio, que terminó con otra pregunta:

—¿Viene usted de Estados Unidos?

Molesto, decidí no contestar a aquello. En cambio, pregunté a mi vez:

—¿Tiene el Manuscrito algo que ver con las ruinas del Machu Picchu?

—No, creo que no —fue su respuesta—. Excepto que fue escrito aproximadamente en la misma época en que se erigieron las construcciones del Machu Picchu.

Callé y me dediqué a admirar la increíble vista de los Andes. Tarde o temprano, si yo continuaba callado, él mencionaría lo que estaba haciendo allí con Julia y de qué modo concernía al Manuscrito. Así pasaron veinte minutos sin conversación. Finalmente, Rolando se levantó y subió hacia donde los otros dos se habían instalado.

Yo no sabía qué hacer. Había eludido unirme a Sánchez y a Julia porque tuve la clara impresión de que ellos querían hablar a solas. Durante quizás otros treinta minutos continué donde estaba, mirando hacia las cumbres de los montes y esforzándome en vano por escuchar algo de lo que se decía en la peña, encima de mí. Ni la mujer ni el cura me prestaban la más mínima atención. Por último resolví sumarme a ellos, pero antes de que me moviese, los dos, más Rolando, se levantaron y emprendieron la marcha hacia el todo terreno. Yo atajé entre las rocas para alcanzarles.

—Tienen que marcharse —me informó Sánchez cuando estuve cerca.

—Lamento mucho que nos haya faltado tiempo para hablar —dijo Julia—. Espero volver a verle pronto. —Me miraba con el mismo afecto que con frecuencia demostraba Sánchez. Cuando asentí, inclinó un poco la cabeza y añadió—: De hecho, tengo la sensación de que no tardaré en volver a verle.

Mientras caminábamos los cuatro juntos pensé que debía decir algo en respuesta, pero no se me ocurrió nada. Llegados al vehículo, Julia sólo hizo un breve gesto de despedida y pronunció un escueto adiós. Ella y Rolando subieron a bordo, Julia al volante, y partieron en dirección norte, el mismo camino por donde Sánchez y yo habíamos venido. La experiencia, en conjunto, me había desconcertado.

Una vez en nuestra furgoneta, Sánchez preguntó:

—¿Le ha hablado Rolando de Wil?

—¡No! —exclamé—. ¿Acaso le han visto?

Sánchez pareció confuso.

—Sí, le vieron en un pueblo a más de sesenta kilómetros de aquí.

—¿Dijo Wil algo de mí?

—Según Julia, Wil mencionó que le habían separado de usted, pero con quien habló principalmente su amigo fue con Rolando. ¿No le dijo usted a Rolando quién es?

—No, no sabía si podía confiar en él.

Sánchez me miraba con total estupefacción.

—Le dije que podíamos hablar con ellos tranquilamente. Hace años que conozco a Julia. Tiene un negocio en Lima, pero desde el descubrimiento del Manuscrito ha estado buscando la Novena Revelación. Julia no viajaría con nadie en quien no tuviera plena confianza. No había el menor peligro. Ahora se ha perdido usted lo que podría haber sido una información importante. —Había adoptado un gesto grave—. Ahí tiene un ejemplo perfecto de cómo interfiere una «farsa de control» —añadió—. Es usted tan reservado que no ha permitido que se produjese una coincidencia quizá trascendental.

Supongo que me puse a la defensiva, y él lo notó, porque dijo:

—Está bien. Cada cual interpreta una farsa de una u otra clase. Por lo menos ahora se percata usted de cómo opera la suya.

—¡No lo entiendo! —protesté—. ¿Qué es lo que hago, exactamente?

—Su manera de controlar personas y situaciones —explicó—, con el fin de conseguir que la energía fluya hacia usted, es crear en su mente esta farsa, durante la cual usted se aparta y parece misterioso y lleno de secretos. Se dice a sí mismo que obra de este modo por cautela, pero lo que realmente hace es confiar en que alguien será atraído por esta farsa e intentará deducir qué es lo que pasa con usted. Cuando alguien lo intenta, usted sigue siendo impreciso, indefinido, forzando a la otra persona a insistir, a indagar, a escudriñar para discernir cuáles son sus verdaderos sentimientos.

»Mientras el otro actúa así, le dedica a usted toda su atención y esto proyecta su energía hacia usted. Cuanto más tiempo le mantiene usted interesado y desconcertado, mayor es la energía que usted recibe. Por desdicha, cuando usted se muestra reservado su vida evoluciona muy lentamente, puesto que está repitiendo sin parar la misma escena. Si se hubiera usted abierto a Rolando, por insistir en el ejemplo, la película de su vida habría despegado en una nueva dirección rica en significado.

Comencé a sentirme deprimido. Todo aquello venía a ser otra faceta de lo que ya me había señalado Wil cuando vio que me resistía a darle información a Reneau. Cierto. Yo tendía efectivamente a ocultar lo que de verdad pensaba. Por la ventanilla miré la carretera que ascendía paulatinamente entre los montes. Sánchez se concentraba de nuevo en evitar los fatales desprendimientos. Poco después, cuando la conducción fue más fácil, volvió a mirarme y dijo:

—El primer paso para tener las cosas claras es, en el caso de cada uno de nosotros, trasladar nuestra particular farsa de control a la plena conciencia. Nada adelantamos hasta que nos miramos realmente a nosotros mismos y descubrimos qué hemos estado haciendo para maniobrar en busca de energía. Y esto es lo que acaba de ocurrirle a usted.

—El próximo paso, ¿cuál será? —pregunté.

—Cada uno de nosotros debe retroceder a su pasado, volver a los inicios de nuestra vida familiar y ver cómo se formó el hábito que hemos adquirido. Viendo su comienzo nos será más fácil ser conscientes de nuestra manera de ejercer ese control. Recuerde, la mayoría de los miembros de nuestra familia representaba una farsa de control destinada a extraer energía de nosotros, los niños. Debido a ello tuvimos, ante todo, que montar también nuestra farsa de control. Necesitábamos una estrategia para recuperar la energía. El desarrollo de nuestras farsas particulares guarda siempre relación con nuestra familia. Sin embargo, una vez hayamos identificado la dinámica de la energía en la familia, podremos rebasar aquellas estrategias de control y ver lo que realmente estaba pasando.

—¿Lo que realmente estaba pasando? ¿Qué quiere usted decir?

—Toda persona debe reinterpretar su experiencia familiar desde un punto de vista evolutivo, un punto de vista espiritual, y descubrir quién es realmente. Una vez hecho esto, nuestra farsa de control desaparece y nuestra vida, la auténtica, cambia de rumbo.

—Entonces, ¿cómo debería empezar yo?

—Comprendiendo en primer lugar de qué manera montó su farsa. Hábleme de su padre.

—Es un buen hombre, una persona capaz, le gusta divertirse, pero...

Titubeé. No quería parecer ingrato con mi padre.

—¿Pero qué? —preguntó Sánchez.

—Bueno —dije—, era siempre muy crítico. Yo nunca hacía nada bien.

—¿Cómo le criticaba?

Una imagen de mi padre, joven y vigoroso, apareció en mi mente.

—Me hacía preguntas, luego encontraba errores en las respuestas.

—¿Y qué pasaba con su energía?

—¿La mía? Supongo que sentía que se me escapaba, así que procuré no contarle nada.

—Eso quiere decir que se volvió impreciso y distante, que trataba de decir las cosas de forma que atrajesen la atención de su padre pero sin revelar lo suficiente para dar pie a sus críticas. ¿Era él el interrogador y usted quien le esquivaba con su reserva?

—Sí, supongo. Pero ¿qué es un interrogador?

—El interrogador corresponde a otro género de farsa. Es una persona que usa este procedimiento concreto de obtener energía: construir una farsa en la que hace preguntas y sondea el mundo de otra persona con la intención específica de encontrar algo censurable. Cuando lo ha encontrado, critica este aspecto de la vida del otro. Si la estrategia funciona, la persona criticada es incorporada a la farsa. Luego, de súbito, dicha persona se siente cohibida, tímida; se mueve en torno al interrogador y presta atención a cuanto éste hace y piensa, con objeto de no hacer ella algo malo que el interrogador pueda notar. Esta deferencia psíquica proporciona al interrogador la energía que desea.

»Piense en las veces que usted ha estado cerca de una persona así. Cuando queda atrapado en su farsa, ¿no tiende usted a actuar de manera que la persona no le critique? Ella le aparta del que debería ser su camino y le chupa la energía porque usted se juzga a sí mismo en función de lo que aquella persona pueda estar pensando.

Recordé efectivamente aquella sensación, y la persona unida al recuerdo era Jensen.

—¿Así que mi padre era un interrogador? —pregunté.

—Eso se desprende de lo que usted me cuenta.

Por un momento me extravié en mis pensamientos acerca de cuál podía ser la farsa de mi madre. Si mi padre era un interrogador, ¿qué era ella?

Sánchez me preguntó en qué pensaba.

—Me gustaría saber cuál era la farsa de control de mi madre. ¿Cuántas clases hay?

—Le explicaré las clasificaciones que expone el Manuscrito —dijo Sánchez—. Todo el mundo manipula a los demás para obtener energía, bien sea agresivamente, forzando a los demás a que les presten atención, bien pasivamente, actuando sobre la simpatía o la curiosidad de la gente para atraer aquella atención. Por ejemplo, si alguien nos amenaza, verbal o físicamente, nos vemos obligados, por miedo a que nos ocurra algo malo, a prestarle atención y, en consecuencia, a cederle energía. La persona que nos amenaza nos estará arrastrando al género de farsa más agresivo, lo que la Sexta Revelación llama el intimidador.

»Si, por otra parte, alguien nos cuenta las cosas horribles que le ocurren, dando a entender quizá que nosotros somos los responsables y que si nos negamos a ayudarle continuarán ocurriéndole esas cosas horribles, entonces esa persona pretende controlarnos al nivel más pasivo, con lo que el Manuscrito califica de "farsa del pobre de mí". Reflexione un minuto sobre esta cuestión. ¿Se ha encontrado alguna vez con alguien que le hace sentirse culpable cuando está en su presencia, aunque usted sepa que no hay motivo para sentirse de ese modo?

—Sí.

—Bien, eso es porque usted ha entrado en el mundo de la farsa del pobre de mí. Todo lo que esa persona dice y hace le coloca a usted en una posición en que debe defenderse contra la idea de que no está haciendo lo suficiente por dicha persona. El resultado es que se siente culpable por el mero hecho de tenerla cerca.

Asentí en silencio.

—La farsa de cada cual puede ser examinada —continuó él— de acuerdo con el lugar que ocupa en el espectro que va de lo agresivo a lo pasivo. Si una persona es sutil en sus agresiones, si encuentra defectos y socava nuestro mundo con el fin de conquistar nuestra energía, entonces, como hemos visto en su padre, esta persona sería un interrogador. La farsa del hombre reservado que interpreta usted es menos pasiva que la del pobre de mí. Así pues, el orden de las farsas sería el siguiente: intimidador, interrogador, reservado y pobre de mí. ¿Le parece que esto tiene sentido?

—Supongo que sí. ¿Cree usted que cualquiera de nosotros es clasificable entre esos estilos?

—Sí, en principio. Algunas personas utilizan más de uno según sean las circunstancias, pero la mayoría de nosotros tiene una farsa de control dominante que tiende a repetir y que en general depende de lo que le dio mejores resultados ante los miembros de su familia.

Entonces comencé a comprender: mi madre me hacía las mismas cosas que mi padre. Miré a Sánchez.

—Mi madre. Ahora sé lo que era: también una interrogadora.

—Por lo tanto recibió usted una doble dosis —comentó el clérigo—. No me extraña que sea tan reservado. Pero por lo menos no le intimidaban; es decir, usted nunca temió por su seguridad.

—¿Qué habría ocurrido en ese caso?

—Que habría quedado atrapado en una farsa del pobre de mí. ¿Ve de qué manera funciona esto? Si es usted un niño y alguien está extrayéndole energía mediante amenazas físicas, entonces ser reservado no sirve de nada. Usted no puede forzarle a devolverle energía haciendo el papel de persona tímida y evasiva. A la otra persona le tiene sin cuidado lo que suceda en el interior de usted. Actúa con demasiada fuerza. Consecuencia: usted se ve obligado a ser más pasivo aún y a poner en práctica la farsa del pobre de mí, apelando a la compasión de aquella persona y buscando que se sienta culpable del daño que le está haciendo.

»Si esto tampoco funciona, entonces usted aguanta mientras es niño, hasta que sea lo bastante mayor para rebelarse contra la violencia y combatir la agresión con la agresión. —Sánchez hizo una breve pausa—. Como la muchacha de que me habló usted, la de la familia peruana que le servía la cena.

»Una persona llega hasta los extremos que sea necesario para conseguir atención, o sea energía, en el seno de su familia. A continuación, la estrategia que ha adoptado constituye su estilo de control predominante cuando quiere extraer energía de otras personas, y ésa es la farsa que continuamente repite.

—Comprendo al intimidador —dije—, pero ¿cómo se desarrolla un interrogador?

—¿Qué haría usted si fuera un niño y los miembros de su familia no estuvieran en casa o, si estaban, le ignorasen porque les preocupaba su trabajo, su negocio o quién sabe qué?

—Pues no lo sé.

—Hacerse el reservado no atraería su atención, ni siquiera se darían cuenta: en cierto sentido, reservados lo serían todos. ¿No tendría usted que recurrir a indagar, a curiosear, hasta finalmente descubrir algo incorrecto en aquellas personas reservadas que le sirviese para captar su atención y robarles la energía? Así se crea un interrogador.

Me pareció que empezaba a ver claro.

—¡Las personas reservadas crean interrogadores!

—Exactamente.

—¡Y los interrogadores hacen reservada a la gente! ¡Y los intimidadores crean el planteamiento del pobre de mí, y si éste falla, otro intimidador!

—Correcto. Es así como las farsas de control se perpetúan a sí mismas. Recuerde, no obstante, una cosa: existe la tendencia a ver estas farsas en los demás y creer que uno está libre de semejantes artificios. Cada uno de nosotros debe superar esta ilusión antes de seguir adelante. Casi todos tendemos a aficionarnos, por lo menos durante un tiempo, a una farsa determinada, y es preciso detenernos y estudiarnos a nosotros mismos hasta descubrir cuál es.

Yo permanecí callado unos momentos. Por último volví a mirar a Sánchez y le pregunté:

—Si ya hemos identificado nuestra propia farsa, ¿qué viene después?

Él redujo la marcha de la furgoneta para poder sostener firmemente mi mirada.

—Hemos alcanzado la libertad de ser algo más que la farsa inconsciente que representamos. Podemos, como he dicho antes, encontrar en nuestras vidas un significado superior, una razón espiritual por la cual nacimos cada uno en una familia concreta. Podemos empezar a tener claro quiénes somos realmente.


—Casi hemos llegado —anunció Sánchez.

La carretera seguía una cresta entre dos picos. Cuando pasábamos ante una gran formación rocosa que quedaba a nuestra derecha distinguí al frente una casita edificada de espaldas a otro majestuoso pináculo de roca.

—Su coche no está —añadió el cura.

Aparcamos la furgoneta y caminamos hacia la casa. Sánchez abrió la puerta y entró mientras yo esperaba. Hice unas cuantas inspiraciones. El aire era fresco y tenue. En lo alto, el cielo tenía un color gris oscuro, con abundantes nubes. Daba la impresión de que iba a llover.

Sánchez reapareció en la puerta.

—No hay nadie dentro. Debe de estar en las ruinas.

—¿Cómo se va hasta allí?

Me fijé de pronto en que parecía muy cansado. Dijo:

—Están más adelante, a no más de un kilómetro. —Me entregó las llaves de la furgoneta—. Siga la carretera hasta la primera loma y las verá abajo. Llévese mi cacharro. Yo prefiero quedarme a meditar aquí.

—De acuerdo.

Regresé al vehículo, conduje a través de un pequeño valle y continué loma arriba anticipando la vista que me esperaba. No me defraudó. En cuanto superé el punto más alto de la ladera aparecieron ante mí en todo su esplendor las ruinas de Machu Picchu: un complejo de templos, con sólidos bloques de piedra cuidadosamente tallados, que debían de pesar toneladas, colocados uno sobre otro en plena montaña. Incluso bajo la opaca y nublada luz, la belleza del lugar era abrumadora.

Detuve la furgoneta y absorbí la energía durante diez o quince minutos. Algunos grupos de personas caminaban entre las ruinas. Vi a un hombre con alzacuello clerical alejarse de los restos de un edificio y encaminarse hacia un vehículo estacionado a corta distancia. Desde donde yo estaba, y debido a que el hombre vestía una chaqueta de cuero en lugar de ropas talares, no supe si le conocía o no. Podía ser el padre Carlos o cualquier otra persona.

Reanudé la marcha para acercarme. Al oír el ruido del motor, el hombre miró hacia arriba y sonrió, probablemente porque había reconocido la furgoneta perteneciente a Sánchez. Cuando me vio a mí al volante pareció interesado. Era bajo, regordete, de deslustrado cabello castaño y abultados carrillos, aunque tenía unos expresivos ojos azules. Aparentaba unos treinta años de edad.

—Estoy con el padre Sánchez —dije, apeándome del vehículo y presentándome—. Se ha quedado en casa de usted.

Él me tendió la mano y confirmó:

—Soy el padre Carlos.

Yo miraba más allá de su cabeza, hacia las ruinas. La piedra tallada era más impresionante aun vista de cerca.

—¿Viene usted aquí por primera vez? —me preguntó.

—Sí, por primera vez. He oído hablar de este lugar durante años, a pesar de lo cual no esperaba ver lo que estoy viendo.

—Es uno de los centros de energía más importantes del mundo.

Le miré atentamente. Estaba claro que hablaba de energía en el mismo sentido que el Manuscrito. Moví afirmativamente la cabeza y dije:

—Me encuentro en un punto en el que intento acumular energía conscientemente y habérmelas con mi farsa de control.

Me sentí un tanto presuntuoso al pronunciar aquellas palabras, pero también cómodo porque había querido ser sincero.

—No parece usted demasiado reservado —replicó él enseguida.

Me quedé atónito.

—¿Cómo sabe que ésa es mi farsa?

—He adquirido un instinto especial para ello. Es el motivo de que esté aquí.

—¿Quiere decir que ayuda a las personas a ver cuál es su farsa?

—Sí, y también su verdadera identidad.

La sinceridad resplandecía en sus ojos. Era absolutamente directo, sin sombra de embarazo por ponerse en evidencia ante un extraño.

Al ver que yo guardaba silencio, dijo:

—¿Entiende las primeras cinco revelaciones?

—Las he leído casi enteras, y las he comentado con varias personas.

Apenas declaré esto me di cuenta de que me mostraba poco preciso.

—Las primeras cinco creo que las entiendo —agregué entonces—. Es con la número seis con la que no me aclaro.

Él asintió, luego dijo:

—La mayoría de la gente con que hablo ni siquiera ha oído mencionar el Manuscrito. Sube hasta aquí y se embelesa con la energía. Simplemente esto ya hace que esas personas se replanteen su vida.

—¿Cómo se las arregla para encontrarlas?

Me miró con aire sagaz.

—Yo diría que ellas me encuentran a mí.

—Y las ayuda a descubrir su verdadera identidad. ¿Cómo?

Antes de responder hizo una profunda inspiración.

—Sólo existe una manera. Cada uno de nosotros tiene que regresar a sus experiencias familiares, al tiempo y los lugares de su infancia, y revisar lo que entonces ocurría. Una vez somos conscientes de nuestra farsa de control podemos concentrarnos en la verdad superior de la familia, la perspectiva consoladora, por decirlo así, que yace detrás de los conflictos de energía. Descubrir esta verdad puede dar renovado vigor a nuestra vida, porque nos dice quiénes somos, qué camino seguimos, qué estamos haciendo.

—Esto es lo que Sánchez me ha contado —dije—. Me gustaría saber más cosas sobre cómo se descubre esa verdad.

Él cerró la cremallera de su chaqueta para protegerse del frío de la tarde.

—Confío en que podremos hablar de ello más adelante —replicó—. Ahora querría saludar al padre Sánchez.

Mis ojos volvieron hacia las ruinas, y él lo notó y añadió:

—Circule por aquí con toda libertad y tanto tiempo como desee. Nos veremos en mi casa.

Durante la hora y media siguientes deambulé por aquel antiguo lugar. En unos puntos determinados me demoraba, porque me sentía más eufórico que en otros. Pensé fascinado en la civilización que había levantado aquellos templos.

¿Cómo transportaron aquellas piedras a un sitio tan elevado y las colocaron unas sobre otras de aquella manera? Parecía imposible.

Cuando la intensidad de mi interés por las ruinas comenzó a decrecer, mis pensamientos volvieron a mi situación personal. Aunque mis circunstancias no habían cambiado, me notaba menos medroso. Las confidencias del padre Sánchez me habían tranquilizado. Había sido estúpido al dudar de él. Y ya me gustaba el padre Carlos.

Cuando empezó a oscurecer regresé a la furgoneta y me dirigí a la casa del cura. Al acercarme a ella distinguí en el interior a dos hombres, próximos uno al otro. Cuando entré oí risas. Los dos clérigos estaban ocupados en la cocina, preparando la cena. El padre Carlos me saludó y me escoltó hasta una silla. Me senté con cansancio ante el fuego que ardía en la chimenea y miré a mi alrededor.

En la habitación, que era amplia, había arrimaderos de madera en los que se veían algunas manchas. Observé que existían otras dos habitaciones, aparentemente dormitorios, unidas por un estrecho pasillo. La casa estaba iluminada con bombillas eléctricas de pocos vatios, y creí oír el zumbido sordo de un generador.

Terminados los preparativos culinarios fui acomodado ante una rústica mesa de tablas. Sánchez rezó una corta oración y luego comimos, mientras los dos curas continuaban hablando entre ellos. A continuación nos sentamos juntos delante del fuego.

—El padre Carlos ha hablado con Wil —me dijo entonces Sánchez.

—¿Cuándo? —exclamé, inmediatamente excitado.

—Wil pasó por aquí hace unos días —explicó Carlos—. Nos conocimos el pasado año y vino a traerme cierta información. Dijo que creía saber quién está detrás de las acciones del gobierno contra el Manuscrito.

—¿Y quién es? —pregunté.

—El cardenal Sebastián —interpuso Sánchez.

—¿Qué está haciendo?

—Aparentemente —continuó el clérigo—, utiliza su influencia en los círculos gubernamentales para aumentar la presión militar contra el Manuscrito. Ha preferido siempre trabajar en la sombra, a través del gobierno, en vez de provocar una división en el seno de la Iglesia. Ahora intensifica sus esfuerzos. Por desgracia, pueden dar resultado.

—¿En qué sentido?

—Excepto unos pocos sacerdotes del Consejo del Norte y algunas personas más, como Julia y Wil, nadie parece tener ya copias.

—¿Qué me dice de los científicos de Viciente?

Los dos hombres guardaron silencio un momento, luego el padre Carlos declaró:

—Wil me contó que el gobierno ha cerrado el centro. Todos los científicos fueron arrestados y se les confiscaron los datos de su investigación.

—¿Y la comunidad científica se ha resignado?

—¿Qué remedio le quedaba? —dijo Sánchez—. Por otra parte, aquella investigación no tenía el respaldo general de la comunidad. El gobierno difunde aparentemente la idea de que las personas que la llevaban a cabo quebrantaban la ley.

—Me cuesta creer que el gobierno se salga con la suya en esto.

—Pues los indicios señalan que sí —replicó el padre Carlos—. He hecho varias llamadas para comprobarlo y he oído siempre la misma historia. Aunque con mucho sigilo, el gobierno está intensificando las medidas enérgicas.

—¿Qué creen que pasará? —pregunté a los dos.

El padre Carlos se encogió de hombros y su colega dijo:

—No lo sé. Puede depender de lo que Wil averigüe.

—¿Por qué Wil?

—Porque, a mi entender, él está a punto de descubrir la parte que falta del Manuscrito, la Novena Revelación. Quizá cuando lo consiga el interés bastará para estimular una intervención de ámbito mundial en el asunto.

—¿Adónde dijo que iba? —pregunté yo al padre Carlos.

—No lo sabía exactamente, pero me confió que sus intuiciones le llevaban más al norte, cerca de Guatemala.

—¿O sea, que le guiaban sus intuiciones?

—Sí, lo entenderá usted cuando tenga clara su propia identidad y continúe con la Séptima Revelación.

Les miré a ambos, sorprendido de lo increíblemente serenos que se mostraban.

—¿Cómo es que no pierden la calma? —quise saber—. ¿No piensan que pueden echársenos encima y arrestarnos a todos?

Ellos me contemplaron pacientemente, y fue el padre Sánchez quien habló:

—No confunda la calma con el descuido o la imprudencia. Nuestro talante apacible es un indicador de lo bien que conectamos con la energía. Y si permanecemos en conexión con ella es porque no podemos hacer nada mejor, vistas las circunstancias. Eso lo entiende, ¿no?

—Sí, por supuesto —dije—. Sólo que yo tengo problemas para continuar conectado.

Los dos hombres sonrieron.

—La conexión le resultará más fácil —dijo el padre Carlos— en cuanto vea con claridad quién es usted.

El padre Sánchez se levantó en aquel momento, anunció que iba a fregar los platos y se retiró.

Yo me volví hacia el padre Carlos.

—Está bien —dije—, ¿cómo empiezo a aclararme respecto a mí mismo?

—Según me ha contado el padre Sánchez —me respondió él—, usted entiende ya las farsas de control de sus padres.

—Así es. Ambos eran interrogadores e hicieron de mí una persona reservada.

—De acuerdo. Pues ahora debe usted mirar más allá de la competencia por la energía que existía en su familia y buscar la verdadera razón de que usted estuviese allí.

No entendí una palabra, y Carlos se percató. Siguió diciendo:

—El proceso de encontrar su auténtica identidad espiritual implica considerar el conjunto de su vida como una larga historia, tratando de encontrarle un significado superior. Empiece por plantearse la cuestión de por qué nació usted en aquella familia en particular. ¿Qué propósito podía tener esto?

—Lo ignoro.

—Su padre era un interrogador. ¿Qué más era?

—¿Quiere decir qué principios defendía, qué propugnaba?

—Aproximadamente.

Reflexioné unos instantes y respondí:

—Mi padre cree genuinamente en que hay que gozar de la vida, en que hay que vivir con integridad pero sacándole a la vida todo el provecho que ofrece. Ya sabe, vivir la vida plenamente.

—¿Le ha sido posible conseguirlo?

—Hasta cierto punto, aunque siempre parece tener una racha de mala suerte justo cuando cree que va a disfrutar de la vida al máximo.

El padre Carlos entornó los párpados, sin duda para concentrarse.

—¿Cree que la vida es para disfrutar y divertirse, pero no lo ha logrado del todo?

—Sí.

—¿Se ha preguntado usted por qué?

—Bueno, de hecho, no. Siempre he supuesto que tenía mala suerte.

—¿Es posible que no haya descubierto todavía la manera de lograrlo?

—Quizá.

—¿Qué me dice de su madre?

—Mi madre falleció.

—¿Puede ver lo que representó su vida?

—Sí, su vida era su Iglesia. Se aferraba a los principios cristianos.

—¿De qué manera?

—Creía en el servicio a la comunidad y en seguir las leyes de Dios.

—¿Y seguía las leyes de Dios?

—Al pie de la letra, por lo menos como su Iglesia le enseñaba.

—¿Fue capaz de convencer a su padre para que hiciera lo mismo?

Contuve a medias la risa.

—Realmente, no. Mi madre quería que él fuera a la iglesia cada semana e interviniera en los programas de la comunidad. Pero como ya le he dicho, él era un espíritu demasiado libre para eso.

—Y aquella situación, ¿dónde le dejaba a usted?

Le miré, interesado.

—Jamás he pensado en ello.

—¿No exigían ambos su lealtad? ¿No era por eso por lo que le interrogaban, para asegurarse de que no respaldaba usted los valores del otro? ¿No querían los dos que usted pensara que su respectiva posición era la más válida?

—Sí, creo que tiene usted razón.

—¿Cómo respondía usted?

—Trataba simplemente de evitar tomar partido, supongo.

—Ambos le inspeccionaban, digámoslo así, para ver si estaba a la altura de sus principios particulares, y usted, incapaz de complacerles a los dos, se iba volviendo reservado.

—Sería más o menos eso.

—¿Qué le ocurrió a su madre?

—Contrajo el mal de Parkinson y murió después de pasar mucho tiempo enferma.

—¿Siguió siendo fiel a su fe?

—Absolutamente —afirmé—. Hasta el final.

—Entonces, ¿con qué significado le dejó a usted?

—¿Cómo dice?

—Usted busca el significado que la vida de su madre tuvo para usted, el motivo de que ella le trajese al mundo, qué venía usted a aprender aquí. Todo ser humano, sea o no consciente de ello, ilustra con su vida cómo cree que ha de vivir un ser humano. Debe tratar de descubrir qué le enseñó ella, y al propio tiempo qué cosas de la vida de su madre pudo ella haber hecho mejor. Lo que usted habría cambiado en relación con su madre es parte de aquello en que usted mismo trabaja ahora.

—¿Por qué únicamente parte?

—Porque otra parte es lo que usted habría mejorado de la vida de su padre.

Yo estaba todavía confuso. Carlos me apoyó una mano en el hombro.

—Nosotros no somos meramente la creación física de nuestros padres; también somos su creación espiritual. Aquellas dos personas le engendraron y sus vidas tuvieron un efecto irrevocable sobre lo que usted es. Para descubrir su verdadera personalidad debe admitir que, como ente real, comenzó a existir en una posición flanqueada por las verdades de sus progenitores. Por esto nació allí: para alcanzar una perspectiva más elevada sobre los principios que ellos defendían. Su camino ha de conducirle a descubrir una verdad que será una síntesis superior de las creencias de aquellas dos personas.

Moví afirmativamente la cabeza, con relativa convicción, y el cura me preguntó enseguida:

—Así pues, ¿de qué modo expresaría lo que le enseñaron sus padres?

—No estoy seguro —reconocí una vez más.

—¿Qué piensa? —insistió él.

—Mi padre creía que la vida consistía en aumentar hasta el máximo su vitalidad, en disfrutar siendo quien era, y procuró perseguir este fin. Mi madre creía más en el sacrificio y en dedicar su tiempo al servicio del prójimo negándose a sí misma. Para ella, esto era lo que ordenan las Escrituras.

—¿Y a usted qué le parece?

—No lo sé, de veras.

—¿Qué punto de vista adoptaría, el de su madre o el de su padre?

—Ninguno de los dos. Quiero decir que la vida no es tan sencilla.

Carlos se echó a reír.

—No quiere definirse, como siempre.

—Es que sospecho que no lo sé —reiteré.

—Pero ¿si se viera forzado a elegir entre uno y otro?

Titubeé, resuelto a responder con honestidad, y finalmente dije:

—Los dos son correctos... e incorrectos.

Le brillaron de alegría los ojos.

—¿Cómo es eso?

—No me obligue a armarme un lío. Creo que una vida correcta debe incluir los dos puntos de vista.

—El problema que a usted se le plantea es cómo —dijo el padre Carlos—. ¿Cómo vive uno una vida que sea las dos cosas? De su madre recibió usted la noción de que la vida gira en torno a la espiritualidad. De su padre aprendió que la vida es autosatisfacción, diversión, aventura.

—Entonces —le interrumpí—, ¿coincide en que mi vida debería ser en cierto modo una combinación de los dos enfoques?

—Sí, pero teniendo en cuenta que para usted la espiritualidad es la cuestión clave. Una vida completa, en su caso, depende de que encuentre una espiritualidad que también le proporcione autosatisfacción, diversión y aventura. Éste es precisamente el problema que sus padres fueron incapaces de resolver, el que le han legado. Éste es su interrogante evolutivo, la indagación que llenará el curso de su vida.

La idea me sumió en profundos pensamientos. El padre Carlos dijo algo más, pero yo ya no podía concentrarme en escuchar sus palabras. El menguante fuego tenía sobre mí un efecto sedante. Me di cuenta de que estaba cansado.

El clérigo se enderezó en su asiento y, al cabo de un momento, me dijo:

—Me parece que por esta noche se le ha acabado la energía. Pero permítame que le deje con un pensamiento adicional. Puede irse a dormir y no volver a pensar nunca en lo que hemos hablado. Puede retornar inmediatamente a su vieja farsa, o puede despertar mañana y agarrarse a este nuevo concepto de quién es usted. Si opta por lo último, entonces podrá dar el siguiente paso en el proceso, que es examinar atentamente todas las demás cosas que le han ocurrido desde que nació. Si llega a ver su vida como una historia única, desde su nacimiento hasta hoy mismo, será capaz de ver también cómo ha obrado con respecto a esta cuestión a lo largo de su curso. Podrá ver cómo fue que viniera a Perú y qué es lo que deberá hacer a continuación.

Asentí y le miré fijamente. Sus ojos eran cálidos, afectuosos, y mostraban la misma expresión que con tanta frecuencia había visto en los de Wil y en los de Sánchez.

—Buenas noches —dijo el padre Carlos.

Se marchó a uno de los dormitorios y cerró la puerta. Yo desplegué mi saco de dormir en el suelo y me entregué al sueño rápidamente.

Desperté pensando en Wil. Quería preguntarle al padre Carlos qué más sabía de los planes de Wil. Mientras estaba allí tendido, pensando, metido aún en el saco, el clérigo entró en la habitación silenciosamente y se puso a atizar el fuego.

Descorrí la cremallera del saco y, alertado por el sonido, él me miró.

—Buenos días —dijo—. ¿Ha dormido bien?

—Muy bien —respondí mientras me levantaba.

Carlos colocó unas astillas sobre las brasas y posteriormente leños más grandes.

—¿Qué dijo Wil que se proponía hacer? —pregunté yo.

El cura interrumpió su tarea para volverse hacia mí.

—Wil me dijo que se iba a casa de un amigo a esperar cierta información que le habían anunciado, información, al parecer, referente a la Novena Revelación.

—¿Y algo más?

—Contó que sospechaba que el padre Sebastián intentaba encontrar personalmente la última revelación y que parecía estar cerca de su objetivo. Considera Wil que la persona que se apodere de la última revelación determinará si el Manuscrito llegará o no a ser ampliamente distribuido y comprendido.

—¿Por qué?

—Eso lo ignoro. Wil fue uno de los primeros que reunieron y estudiaron las visiones. Probablemente es quien mejor las entiende en todo el mundo. Opina, según creo, que la última visión hará que las otras resulten más claras y fáciles de aceptar.

—¿Le parece a usted que está en lo cierto?

—No sé qué decirle. —El padre Carlos se encogió de

hombros—. Yo no entiendo tanto como él. Todo lo que entiendo es lo que se supone que debo hacer.

—¿Lo que usted debe hacer? —inquirí, perplejo.

Calló un momento, y luego respondió:

—Como dije antes, mi verdad es ayudar a las personas a descubrir quiénes son realmente. Cuando leí el Manuscrito, esta misión se me apareció con claridad. La Sexta Revelación es mi visión especial. Mi verdad está ayudando a otros a captarla también, y si soy eficiente en ello es porque yo mismo he experimentado todo el proceso.

—¿Cuál era su farsa de control? —pregunté.

Me miró divertido.

—Yo era un interrogador.

—¿Controlaba usted a las personas descubriendo algo censurable en la forma en que vivían sus vidas?

—Exacto. Mi padre era un pobre de mí y mi madre una reservada. Ambos me ignoraban por completo. Mi única vía para conseguir atención y energía era curiosear en lo que estaban haciendo y luego señalar algo malo, algo que pudiera beneficiarme.

—¿Y cuándo logró superar su farsa?

—Hace unos dieciocho meses, cuando conocí al padre Sánchez y comencé a estudiar el Manuscrito. Tras estudiar realmente a mis padres, comprendí para qué me estaba preparando mi experiencia. Sepa usted que mi padre adoraba la perfección. Se fijaba metas. Planificaba su tiempo al minuto y se juzgaba a sí mismo de acuerdo con la importancia de lo que había hecho. Mi madre no, mi madre era muy intuitiva y mística. Creía que cada uno de nosotros era guiado espiritualmente y que la vida consistía en seguir aquella dirección.

—¿Qué pensaba su padre de eso?

—Que era una locura.

Yo sonreí, pero no hice comentarios.

—¿Ve usted dónde me dejaba aquello? —preguntó él.

Sacudí la cabeza. Como antes, no le entendía del todo bien.

—Por causa de mi padre —prosiguió— me sensibilicé ante la idea de que la vida era realización, era logro: tener algo que hacer, y hacerlo. Pero al mismo tiempo mi madre estaba allí para decirme que la vida respondía a una dirección interior, a una especie de asesoramiento intuitivo. Por mi parte, me di cuenta de que la mía, mi vida, era una síntesis de los dos puntos de vista. Trataba de descubrir cómo era guiado interiormente hacia la misión que sólo yo podía ejecutar, a sabiendas de que es de suprema importancia llevar a término esta misión si hemos de sentirnos felices y satisfechos.

Asentí en silencio.

—Así pues —continuó—, ya ve usted por qué me exaltó tanto la Sexta Revelación. Tan pronto la leí, supe que mi tarea es ayudar a las personas a clarificar su pasado, a fin de que puedan desarrollar este sentido del objetivo y la utilidad.

—¿Sabe usted de qué modo tomó Wil el camino que sigue ahora?

—Sí, compartió parte de esta información conmigo. La farsa de Wil era ser reservado, como la de usted. También, como en su caso, tanto su padre como su madre eran interrogadores y cada uno tenía una sólida filosofía que quería que Wil adoptase. El padre de Wil era un novelista alemán que argüía que el destino final de la especie humana era perfeccionarse a sí misma. Su padre nunca defendía nada que no fueran los más puros principios humanitarios, pero los nazis utilizaron su idea básica de perfección para contribuir a la legitimación de su sanguinaria liquidación de razas inferiores.

»La corrupción de su ideal destruyó al pobre hombre y le impulsó a emigrar a Sudamérica con su esposa y con Wil. Su esposa era una peruana que había crecido y se había educado en Estados Unidos. Era también escritora, pero básicamente oriental en sus creencias filosóficas. Sostenía que la vida consistía en alcanzar un esclarecimiento interior, una conciencia superior marcada por la paz mental y el distanciamiento de las cosas mundanas. Según ella, la vida no tenía nada que ver con la perfección, y sí lo tenía con desprenderse de la necesidad de perfeccionar cualquier cosa o de ir a cualquier parte... ¿Ve usted dónde dejaba esto a Wil?

Nuevamente hice un gesto negativo.

—Le dejaba —prosiguió el padre Carlos— en una posición muy difícil. Su padre abogaba por la idea occidental de trabajar en pos del progreso y la perfección y su madre sostenía la creencia oriental de que en la vida sólo importaba alcanzar la paz interior, nada más.

»Aquellas dos personas habían preparado a Wil para que se esforzase en la integración de las principales diferencias filosóficas entre las culturas oriental y occidental, aunque él, al principio, no lo sabía. Primero fue un ingeniero dedicado al progreso, y después un simple guía que buscaba la paz mostrando a la gente los lugares más bellos y más propicios a estimular la emoción interior que se pueden visitar en este país.

»Pero la búsqueda del Manuscrito fue para él como un despertar. Las visiones abordaban directamente su principal problema. Revelaban que Oriente y Occidente pueden efectivamente integrarse en una verdad superior. Nos muestran que Occidente tiene razón al defender que la vida es progreso, es evolución hacia algo más elevado. No obstante, también la tiene Oriente al destacar que debemos liberarnos del empeño por ejercer el control a través de nuestro ego. No podemos progresar valiéndonos únicamente de la lógica. Tenemos que alcanzar una conciencia más plena, un conocimiento más rico, que vendrá de la conexión interior con Dios, porque sólo entonces nuestra evolución hacia algo mejor podrá ser guiada por la parte más noble de nuestro ser.

»Cuando Wil comenzó a descubrir las revelaciones, toda su vida comenzó asimismo a fluir. Conoció a José, el cura que inicialmente encontró el Manuscrito y lo hizo traducir. Poco después, conoció también al dueño de Viciente y contribuyó a que allí se emprendieran investigaciones. Y aproximadamente al mismo tiempo se tropezó con Julia, quien se dedicaba a su negocio pero además guiaba a los visitantes de los bosques vírgenes.

»Julia fue la persona con quien Wil tuvo enseguida mayor afinidad. Hicieron buenas migas debido a la similitud de las cuestiones que les preocupaban. Julia había crecido con un padre que hablaba de nociones espirituales, pero de un modo caprichoso e inconsistente. Su madre, en cambio, era una profesora universitaria especialista en oratoria, en las técnicas del debate, que exigía claridad de ideas. Consecuentemente, Julia se encontró con que deseaba información sobre la espiritualidad, aunque a condición de que fuera precisa e inteligible.

»Wil buscaba una síntesis entre Oriente y Occidente que explicase la espiritualidad humana, y Julia quería que esta explicación fuese perfectamente clara. Algo, pues, que el Manuscrito les proporcionaba a los dos.

—¡El desayuno está listo! —anunció Sánchez desde la cocina.

Me volví, sorprendido: me había olvidado del padre Sánchez. Poniendo fin a la conversación, el padre Carlos y yo nos levantamos y nos unimos a Sánchez para tomar unas frutas y cereales. Después, Carlos me propuso dar una vuelta por las ruinas con él. Acepté, con grandes deseos de volver allí. Ambos miramos al padre Sánchez, quien rehusó amablemente acompañarnos porque, explicó, necesitaba conducir la furgoneta montaña abajo para hacer unas llamadas telefónicas.

Fuera, el cielo tenía una transparencia cristalina y el sol lucía esplendoroso sobre los picos. Caminamos con buen ánimo.

—¿Cree que hay alguna manera de ponerse en contacto con Wil? —pregunté.

—No —replicó Carlos—. No me dijo donde estaban sus amigos. La única manera que se me ocurre sería ir hasta Iquitos, una población próxima a la frontera norte, y sospecho que en estos momentos sería arriesgado.

—¿Por qué precisamente allí?

—Porque comentó que su búsqueda probablemente le llevaría a aquella ciudad. En Iquitos hay muchas ruinas. Además, el cardenal Sebastián tiene una misión por los alrededores.

—¿Le parece que Wil encontrará la última revelación?

—Eso no puedo saberlo.

Caminamos en silencio varios minutos, y luego el padre Carlos inquirió:

—¿Ha tomado ya una decisión sobre su inmediato futuro personal?

—¿A qué se refiere?

—El padre Sánchez dijo que al principio hablaba usted de regresar enseguida a Estados Unidos, pero que últimamente parecía más interesado en explorar las revelaciones. ¿Qué piensa ahora?

—Ahora estoy indeciso —respondí—. Por alguna razón me gustaría continuar.

—Tengo entendido que mataron a un hombre justo a su lado.

—Cierto.

—¿Y a pesar de ello quiere quedarse?

—No —dije—. Quiero marcharme, quiero salvar mi vida... pero sigo aquí.

—¿A qué cree que se debe eso?

Escudriñé su expresión.

—¿Lo sabe usted? —repliqué.

—¿Recuerda en qué punto dejamos nuestra conversación anoche?

Yo lo recordaba exactamente.

—Acabábamos de descubrir cuál era el problema que heredé de mis padres: encontrar una espiritualidad que se auto-incremente, que le dé a uno una sensación de aventura y le satisfaga. Y usted dijo que si observaba atentamente cómo había evolucionado mi vida, el problema en cuestión la situaría en perspectiva y aclararía qué me estaba ocurriendo ahora... Algo así.

Carlos esbozó una sonrisa enigmática.

—Sí, de acuerdo con el Manuscrito así sería.

—Pero ¿cómo ocurre semejante cosa?

—Cada uno de nosotros debe fijarse en las vueltas significativas que ha dado su vida y reinterpretarlas a la luz de nuestro problema evolutivo.

Moví negativamente la cabeza. Seguía sin entender nada.

—Trate de percibir la secuencia de los intereses —intentó explicarme él—, de los amigos importantes, de las coincidencias que se han dado en su vida. ¿No le guiaban hacia alguna parte?

Reflexioné sobre lo que había sido mi vida desde la infancia, pero no descubrí en ella pauta de ninguna especie. A la vista de mi perplejidad, Carlos insistió:

—¿Con qué se distraía cuando era niño y adolescente?

—No tengo la menor idea. Supongo que sería un chico corriente, como tantos. Leía, sí, me gustaba leer.

—¿Qué leía?

—Principalmente misterio, ciencia ficción, cuentos de fantasmas, esas cosas.

—¿Qué ocurrió en su vida después de aquella etapa?

Me vino entonces a la memoria la relación que tuve con mi abuelo y le hablé al padre Carlos del lago y las montañas.

Él movió la cabeza haciendo signos de comprensión.

—Ya de mayor, ¿qué pasó?

—Me marché a la universidad. Mi abuelo murió durante mi ausencia.

—¿Qué estudió en la universidad?

—Sociología.

—¿Por qué?

—Porque uno de los profesores me parecía muy bueno. Me interesó su conocimiento de la naturaleza humana. Decidí estudiar con él.

—¿Y después?

—Después me gradué y me puse a trabajar.

—¿Le gustaba el trabajo?

—Sí, me gustó durante mucho tiempo.

—¿Y luego cambiaron las cosas?

—Pensé que en lo que yo estaba haciendo faltaba algo. Trabajaba con adolescentes que sufrían trastornos emocionales y creí saber cómo podían superar su pasado y dejar de expresar sus impulsos inconscientes de aquella manera tan contraproducente que entonces era habitual. Confiaba en ayudarles a sacar adelante sus vidas. Hasta que me di cuenta de que en mi enfoque faltaba algo, como digo.

—¿Y qué hizo?

—Renuncié.

—¿Qué más?

—Poco después una antigua amiga se puso en contacto conmigo y me habló del Manuscrito.

—¿Fue entonces cuando decidió venir a Perú?

—Sí.

—¿Qué piensa de su experiencia aquí?

—Pienso que he perdido el juicio. Conseguiré que me maten.

—Aparte de eso, ¿qué piensa de la forma en que ha progresado su experiencia?

—No le entiendo.

—Cuando el padre Sánchez me contó lo que le había ocurrido desde que llegó a Perú —dijo Carlos pacientemente—, me dejó asombrado la serie de coincidencias que le habían situado frente a las diferentes revelaciones del Manuscrito precisamente en los momentos en que las necesitaba.

—¿Le parece que eso tiene algún significado especial?

El padre Carlos se detuvo para mirarme a la cara.

—Significa que usted estaba preparado. Es usted como el resto de los que nos encontramos aquí. Había usted llegado al punto en que necesitaba el Manuscrito con objeto de continuar la evolución de su vida.

»Piense en cómo encajan los acontecimientos. Desde niño se interesaba usted por los temas de misterio, y este interés le llevó finalmente a estudiar la naturaleza humana. ¿Por qué cree que conoció a aquel profesor en particular? Él había de cristalizar sus intereses y enfrentarle al mayor de los misterios: la situación del ser humano en este planeta, la cuestión de en qué consiste la vida, qué propósito y qué finalidad tiene. Luego, a un determinado nivel, usted supo que el significado de la vida en sentido general conectaba con el problema de superar los condicionamientos de nuestro pasado e impulsar nuestras vidas particulares hacia delante. He aquí por qué trabajaba usted con aquellos chicos.

»Sin embargo, como ahora puede ya comprender, han sido necesarias las visiones para dilucidar qué le faltaba a su técnica con aquellos adolescentes. Para que los chicos con trastornos emocionales evolucionen, es preciso que hagan lo que todos debemos hacer: conectar con la suficiente energía para penetrar en su intensa farsa de control, lo que usted llama "expresar sus impulsos inconscientes", y avanzar en lo que resulta ser un proceso espiritual, un proceso que usted ha tratado de comprender desde sus comienzos.

»Contemple esos acontecimientos desde una perspectiva más elevada. Todos los intereses que le impulsaban en el pasado, todas aquellas etapas de su desarrollo, estaban simplemente preparándole para que hoy se encuentre aquí, ahora mismo, investigando las revelaciones. Ha trabajado en su búsqueda evolutiva de una espiritualidad que se intensifique por sí misma a lo largo de toda su vida, y la energía que acumuló en aquel ámbito natural donde creció, la energía que su abuelo intentaba mostrarle, le dio finalmente el coraje necesario para venir a Perú. Está aquí porque es donde necesitaba estar para continuar la evolución. Toda su vida ha sido un largo camino que conducía directamente a este momento.

»Cuando integre plenamente esta visión de su vida —el padre Carlos sonrió—, habrá adquirido lo que el Manuscrito llama una clara conciencia de su ruta espiritual. De acuerdo con el Manuscrito, todos debemos dedicar tanto tiempo como sea necesario a experimentar el proceso que nos lleve a clarificar nuestro pasado. La mayoría de nosotros tiene una farsa de control que hay que superar, pero una vez lo hemos hecho podemos comprender el supremo significado de que hayamos nacido de nuestros padres y no de otros, y qué es lo que nos ha preparado para que doblemos todos los recodos y tracemos todas las curvas que han dificultado el camino de nuestra vida. Todos tenemos un objetivo espiritual, una misión, por los que hemos estado luchando sin ser plenamente conscientes de ello, y en el momento en que los situemos de lleno en el plano de la conciencia nuestras vidas podrán cambiar de rumbo.

»En su caso, ha descubierto este objetivo. Ahora debe seguir adelante, dejando que las coincidencias le conduzcan hacia una idea cada vez más clara de cómo cumplir su misión a partir de este punto, de qué otras cosas debe usted hacer aquí. Desde que está en Perú se ha dejado llevar por la energía de Wil y del padre Sánchez. Pero ya es hora de que aprenda a evolucionar por sí mismo... conscientemente.

Me pareció que Carlos se disponía a añadir algo, aunque a

ambos nos distrajo la presencia de la furgoneta de Sánchez, que se acercaba por detrás. Se detuvo a nuestro lado y el cura bajó el cristal de la ventanilla.

—¿Ocurre algo? —preguntó Carlos.

—Tengo que volver a la misión en cuanto haga el equipaje —dijo Sánchez—. Las tropas del gobierno están allí... con el cardenal Sebastián.

Los dos saltamos a la furgoneta y Sánchez emprendió el regreso hacia la casa de Carlos. Por el camino nos contó que las tropas estaban en la sede de su misión para confiscar todas las copias del Manuscrito y posiblemente para cerrar aquélla.

Al llegar a la casa nos apresuramos a entrar. Sánchez se puso enseguida a reunir sus cosas. Yo, de momento, no hice nada, salvo meditar sobre lo que debía hacer.

Mientras pensaba, el padre Carlos se acercó a su colega y le dijo:

—Creo que debería acompañarle.

Sánchez interrumpió su tarea.

—¿Está seguro?

—Creo que debería ir, sí.

—¿Con qué objeto?

—No lo sé aún.

Sánchez le miró un instante y luego continuó guardando sus pertenencias.

—Si considera que es lo mejor...

Yo estaba apoyado en el marco de la puerta.

—¿Y qué hay de mí? —pregunté—. ¿Qué debería hacer?

Los dos hombres se volvieron a mirarme.

—Eso depende de usted —dijo el padre Carlos.

No me moví.

—Es usted quien debe tomar la decisión —recalcó Sánchez.

No podía creer que mi elección les importara tan poco. Partir con ellos significaba con certeza ser capturado por las tropas peruanas. No obstante, ¿como iba a quedarme solo en Machu Picchu? ¿Para qué?

—Miren —dije al fin—, yo no sé qué hacer. Deberían

echarme una mano. ¿Hay alguien más aquí que pueda acogerme?

Los dos curas se miraron uno a otro.

—Temo que no —respondió el padre Carlos. Sentí en mi estómago el viejo nudo de ansiedad. Él añadió sonriendo—: No pierda su concentración. Recuerde quién es usted.

Sánchez recogió una de sus bolsas y sacó de ella un fólder.

—Amigo mío, esto es una copia de la Sexta Revelación —me dijo—. Quizá le ayude mejor que nosotros a decidir qué hacer. —Cuando yo tomaba de sus manos el fólder, Sánchez miró a su colega y le preguntó—: ¿Cuánto tardaremos en marcharnos?

—Necesito ver todavía a unas cuantas personas —dijo Carlos—. Probablemente una hora.

Sánchez se dirigió a mí:

—Lea y reflexione un rato. Hablaremos después.

Ambos hombres retornaron a sus preparativos y yo salí de la casa y me senté en una piedra grande. Abrí el fólder. El texto del Manuscrito constituía un eco exacto de las palabras de Sánchez y Carlos. Clarificar el pasado era un meticuloso proceso para tomar conciencia de nuestra forma propia e individual de ejercer el control sobre el prójimo, aprendida en la infancia. Una vez superado este hábito, decía, descubriríamos nuestra personalidad más elevada, la más noble: nuestra identidad evolutiva.

Leí el documento entero en menos de treinta minutos, y cuando terminé la lectura comprendí por fin aquella visión básica: antes de que pudiésemos entrar de lleno en el peculiar estado mental que tanta gente vislumbraba —la experiencia de nosotros mismos avanzando en la vida guiados por misteriosas coincidencias— teníamos que despertar a la noción de quiénes éramos realmente.

En aquel momento el padre Carlos apareció rodeando la casa, me vio y se acercó al lugar donde yo estaba sentado.

—¿Ha terminado? —preguntó, con sus cálidos y amistosos modales de siempre.

—Sí.

—¿Le importa si me siento con usted un instante?

—Me complacería mucho.

Se colocó a mi derecha, y tras un período de silencio dijo:

—¿Comprende que aquí está en su camino de descubrimiento?

—Supongo que sí, pero, ¿qué voy a hacer ahora?

—Ahora debe creérselo realmente, admitir que es verdad.

—¿Cómo, si tengo tanto miedo?

—Debe sopesar lo que está en juego. La toma de conciencia que usted persigue es tan importante como la misma evolución del universo, porque permite que la evolución continúe.

»¿No se da cuenta? El padre Sánchez me informó de su visión de la evolución en la cima de una montaña. Usted vio cómo la materia evolucionaba desde la simple vibración del hidrógeno, sin detenerse, hasta la aparición de la especie humana. Se preguntaba cómo llevaban adelante los seres humanos esta evolución. Bien, ahora ha descubierto la respuesta: los seres humanos nacen en el marco de sus situaciones históricas y un día encuentran algo que defender y por lo cual esforzarse. La mayoría forma una unión con otro ser humano, quien asimismo ha encontrado algún objetivo.

»Los hijos nacidos de esta unión reconcilian luego las dos posiciones buscando una síntesis superior, guiados por las coincidencias. Como estoy seguro que habrá aprendido en la Quinta Revelación, cada vez que nos colmamos de energía y ocurre una coincidencia que nos impulse hacia delante en nuestras vidas, establecemos este nuevo nivel de energía en nosotros mismos y de este modo podemos existir en un plano de vibración más alto. Nuestros hijos toman nuestro nivel de vibración y lo elevan más aún. Es así como nosotros, los seres humanos, continuamos la evolución.

»La diferencia ahora, llegada la generación actual, es que nosotros estamos preparados para hacerlo conscientemente y acelerar el proceso. No importa lo asustado que esté usted, ahora ya no tiene elección. Una vez ha aprendido en qué consiste la vida, no hay manera de borrar lo que ya sabe. Si trata de hacer con su vida algo distinto, siempre tendrá la sensación de que echa de menos algo.

—¿Pero qué hago ahora? —pregunté por enésima vez.

—Me parece haberle dicho que yo no lo sé, que eso sólo usted lo sabe. De todos modos, le sugiero que primero trate de ganar algo más de energía.

El padre Sánchez surgió de la esquina de la casa y se nos unió, evitando cuidadosamente el cruce de miradas, e incluso hacer ruido, como si deseara no interrumpir. Yo traté de centrarme y fijé la vista en los picos rocosos que circundaban parcialmente la vivienda. Inspiré a fondo, y entonces me percaté de que desde que salí al exterior había estado totalmente inmerso en mí mismo, obsesionado por mis problemas. Me había aislado de la belleza y majestad de las montañas.

Mientras examinaba los alrededores, tratando conscientemente de apreciar lo que veía, comencé a experimentar la ya familiar sensación de cercanía. Súbitamente todo pareció adquirir más presencia y una especie de leve resplandor. Yo me sentía más ligero, mi cuerpo era más vigoroso.

Miré al padre Sánchez y a continuación al padre Carlos. Ambos me escudriñaban con intensa atención, y habría dicho que estaban observando mi campo de energía.

—¿Qué aspecto tengo? —pregunté.

—Parece sentirse mejor —respondió Sánchez—. Quédese aquí e incremente su energía tanto como pueda. Terminar con el equipaje nos llevará todavía otros veinte minutos. —Sonrió irónicamente y añadió—: Después estará usted preparado para empezar.

# CÓMO AGREGARSE AL FLUIR

Los dos clérigos regresaron a la casa y yo dediqué los siguientes minutos a contemplar la belleza de las montañas, siguiendo el consejo de acumular más energía. Luego perdí mi concentración y me abandoné a un ensueño relacionado con Wil. ¿Qué habría sido de él? ¿Estaría próximo a encontrar la Novena Revelación?

Le imaginé corriendo por la jungla, con la Novena Revelación en la mano y con tropas persiguiéndole por todas partes. Pensé en Sebastián organizando la cacería. No obstante, en mi ensueño estaba claro que Sebastián, pese a toda su autoridad, se equivocaba, que cometía un error en cuanto al impacto que las revelaciones tendrían sobre la gente. Yo presentía que quizá fuera posible persuadirle de que mudase de criterio, siempre y cuando alguien descubriese qué parte del Manuscrito le parecía al cardenal tan peligrosa.

Mientras daba vueltas a estos pensamientos me vino a la mente Marjorie. ¿Dónde estaba? Imaginé que volvía a verla. ¿Cómo podría ocurrir tal cosa?

El ruido de la puerta de la casa al cerrarse me devolvió a la realidad. De nuevo me sentí nervioso. Sánchez venía hacia donde yo estaba sentado. Su paso era rápido, resuelto.

Se sentó a mi lado y preguntó:

—¿Ha decidido ya lo que va a hacer?

Moví negativamente la cabeza.

—No parece usted muy fuerte —comentó él entonces.

—No, no me siento fuerte.

—Puede que no sea lo bastante sistemático en su manera de ganar energía.

—¿Por qué no he de serlo?

—Permítame ofrecerle mi método personal para absorberla. Quizá mi método le sirva para crearse el suyo.

Le indiqué por señas que continuase.

—Lo primero que hago —dijo— es enfocar el ambiente que me rodea, como creo que también hace usted. Después trato de recordar el aspecto que tiene todo cuando estoy lleno de energía. Consigo esto evocando la presencia que todas las cosas despliegan, la belleza y la forma particulares de cada una de ellas, especialmente las plantas, así como la manera en que los colores parecen adquirir un mayor brillo. ¿Me sigue usted?

—Sí, yo intento hacer lo mismo.

—A continuación —prosiguió— procuro experimentar esa especial sensación de cercanía, de que por muy lejos que esté determinada cosa yo puedo tocarla, conectar con ella. Y luego la aspiro dentro de mí.

—¿La aspira?

—¿No le explicó esto el padre Juan?

—No, no me lo explicó.

Sánchez pareció confundido.

—Quizá quería volver más tarde y contárselo. Con frecuencia es muy teatral. Se retira y deja a su alumno solo para que reflexione sobre lo que le ha enseñado, y después reaparece justo en el momento apropiado para añadir algo a la lección. Supongo que se habría propuesto volver a hablar con usted, pero se marchó con demasiada prisa.

—Me gustaría oír de qué se trata —dije.

—¿Recuerda la sensación de vigor excepcional que experimentó en lo alto de la sierra?

—Por supuesto.

—Para recuperar ese vigor, yo procuro aspirar la energía con la cual acabo de conectar.

Hasta aquel momento había seguido con atención las palabras de Sánchez. Sólo escuchar la descripción de su procedimiento ya mejoraba mi conexión. Todo a mi alrededor había aumentado de presencia y tenía mayor belleza. Incluso las rocas parecían tener un brillo blanquecino, y el campo de energía de Sánchez era amplio y azul. Ahora, el cura efectuaba concienzudamente profundas aspiraciones y retenía el aire unos cinco segundos antes de espirarlo. Seguí su ejemplo.

—Cuando visualizamos que cada inspiración introduce energía en nosotros y nos llena como globos —prosiguió él—, realmente adquirimos más vigor y nos sentimos mucho más ligeros y eufóricos.

Después de unas cuantas inspiraciones empecé a sentirme exactamente de aquel modo.

—Una vez he aspirado la energía —siguió diciendo Sánchez— compruebo si tengo la emoción adecuada. Como antes he mencionado, considero esto la auténtica prueba de si estoy o no efectivamente conectado.

—¿Se refiere al amor?

—Exacto. En la misión hablamos de que el amor no es un concepto intelectual ni un imperativo moral ni nada parecido. Es una emoción de fondo que existe cuando uno está conectado con la energía disponible en el universo, que es, por supuesto, la energía de Dios.

El padre Sánchez me observaba con los ojos ligeramente desenfocados.

—Ahí tiene —añadió—, usted la ha alcanzado. Ése es el nivel de energía que usted necesita. Le estoy ayudando un poco, pero está preparado para mantenerlo por sí mismo.

—¿Por qué dice que me ayuda un poco?

Sánchez sacudió la cabeza.

—No se preocupe de eso ahora. Sabrá a qué me refiero más adelante, en la Octava Revelación.

El padre Carlos vino desde la casa y nos miró a ambos con aparente satisfacción. Se dirigió a mí:

—¿Ya ha decidido?

La pregunta me irritó: tuve que combatir la subsiguiente pérdida de energía.

—No recaiga en su farsa de hombre reservado —dijo él—.

Es inevitable que tome la decisión. ¿Qué piensa que tiene que hacer?

—No pienso nada —repliqué—. Ése es el problema.

—¿Seguro? Los pensamientos parecen distintos cuando uno se ha conectado con la energía.

Le miré desconcertado.

—Las palabras que habitualmente se le habrían ocurrido en un intento de controlar lógicamente los acontecimientos —me explicó— desaparecen de su mente cuando usted abandona su farsa de control. A medida que se llena de energía interior, entra en su mente otro género de pensamientos procedente de una parte más noble de su persona. Son sus intuiciones. Tienen un cariz diferente. Aparecen simplemente en el fondo de su mente, a veces en una especie de ensueño o minivisión, y pasan a dirigirle, a guiarle a usted.

Yo seguía sin entender.

—Cuéntenos en qué pensaba cuando antes le dejamos solo —dijo el padre Carlos.

—No estoy seguro de recordarlo todo —alegué.

—Inténtelo.

Traté de concentrarme.

—Pensaba en Wil, supongo; en si estaría cerca ya de encontrar la Novena Revelación. Y también en la cruzada de Sebastián contra el Manuscrito.

—¿Qué más?

—Me acordé de Marjorie, me preguntaba lo que le habría ocurrido. Pero no veo cómo va a ayudarme esto a saber lo que debo hacer.

—Permítame aclarárselo —dijo el padre Sánchez—. Cuando usted ha adquirido la energía suficiente, está preparado para comprometerse conscientemente en la evolución, para hacer que empiece a fluir y a generar las coincidencias que le impulsarán hacia delante. Usted se incorpora a su evolución de una manera específica. Primero, como ya he dicho, acumula la energía necesaria; luego recuerda el problema básico de su vida, el que le legaron sus padres, porque este problema aporta el contexto completo para su evolución. Acto seguido se centra en su camino descubriendo los otros problemas inmediatos, los de menor importancia, a los que normalmente se enfrenta en la vida. Estos problemas siempre conciernen a su problema más importante y definen en qué punto se encuentra de la indagación que durante toda su vida llevará a efecto.

»Una vez sea consciente de los problemas activos en ese momento, recibirá siempre una especie de dirección intuitiva sobre lo que debe hacer y sobre el punto adonde debe ir. Tiene el presentimiento de cuál será el próximo paso. Siempre. La única ocasión en que esto no ocurre es cuando usted tiene en mente un problema equivocado, el que no corresponde. Mire, lo difícil en la vida no es recibir respuesta a nuestras preguntas reales, lo difícil es identificar las preguntas reales, las preguntas que son efectivas. Si ha identificado usted las preguntas adecuadas, las respuestas llegan siempre.

»Tras haber tenido una intuición de lo que es posible que ocurra a continuación, el siguiente paso es mantenerse despierto y alerta. Tarde o temprano se producirán otras coincidencias que le empujarán en la dirección indicada por la intuición... ¿Ha perdido el hilo?

—Creo que no.

—Entonces —continuó Carlos—, ¿no le parece que esos pensamientos suyos sobre Wil y Sebastián y Marjorie son importantes? Reflexione sobre el porqué tales pensamientos se le ocurren ahora, considerando la historia de su vida. Usted sabe que salió del seno de la familia queriendo descubrir cómo hacer de la vida espiritual una aventura que internamente se engrandeciera por sí misma, ¿correcto?

—Sí.

—Entonces, mientras crecía, usted se interesó en temas de misterio, estudió sociología y trabajó con personas, pese a que no sabía por qué hacía semejantes cosas. Y cuando empezaba a despertar oyó hablar del Manuscrito y vino a Perú y encontró las visiones una tras otra, y cada una de ellas le ha enseñado algo sobre la clase de espiritualidad que anhelaba. Ahora que ya se ha aclarado, puede ser tremendamente consciente de esta evolución definiendo cuáles son sus interrogantes actuales y observando de qué modo llegan las respuestas.

Le miré sin decir nada.

—Bien, ¿cuáles son sus actuales interrogantes? —inquirió él.

—Supongo que quiero saber algo sobre las otras revelaciones —expuse vagamente—. En especial, quiero saber si Wil encontrará la Novena Revelación. Quiero saber qué le ha pasado a Marjorie. Y quiero saber más sobre Sebastián.

—¿Y qué sugerían sus intuiciones a propósito de estas preguntas?

—No lo sé. Pensaba en que volvía a ver a Marjorie y en que Wil corría perseguido por las tropas. ¿Esto significa algo?

—¿Dónde corría Wil?

—En la jungla.

—Puede que eso indique adonde debería usted ir. Iquitos está en la jungla. ¿Y qué hay de Marjorie?

—Vi simplemente que volvíamos a encontrarnos.

—¿Y de Sebastián?

—Imaginé que estaba en contra del Manuscrito porque lo había entendido mal, supuse que podía cambiar de criterio si alguien llegara a saber lo que pensaba, es decir, exactamente lo que el cardenal teme del Manuscrito.

Los dos hombres se miraron mutuamente con estupefacción.

—¿Qué puede significar? —pregunté.

El padre Carlos replicó con otra pregunta:

—¿Usted qué cree?

Por primera vez desde que estuve en la cima de la montaña comenzaba a sentirme plenamente vigoroso otra vez, y lleno de confianza. Miré a mis acompañantes y dije:

—Creo que significa que debería dirigirme a la jungla, y además tratar de descubrir qué aspectos del Manuscrito disgustan a la Iglesia.

Carlos sonrió.

—¡Exactamente! Puede llevarse mi coche.

Asentí, y caminamos en torno a la casa hasta el lugar donde estaban aparcados los vehículos. Mis pertenencias, juntamente con provisiones de comida y agua, estaban ya a bordo del coche del padre Carlos. La furgoneta del padre Sánchez también tenía su cargamento a punto.

—Quiero que tenga esto muy en cuenta —me dijo entonces Sánchez—. No olvide detenerse con tanta frecuencia como sea necesario para reconectar con su energía. Esté siempre en plenitud y en estado de amor. Recuerde que cuando alcance este estado de amor, nada ni nadie conseguirá extraer de usted más energía que la que pueda reponer. De hecho, la energía que fluye de usted crea una corriente que le introduce energía en la misma proporción. Nunca se le agotará la reserva. Pero debe permanecer consciente de este proceso a fin de que funcione, lo cual tiene especial importancia cuando usted interactúa con otras personas.

Apenas hubo terminado el clérigo su explicación, el padre Carlos se acercó y dijo a su vez:

—Usted ha leído todas las revelaciones excepto dos: la Séptima y la Octava. La Séptima trata de la evolución consciente de uno mismo, de estar alerta a todas las coincidencias, a todas las respuestas que el universo le reserva. —Me tendió un pequeño fólder y añadió—: Ésta es la Séptima. Su texto es muy corto y muy genérico, pero habla de qué manera surgen los objetos ante nosotros, de cómo ciertos pensamientos acuden para servirnos de guía. En cuanto a la Octava, la descubrirá por sí mismo cuando llegue el momento adecuado. Explica cómo podemos ayudar a otros a que nos den las respuestas que deseamos. Y además de ello describe una ética completamente nueva que rige la forma en que los humanos deberíamos tratarnos unos a otros con objeto de facilitar la evolución de todos.

—¿Por qué no puede darme ahora también la Octava Revelación? —pregunté.

El padre Carlos sonrió y me apoyó una mano en el hombro.

—Porque no creemos que debamos hacerlo. Ha de seguir usted también nuestras intuiciones. Recibirá la Octava Revelación tan pronto como haga la pregunta oportuna.

Le dije que me parecía comprensible. Luego los dos clérigos me abrazaron y me expresaron sus mejores deseos. El padre Carlos hizo hincapié en que pronto volveríamos a encontrarnos y dijo que no le cabía duda de que yo encontraría las respuestas que me correspondía recibir.

Nos disponíamos a subir a bordo de nuestros respectivos vehículos cuando el padre Sánchez se volvió hacia mí repentinamente.

—Tengo la intuición de avisarle todavía de algo; más adelante conocerá otros detalles sobre el particular. Deje que su percepción de la belleza y de la iridiscencia guíe su camino. Los lugares y las personas que tienen respuestas para usted le parecerán más luminosos y atractivos.

Asentí con un gesto, subí al coche del padre Carlos y les seguí por la pedregosa carretera durante varios kilómetros, siempre descendiendo, hasta que llegamos a una bifurcación. Sánchez agitó la mano como despedida mientras la furgoneta tomaba rumbo este. Les observé unos momentos y luego partí hacia el norte en dirección a la cuenca amazónica.


Una ola de impaciencia se elevó en mi interior. Tras haber mantenido una buena marcha durante tres horas, me encontraba en otra encrucijada, incapaz de decidir entre las dos rutas que tenía delante.

Tomar a la izquierda era una posibilidad. A juzgar por el mapa, aquella carretera conducía hacia el norte siguiendo el borde de las montañas a lo largo de unos ciento cincuenta kilómetros, y luego se desviaba bruscamente hacia Iquitos. La otra ruta, a la derecha, continuaba oblicuamente hacia el este a través de la jungla, para llegar al mismo destino.

Respiré a fondo y procuré relajarme. Eché una mirada al retrovisor. No se veía a nadie. De hecho, no había visto a nadie, ni vehículos ni gente a pie, desde hacía más de una hora. Traté de sacudirme la ansiedad. Sabía que debía tranquilizarme y permanecer conectado si quería tomar la decisión correcta.

Me concentré en el escenario. La ruta de la jungla, la de

mi derecha, avanzaba entre un grupo de corpulentos árboles. Varias formaciones rocosas punteaban el suelo a su alrededor, la mayoría rodeadas de grandes arbustos tropicales. La otra ruta, la de la montaña, parecía comparativamente despojada. Un único árbol crecía en aquella dirección, pero el panorama restante era rocoso, con muy escasa vida vegetal.

Volví a mirar a la derecha y traté de inducir un estado de amor. Los árboles y arbustos tenían un rico color verde. Miré a la izquierda y ensayé el mismo procedimiento. Inmediatamente me apercibí de que un retazo de hierba florida bordeaba la carretera. Las hojas de hierba eran pálidas e irregulares, pero las flores blancas, vistas en conjunto, creaban un diseño particular que se perdía en la distancia. Me pregunté por qué no me habría fijado antes en las flores. Ahora casi parecían brillar. Amplié mi enfoque para incluir todo cuanto había en aquella dirección. Las pequeñas rocas y las manchas pardas de cascajo semejaban extraordinariamente nítidas y llenas de color. Variados matices de ámbar y violeta e incluso rojo oscuro animaban toda la escena.

Devolví la mirada a la derecha, hacia los árboles y arbustos. Aunque bellos, ahora parecían inanes en comparación con la otra ruta. ¿Cómo era posible?, pensé. Inicialmente, la carretera de la derecha resultaba más atractiva. Volví a mirar a la izquierda y mi intuición se reforzó. La riqueza de formas y colores me maravillaba.

Estaba convencido. Puse el coche en marcha y me dirigí a la izquierda, seguro de lo correcto de mi decisión. La carretera era un desastre de pedregales, roderas y baches. Mientras avanzaba entre traqueteos, sentía más ligero mi cuerpo. Mi peso descansaba sobre las nalgas, erguía la espalda y enderezaba el cuello. Mis manos asían el volante, pero no se apoyaban en él.

Durante dos horas viajé sin incidentes, pellizcando de vez en cuando la comida que el padre Carlos había dispuesto en una cesta y sin ver a nadie. La carretera serpeaba subiendo y bajando por las laderas. En lo alto de una loma observé, finalmente, dos coches aparcados a mi derecha. Se hallaban situados a bastante distancia del flanco de la carretera, en un llano donde crecían unos pocos arbolitos. No distinguí a los ocupantes y deduje que los vehículos estaban abandonados. Frente a mí, la carretera giraba bruscamente a la izquierda y descendía trazando eses hacia un amplio valle. Desde arriba, mi vista alcanzaba varios kilómetros.

Detuve el coche con un frenazo violento. A medio camino del valle descubrí tres o cuatro vehículos militares parados a ambos lados de la carretera. Un grupito de soldados era visible entre aquéllos. Sentí un escalofrío. El camino estaba bloqueado. Retrocedí hasta el otro lado de la cresta y oculté el coche detrás de dos peñas de gran tamaño, me apeé y regresé a pie al punto desde donde podía observar la actividad del valle. Uno de los vehículos se marchaba en dirección opuesta a mí. Entonces oí algo a mi espalda. Me volví apresuradamente. Era Phil Stone el ecologista a quien había conocido en Viciente.

Se quedó tan boquiabierto como yo.

—¿Qué está usted haciendo aquí? —exclamó.

—Trato de dirigirme a Iquitos —respondí.

Se me acercó rápidamente, con cara de ansiedad.

—También nosotros, pero el gobierno parece haberse vuelto loco por causa del Manuscrito. Hemos de decidir si nos arriesgamos o no a pasar ese control de carretera. Somos cuatro.

Señaló a la izquierda. Entre los árboles vi a otros hombres.

—¿Para qué va usted a Iquitos? —me preguntó.

—Busco a Wil. Nos separamos en Cula, pero he oído decir que puede haberse marchado a Iquitos con la idea de encontrar el resto del Manuscrito allí.

Pareció horrorizado.

—¡No debería haber hecho eso! Los militares han prohibido a todo el mundo que tenga copias. ¿No se ha enterado de lo que pasó en Viciente?

—Algo he oído. ¿Qué sabe usted?

—Yo no estaba allí, pero tengo entendido que las autoridades intervinieron rápidamente y arrestaron a cuantos guardaban copias. Todos los huéspedes fueron detenidos para interrogarles. Se llevaron a Dale y al resto de científicos. Nadie sabe qué ha sido de ellos.

—¿Le ha dicho alguien por qué el tema del Manuscrito trastorna de ese modo al gobierno?

—No, pero cuando me di cuenta de lo peligroso que era resolví regresar a Iquitos para recoger los datos de mi investigación, y marcharme enseguida del país.

Le conté los detalles de lo que nos había ocurrido a Wil y a mí después de abandonar Viciente, así como del tiroteo en la sierra.

—Maldición —gruñó—. ¿Y todavía sigue adelante con eso?

El comentario hizo tambalear mi confianza, pero dije:

—Mire, si no hacemos nada el gobierno eliminará completamente el Manuscrito. Se impedirá que el mundo lo conozca, ¡y creo que las revelaciones son muy importantes!

—¿Tan importantes como para morir por ellas? —objetó él.

Un ruido de motores atrajo nuestra atención. Los soldados subían del valle hacia nosotros.

—¡Oh, mierda! —dijo Phil—. Ahí vienen.

Antes de que nos moviéramos llegó de la dirección contraria el ruido de otros vehículos que también se aproximaban. Phil no disimuló su pánico.

—¡Nos han rodeado! —exclamó.

Yo corrí hacia el coche y metí atropelladamente la cesta de la comida en una bolsa. Tomé los fólders que contenían el Manuscrito y los guardé asimismo en la bolsa, pero lo pensé mejor y los introduje debajo del asiento.

El ruido de los motores aumentaba de intensidad, así que eché a correr y atravesé la carretera hacia mi derecha, en la dirección que Phil había tomado. En la ladera les distinguí a él y a los otros hombres agazapados detrás de unas rocas. Fui a esconderme con ellos. Mi esperanza era que los vehículos militares pasaran de largo. Mi coche no estaba a la vista. Con suerte, los soldados pensarían, como pensé yo, que los otros coches habían sido abandonados.

Los transportes militares que se acercaban por el sur fueron los primeros en llegar y, para horror nuestro, se pararon en paralelo a los coches.

—¡Alto, policía! —gritó una voz—. ¡No se muevan!

Nos quedamos inmóviles mientras varios soldados avanzaban hasta rodearnos. Todos iban copiosamente armados y se mostraban muy cautelosos. Nos registraron meticulosamente, se apoderaron de cuanto encontraron y luego nos obligaron a volver a la carretera. Allí, docenas de soldados registraban los coches. Phil y sus compañeros fueron conducidos a uno de los transportes, que inmediatamente partió. Cuando pasó por mi lado tuve una fugaz visión de Phil, pálido y con aspecto fantasmal.

A mí me llevaron a pie en dirección opuesta y me ordenaron sentarme cerca de la cresta de la loma. Unos cuantos soldados me rodearon, todos portando armas automáticas. Finalmente se acercó un oficial y tiró al suelo, ante mí, los fólders que contenían mis copias de las visiones. Encima de ellas dejó caer las llaves del coche del padre Carlos.

—¿Son suyas estas copias? —preguntó.

Le miré sin responder.

—Las llaves se las han encontrado a usted —añadió—. En el interior.del vehículo estaban las copias. Repito, ¿son suyas?

—Creo que no debo responder si no es en presencia de un abogado —balbucí.

Mis palabras provocaron una sarcástica sonrisa en el rostro del oficial. Éste dijo algo a los soldados y se marchó. Los soldados me condujeron a un jeep y me colocaron en el asiento delantero, junto al conductor. Dos de ellos subieron al asiento trasero, las armas a punto. Detrás de nosotros, más soldados se instalaron en un transporte. Tras unos momentos de espera, los dos vehículos arrancaron hacia el norte, en dirección al valle.

Los pensamientos que invadían mi mente estaban cargados de ansiedad. ¿Adónde me llevaban? ¿Por qué me había colocado en aquella situación? Buen fruto había dado la preparación a que me sometieron los curas: yo no había durado ni un día. Allá en la encrucijada había estado muy seguro de que elegía la carretera adecuada. Tenía la certeza de que esta ruta era la más atractiva. ¿Dónde cometí mi error?

Hice una aspiración profunda y procuré distenderme, no sin preguntarme qué ocurriría ahora. Podía alegar ignorancia, pensé, y presentarme como un turista desorientado y totalmente inofensivo. Mi única falta era haberme mezclado con gente reprobable, diría. Déjenme volver a casa.

Mis manos descansaban sobre mis muslos: temblaban ligeramente. Un soldado sentado detrás de mí me ofreció una cantimplora de agua y la acepté, aunque no pude beber. El soldado era muy joven, y cuando le devolví la cantimplora me sonrió sin rastro de malicia. La imagen de la mirada de pánico de Phil pasó como un relámpago por mi mente. ¿Qué harían con él?

Se me ocurrió entonces que haber encontrado a Phil en aquella loma había sido una coincidencia. ¿Qué significado tenía? ¿De qué habríamos hablado si no nos hubiesen interrumpido? Tal como fueron las cosas, todo lo que yo hice fue subrayar la importancia del Manuscrito, y todo lo que hizo él fue prevenirme del peligro que corría en Perú y aconsejarme que saliera de allí antes de que me capturasen. Por desdicha, su consejo había llegado demasiado tarde.

Durante varias horas viajamos sin que nadie hablase. El terreno se tornaba progresivamente más llano. El aire era más cálido. En cierto momento, el joven soldado me pasó una lata abierta de raciones de campaña que contenía algo parecido a un guiso de buey, pero una vez más fui incapaz de engullir nada. Tras la puesta de sol la luz menguó rápidamente.

Yo me dejé llevar ahuyentando cualquier pensamiento. Miraba al frente, seguía el trazo de los faros del jeep, hasta que me sumí en un sopor inquieto, durante el cual soñé que estaba en plena fuga. Huía desesperadamente de una amenaza desconocida, entre centenares de grandes fogatas, persuadido de que en alguna parte había una llave secreta que me abriría la puerta de la sabiduría y la seguridad. En medio de uno de aquellos fuegos gigantes vi la llave, ¡y me precipité a cogerla!

Desperté sobresaltado, sudando profusamente. Los soldados me miraban nerviosos. Sacudí la cabeza y me apoyé contra la portezuela del vehículo. Durante largo rato estuve escudriñando el exterior por aquel lado, adivinando las formas oscuras del paisaje y luchando contra el terror: un hombre solo entre enemigos, vigilado estrechamente, que entraba en la negrura de la noche. A nadie preocupaban mis pesadillas.

Antes de que apuntase el alba nos detuvimos ante un gran edificio mal iluminado, de dos pisos de altura, construido de piedra tallada. Recorrimos a pie un amplio camino hasta rebasar la puerta principal y entrar por una secundaria. Unos peldaños bajaban a un pasillo estrecho. Las paredes interiores eran también de piedra, mientras que el techo había sido construido con grandes maderos y rústicas tablas. De aquel techo colgaban cada equis pasos unas bombillas desnudas que iluminaban nuestro avance. Franqueamos otra puerta y entramos en una zona de celdas. Uno de los soldados, que había desaparecido momentáneamente, se reunió de nuevo con nosotros, abrió la puerta de una de las celdas y me hizo seña de que entrase.

Dentro había tres catres, una mesa de madera y un jarro con flores. Para sorpresa mía, la celda estaba limpia. Cuando entré, un joven peruano de dieciocho o diecinueve años me miró sumisamente desde detrás de la puerta. El soldado cerró ésta a mis espaldas y se marchó. Me senté en uno de los catres mientras el joven manipulaba una lámpara de petróleo. Cuando la luz le dio en la cara vi que era un indio.

—¿Por casualidad habla usted inglés? —le pregunté.

—Sí, un poco —dijo.

—¿Dónde estamos?

—Cerca de Pullcupa.

—¿Es esto una prisión?

—No, estamos aquí para que nos interroguen sobre el Manuscrito.

—¿Y lleva usted mucho tiempo?

Me inspeccionó con sus tímidos ojos pardos.

—Dos meses.

—¿Qué le han hecho?

—Han intentado que deje de creer en el Manuscrito y les informe respecto a otras personas que tengan copias.

—¿Cómo actúan?

—Hablan conmigo.

—¿Sólo hablan? ¿Ni amenazas, ni violencia?

—Sólo hablan.

—¿Le han dicho cuándo le soltarán?

—No.

Callé. Él me miraba inquisitivamente.

—¿Le han capturado con copias del Manuscrito? —preguntó.

—Sí. ¿Y a usted?

—También. Vivo cerca de aquí, en un orfelinato. Mi director me instruía sobre los textos del Manuscrito y me permitía enseñárselo a los niños. Él consiguió escapar, pero a mí me detuvieron.

—¿Cuántas revelaciones conoce?

—Todas las que se han encontrado —declaró el joven—. ¿Y usted?

—Pues... todas, más o menos, excepto la Séptima y la Octava. Tenía la Séptima, pero no llegué a leerla antes de que los soldados interviniesen.

El joven indio bostezó y preguntó:

—¿Le importa si sigo durmiendo?

—Por favor, duerma —dije, abstraído.

Me tendí en el catre, cerré los ojos y dejé volar la mente. ¿Qué debía hacer ahora? ¿Cómo había permitido que me atrapasen? ¿Podría escapar? Urdí varias estrategias y argumentos disparatados, hasta que finalmente me venció el sueño.

Una vez más soñé vívidamente. Buscaba la misma llave que antes, pero ahora perdido en una espesa selva. Por un tiempo había caminado sin rumbo, anhelando recibir alguna clase de orientación. Al cabo de un rato se produjo una fuerte tormenta que inundó el paisaje. Durante el diluvio, fui arrastrado por un profundo barranco que me llevó a un río. La corriente de éste fluía en dirección contraria y amenazaba con ahogarme. Luché contra aquella corriente con todas mis fuerzas durante lo que me parecieron días. Finalmente logré librarme de las aguas asiéndome a unas rocas de la ribera. Trepé a las rocas, escalé los abruptos cantiles que bordeaban el río, los seguí un tiempo y después ascendí todo lo que pude, sólo para encontrarme en zonas más traicioneras aún. Aunque había apelado a toda mi fuerza de voluntad y a toda mi experiencia para vencer los acantilados, en un momento determinado me vi agarrado peligrosamente a la cara de la roca, incapaz de ir más allá. Bajé la vista al terreno que había al pie de la escarpa. Entonces descubrí que el río contra el cual tanto había luchado salía corriente abajo de la selva y discurría apaciblemente hacia una hermosa playa y un prado. En el prado, rodeada de flores, estaba la llave. En aquel instante resbalé y caí, gritando desesperado, metros y metros, hasta hundirme en el río.

Convulsivamente me senté en el catre, aspirando entre jadeos el aire que me faltaba. El joven indio se inclinaba hacia mí.

—¿Le ocurre algo? —preguntó.

Contuve el aliento y miré en torno para asegurarme de dónde estaba. Observé entonces que la celda tenía una ventana y que fuera ya reinaba la luz del día.

—Una simple pesadilla —dije.

El joven sonrió como si mis palabras le complacieran.

—Las pesadillas nos traen los mensajes más importantes —comentó.

—¿Mensajes? —dije, levantándome del catre.

Él pareció embarazado por tener que darme explicaciones.

—La Séptima Revelación habla de los sueños.

—¿Qué dice de los sueños?

—Enseña cómo... esto...

—¿Interpretarlos?

—Sí.

—Cuénteme algo más.

—Dice, sobre todo, que hay que comparar la trama del sueño con la historia de nuestra vida.

Reflexioné un instante, dudando sobre lo que aquella instrucción significaba.

—¿En qué sentido hay que compararlas?

El joven apenas se atrevía a mirarme a los ojos.

—¿Quiere interpretar su sueño?

Asentí y le relaté lo que había experimentado.

Él escuchó atentamente, y luego dijo:

—Bien, compare partes de esa historia con su vida.

Titubeé de nuevo.

—¿Por dónde empiezo?

—Por el principio. ¿Qué estaba usted haciendo al principio del sueño?

—Buscaba una llave en medio de la selva.

—¿Cómo se sentía?

—Perdido.

—Compare esa situación con su situación real.

—Quizás exista una relación —admití—. Ando buscando ciertas respuestas sobre el Manuscrito, y de que me siento perdido estoy absolutamente seguro.

—¿Y qué más le ocurre en su vida real? —insistió él.

—Me han capturado —dije—. A pesar de todo lo que intenté para evitarlo, me han encerrado aquí. Mi única esperanza ahora es convencer a alguien de que me dejen volver a mi país.

—¿Se debate usted contra el hecho de estar detenido?

—Ah, por supuesto.

—¿Qué era lo siguiente que ocurría en el sueño?

—Que yo luchaba contra la corriente del río.

—¿Por qué? —preguntó rápidamente el joven.

Comencé a sospechar hacia dónde se encaminaba su interrogatorio.

—Porque en aquel momento creí que me ahogaría.

—¿Y si no hubiera luchado contra el agua?

—La corriente me habría llevado a la llave. ¿Qué pretende decirme? ¿Que si no me enfrento a esta situación quizás encuentre las respuestas que busco?

El joven indio pareció otra vez cohibido.

—Yo no digo nada —se excusó—. Lo dice el sueño.

Reflexioné unos instantes. ¿Sería correcta aquella interpretación?

El joven continuaba observándome sin excesivo disimulo. Preguntó:

—Si experimentara de nuevo el sueño, ¿qué haría o intentaría hacer de manera diferente?

—No opondría resistencia al agua, por mucho que pareciese que me iba a matar. Sabría que no sería así.

—¿Qué le amenaza ahora?

—Los soldados, supongo. Estar encerrado.

—Entonces, ¿cuál cree que es el mensaje?

—¿Piensa usted que el mensaje del sueño es que debo considerar esta captura como una cosa positiva?

Él no contestó; sólo sonreía.

Yo estaba sentado en el catre con la espalda apoyada en la pared. La interpretación me estimulaba. Si era exacta, significaría que a fin de cuentas yo no había cometido error ninguno en la encrucijada de caminos, que aquello formaba parte de lo que debía ocurrir.

—¿Cómo se llama usted ? —pregunté.

—Pablo.

Sonreí, me presenté, y a continuación relaté escuetamente la historia de por qué estaba en Perú y qué me había sucedido. Pablo me escuchó sentado a su vez en su catre, apoyados los codos en las rodillas. Tenía el cabello negro, lo llevaba muy corto; era flaco.

—¿Para qué está usted aquí? —inquirió cuando terminé el relato—. No me refiero a Perú, sino aquí mismo.

—Para hacer averiguaciones sobre ese Manuscrito.

—¿Cuáles, específicamente?

—Necesito noticias de la Séptima Revelación, además de saber qué ha sido de unos amigos, Wil y Marjorie... Creo que también me interesa averiguar por qué la Iglesia es tan contraria al Manuscrito.

—Hay muchos curas con quienes hablar —apuntó él.

Sopesé por un momento aquella observación, luego pregunté:

—¿Qué más dice la Séptima Revelación sobre los sueños?

Pablo me contó que los sueños vienen a mostrarnos hechos referentes a nuestras vidas en los cuales no habíamos reparado. Luego añadió algo más, pero en lugar de escucharle yo me puse a pensar en Marjorie. Mentalmente podía ver su rostro con claridad, y una vez más me pregunté dónde estaría; después la vi venir hacia mí sonriendo.

De pronto me di cuenta de que Pablo ya no hablaba. Le miré.

—Lo siento, me he distraído —me excusé—. ¿Qué me decía?

—Está bien, no se preocupe. ¿En qué pensaba?

—En una amiga mía, simplemente. Nada de particular.

Me dio la impresión de que quería insistir en el tema, pero alguien se acercaba a la puerta de la celda. Entre los barrotes pudimos ver a un soldado que descorría el cerrojo.

—Hora de desayunar —dijo Pablo.

El soldado abrió la puerta y movió la cabeza señalándonos que saliéramos al pasillo. Pablo caminó delante de mí entre los muros de piedra. Encontramos una escalera y ascendimos un tramo hasta una pequeña zona destinada a comedor. En una esquina había cuatro o cinco soldados, mientras que unos civiles, dos hombres y una mujer, formaban cola en espera de que les sirviesen.

Me paré en seco, sin creer lo que veían mis ojos. La mujer era Marjorie. En el mismo instante me vio ella a mí y se cubrió la boca con la mano, los ojos muy abiertos por la sorpresa. Yo eché una ojeada al soldado que tenía a mi espalda. Se dirigía hacia los otros soldados que estaban en la esquina, sonriendo despreocupadamente y diciendo algo en español. Seguí a Pablo a través del comedor hasta el final de la cola.

Marjorie recogía su ración. Los otros dos hombres se llevaban sus bandejas a una mesa, hablando entre sí. Varias veces la mirada de Marjorie encontró mis ojos. Ambos nos esforzábamos en no decir nada, pero tras el segundo intercambio de miradas Pablo dedujo que nos conocíamos y su cara tomó una expresión interrogativa. Marjorie se fue a una mesa con su bandeja, y en cuanto nos sirvieron la seguimos y nos sentamos juntos. Los soldados continuaban conversando, aparentemente ignorantes de nuestros movimientos.

—Dios, cuánto me alegro de verte —dijo ella—. ¿Cómo has venido a parar aquí?

—Me refugié durante un tiempo con unos religiosos —repliqué—. Después salí en busca de Wil, y ayer me capturaron. ¿Cuánto hace que te han detenido a ti?

—Desde que me encontraron en la sierra.

Noté que Pablo nos observaba interesado y les presenté a los dos.

—Suponía que la señorita debía ser Marjorie —dijo él.

Hablaron brevemente, y yo le pregunté a ella:

—¿Qué más te ha pasado?

—Pocas cosas —respondió—. Ni siquiera sé por qué estoy detenida. Cada día me han llevado a uno de los curas o a uno de los oficiales para que me interrogasen. Quieren saber cuáles eran mis contactos en Viciente y dónde pueden encontrar otras copias del Manuscrito. ¡Siempre lo mismo!

Marjorie sonreía. Parecía tan vulnerable que de nuevo sentí una fuerte atracción por ella. Me miraba intencionadamente de reojo. Ambos reímos en silencio. Continuamos en silencio todo el tiempo que dedicamos a comer lo que nos habían servido, y después se abrió la puerta del comedor y entró un clérigo formalmente vestido con ropas talares. Le acompañaba un hombre que parecía ser un militar de alta graduación.

—Ése es el jefe de los curas —dijo Pablo refiriéndose al clérigo.

El militar dijo algo a los soldados, que se habían cuadrado al verle, y a continuación él y el clérigo atravesaron el comedor camino de la cocina. El religioso miró directamente hacia mí y nuestros ojos se encontraron por unos segundos. Fui yo quien desvió la mirada, para tomar un bocado de comida, deseoso de no llamar la atención. Los dos hombres llegaron a la cocina y salieron por ella.

Pregunté a Marjorie:

—¿Era uno de los curas que te han interrogado?

—No, nunca le había visto.

—Yo sí le conozco —intervino Pablo—. Llegó ayer. Se llama Sebastián.

Me enderecé en mi silla.

—¿El cardenal Sebastián?

—Parece que has oído hablar de él —dijo Marjorie.

—Vaya si he oído. Es precisamente la persona que lidera la oposición de la Iglesia al Manuscrito. Creí que estaría en la misión del padre Sánchez.

—¿Quién es el padre Sánchez? —preguntó Marjorie.

Me disponía a contárselo cuando el soldado que nos había escoltado se acercó a la mesa y nos hizo señas a Pablo y a mí de que le siguiéramos.

—La hora del ejercicio —anunció el joven.

Marjorie y yo nos miramos. Sus ojos delataban su gran ansiedad.

—No te preocupes —le dije—. Volveremos a hablar en la próxima comida. Todo irá bien.

Mientras me alejaba me asaltó la duda de si mi optimismo estaba justificado. Aquella gente podía hacer que cualquiera de nosotros desapareciese en cualquier momento sin dejar rastro. El soldado nos guió por un corto pasillo y, a través de una puerta, hacia una escalera exterior. Descendimos a un patio lateral flanqueado por altas paredes de piedra. El soldado se quedó al pie de la escalera. Pablo me indicó que caminara con él siguiendo los bordes del patio. Mientras lo hacíamos, el joven indio se agachó varias veces para recoger algunas flores de las que crecían en macizos alineados al pie de los muros.

Yo retorné al tema que me obsesionaba:

—¿Qué más dice la Séptima Revelación?

Pablo se agachó y recogió otra flor.

—Dice que no sólo los sueños nos guían. También las ensoñaciones, las fantasías, las ilusiones...

—Sí, el padre Carlos se había referido a eso. Cuéntame cómo nos guía lo que no son propiamente sueños.

—Pueden presentarnos una escena, un suceso, y puede que eso sea indicación de que se harán realidad. Si les prestamos atención, nos será posible estar prevenidos ante un cambio que se avecina en nuestras vidas.

Le miré.

—Escúchame, Pablo: antes me ha venido a la mente la imagen de que me encontraba con Marjorie. Y ha ocurrido.
Él sonreía.

Un escalofrío recorrió mi espina dorsal. Yo debía ciertamente estar en el lugar adecuado: había intuido algo que se había hecho realidad. Que encontrase a Marjorie lo había pensado con anterioridad en otras muchas ocasiones, pero sólo ahora había ocurrido. Las coincidencias se sucedían. Me sentí más alegre.

—No es frecuente que se me ocurran pensamientos así —dije.

Pablo, mirando al vacío, tardó en contestar.

—La Séptima Revelación afirma que no nos damos cuenta del número real de pensamientos de esa clase que tenemos. Para reconocerlos debemos adoptar una posición de observadores. Cuando un pensamiento acude, debemos preguntarnos por qué. ¿Por qué se nos ocurre ahora ese pensamiento concreto? ¿Cómo se relaciona con los problemas de mi vida? Tomar una posición de observador nos ayuda a descargarnos de la necesidad de controlarlo todo. Nos coloca en la corriente de la evolución.

—Pero ¿qué pasa con los pensamientos negativos? —pregunté—. Me refiero a esas imágenes atemorizantes de que ocurre algo malo, un accidente de una persona querida, por ejemplo, o bien de que no conseguimos una cosa que deseamos mucho.

—Muy sencillo. La Séptima Revelación dice que las imágenes de ese género hay que detenerlas y rechazarlas en cuanto aparecen. A continuación vendrá otra imagen, una imagen con buenas consecuencias, que se impondrá en nuestra mente. Pronto las imágenes negativas ya no se producirán casi nunca. Nuestras intuiciones se referirán a cosas positivas. Si después de ello, sin embargo, aparecen imágenes negativas, el Manuscrito dice que han de ser tomadas muy en serio y no seguirlas. Por ejemplo, si se te ocurre la idea de que vas a tener un accidente en un camión y llega alguien y te ofrece viajar en un camión, no debes aceptarlo.

En nuestro paseo habíamos dado una vuelta completa al

patio y nos acercábamos al centinela. Ninguno de los dos hablamos mientras pasábamos por delante de aquél. Pablo recogió otra flor y yo respiré profundamente. El aire era cálido y húmedo, y la vida vegetal a nuestro alrededor tenía un toque tropical y era muy densa. Yo había detectado la presencia de mosquitos.

—¡Vengan! —nos llamó repentinamente el soldado.

Nos devolvió al interior y nos condujo hacia nuestra celda. Pablo entró el primero, y cuando iba a hacerlo yo el soldado extendió el brazo para impedírmelo.

—Usted no —dijo.

Encerró a Pablo y a mí me condujo pasillo adelante. Subimos otro tramo de escaleras y salimos del edificio por la misma puerta por donde habíamos entrado la noche anterior. En la contigua zona de aparcamiento vi al cardenal Sebastián entrar en la trasera de un gran coche. Un chófer le sostenía la puerta, que cerró cuando Sebastián se hubo acomodado en el asiento. El cardenal me miró un instante, luego dijo algo al chófer, y momentos después el vehículo partió.

El soldado me acompañó hasta la fachada del edificio y por allí entramos en unas oficinas. Se me ordenó tomar asiento en una silla de madera frente a un escritorio metálico blanco. A los pocos minutos un cura bajito, de cabellos color de arena y unos treinta años de edad, entró y se sentó al otro lado del escritorio sin hacer el menor caso de mi presencia. Se puso a registrar un fichero, y finalmente me miró. Sus gafas redondas de montura dorada le daban un cierto aspecto intelectual.

—Ha sido usted arrestado por posesión ilegal de documentos —dijo en tono prosaico y directo—. Estoy aquí para contribuir a determinar si procede su enjuiciamiento. Apreciaré su cooperación.

Asentí moviendo apenas la cabeza.

—¿Dónde consiguió las traducciones?

—No entiendo —dije—. ¿Las traducciones de un viejo manuscrito son ilegales? ¿Por qué?

—El gobierno de Perú tiene sus razones —replicó él—. Por favor, responda a mi pregunta.

—¿Dice usted el gobierno? Entonces, ¿por qué interviene la Iglesia?

—Porque ese manuscrito contradice las tradiciones de nuestra religión: tergiversa la verdad de nuestra naturaleza espiritual. Donde...

—Mire —le interrumpí—, sólo trato de entender este lío. Soy un simple turista interesado en un manuscrito. No soy una amenaza para nadie. Sólo quiero saber por qué una cosa así provoca tanta alarma.

Pareció desconcertado, como si tratase de decidir la mejor estrategia para tratar conmigo. Yo hacía deliberado hincapié en los detalles.

—La Iglesia considera que el llamado Manuscrito genera confusión entre nuestros feligreses —dijo cautelosamente—. Crea la impresión de que la gente puede decidir por sí misma cómo ha de vivir, sin respeto por las Escrituras.

—¿Qué escrituras?

—El mandamiento de honrar padre y madre, para empezar.

—¿A qué se refiere usted?

—El Manuscrito culpa a los padres de graves problemas, atacando así la institución de la familia.

—Creí que se refería más bien a la posibilidad de terminar con antiguos resentimientos —dije—. Y de encontrar un enfoque positivo de las primeras etapas de nuestra vida.

—No —replicó rápidamente—. Es engañoso. Ante todo, nunca debería haber existido un sentimiento negativo.

—¿Acaso no pueden los padres equivocarse?

—Los padres lo hacen lo mejor que pueden. Los hijos deben perdonarles.

—¿Pero no es eso lo que pone en claro el Manuscrito? ¿No se produce el perdón cuando la visión de nuestra infancia es positiva?

La voz del cura, antes prosaica, se inflamó de cólera.

—¿Y con qué autoridad habla ese manuscrito? ¿Qué confianza merece?

El hombre se levantó de su asiento, rodeó el escritorio, vino junto a mí y me miró de arriba a abajo, enojado aún.

—No sabe usted lo que dice —continuó—. ¿Ha cursado

estudios religiosos? Imagino que no. Es usted la más clara evidencia del género de confusión que el Manuscrito provoca. ¿No comprende que existe orden en el mundo solamente porque hay ley y autoridad? ¿Cómo puede usted cuestionar las autoridades en esta materia?

Yo no dije nada, cosa que pareció encolerizarle más.

—Permítame advertirle —prosiguió en su nuevo tono— que el delito que ha cometido es castigable con años de prisión. ¿Ha estado alguna vez en una cárcel peruana? ¿Ansía su curiosidad yanqui descubrir cómo son nuestras cárceles? ¡Yo puedo satisfacer su deseo! ¿Ha comprendido? ¡Yo puedo satisfacerlo!

Se puso una mano sobre los ojos y calló, respirando profundamente con el propósito, sin duda, de calmarse.

—Yo estoy aquí para averiguar quién tiene copias de esos textos y de dónde proceden. Se lo preguntaré una vez más. ¿Dónde consiguió sus traducciones?

Su explosión de ira, aunque breve, me había llenado de ansiedad, y mis preguntas sólo contribuían a empeorar la situación. ¿Qué podía hacer él si yo no cooperaba? Sin embargo, ¿cómo iba yo a implicar al padre Sánchez y al padre Carlos?

—Necesito tiempo para poder pensar antes de responderle —argüí.

Momentáneamente pareció que volvería a exaltarse. Luego se relajó y dio muestras de fatiga.

—Le concedo hasta mañana por la mañana —concedió al fin.

Llamó con un gesto al soldado que montaba guardia en la puerta, para que se me llevase. Yo seguí al soldado por el pasillo y directamente a la celda.

Entré en la celda sin decir nada y fui a tenderme en el catre, sintiéndome exhausto. Pablo estaba mirando fuera por la ventana enrejada.

—¿Has hablado con el cardenal Sebastián? —preguntó.

—No, con otro cura. Quería saber quién me dio las copias que yo tenía.

—¿Y qué le has dicho?

—Nada. He pedido tiempo para reflexionar y hemos aplazado el interrogatorio hasta mañana.

—Y sobre el Manuscrito, ¿ha dicho algo el cura?

Miré a Pablo a los ojos y esta vez él no bajó la cabeza.

—Ha hablado un poco de que el Manuscrito ataca la autoridad tradicional —repliqué—. Entonces se ha indignado y ha empezado a amenazarme.

Pablo pareció genuinamente sorprendido.

—¿Tenía el cabello rubio y llevaba unas gafas redondas?

—Sí.

—Era el padre Costous. ¿Qué otras cosas le dijiste?

—Disentí de él en que el Manuscrito ataque la tradición —expliqué—. Me amenazó con encarcelarme. ¿Crees que hablaba en serio?

—No lo sé.

Pablo se apartó de la ventana y se sentó en su catre frente a mí. Noté que tenía algo más en mente, pero yo estaba tan cansado y atemorizado que cerré los ojos. Cuando desperté, mi compañero de celda me sacudía por un hombro.

—Hora de almorzar —anunció.

Seguimos al soldado de turno hasta el piso de arriba y en el comedor nos sirvieron un plato de carne cartilaginosa con patatas. Los dos hombres que había visto anteriormente entraron detrás de nosotros. Marjorie no estaba con ellos.

—¿Dónde está Marjorie? —les pregunté, procurando hablar en susurros.

Los dos hombres parecieron horrorizados de que les hablase, y los soldados me observaron atentamente.

—No creo que esos dos entiendan el inglés —me aclaró Pablo.

—Me gustaría saber dónde está ella.

El joven respondió algo en voz baja, pero yo había dejado de escucharle. Súbitamente me entraron unas ganas locas de escapar y me vi a mí mismo corriendo por una calle desconocida, precipitándome por una puerta, libre.

—¿En qué piensas? —preguntó Pablo.

—Nada, una fantasía sobre una fuga. ¿Qué me decías?

—Espera, espera —me atajó—. No deseches tus pensamientos. Pueden ser importantes. ¿Qué clase de fuga?

—Yo corría por un callejón, o por una calle, luego he entrado por una puerta. Me ha quedado la impresión de que mi fuga tenía éxito.

—¿Qué opinas de esa imagen?

—No opino —dije—. No parece haber una conexión lógica con las cuestiones de que hablábamos.

—¿Recuerdas qué cuestiones eran?

—Yo había mencionado a Marjorie.

—¿Y no crees que hay una relación entre Marjorie y tus pensamientos?

—No, no veo una conexión clara.

—¿Y si fuera una conexión oculta?

—No se me ocurre. A no ser que estés sugiriendo que ella ha escapado. —Pablo parecía pensativo.

—La idea es que escapabas —comentó.

—Oh, quizá, quizá... —dije, inseguro—. Quizá voy a escapar de aquí sin ella. —Levanté la mirada a su rostro—. O quizá voy a escapar con ella.

—Ésa sería mi interpretación —asintió él.

—Pero ¿dónde está?

—No lo sé.

Terminamos de comer en silencio. Yo tenía hambre, pero la comida me parecía pesada. Por alguna razón continuaba sintiéndome cansado y aturdido. Mi hambre desapareció rápidamente. Vi que Pablo tampoco comía.

—Mejor será que volvamos a la celda —dijo.

No puse ninguna objeción, y él llamó al soldado para que nos escoltase. En cuanto llegamos me acosté en el catre y Pablo se sentó con la mirada fija en mí.

—Pareces bajo de energía —declaró.

—Lo estoy —repliqué—. Pero no me explico qué es lo que va mal.

—¿Intentas aumentarla?

—Temo que no. Y la comida que nos dan no ayuda.

—Pero no se necesita mucho la comida si uno lo absorbe todo.

Abría los brazos y los movía como para destacar el «todo».

—Sí, ya lo sé. Es difícil para mí hacer que el amor fluya en una situación como ésta.

Me miró con curiosidad.

—Pues no hacerlo es causarse daño a uno mismo.

—¿Qué quieres decir?

—Tu cuerpo vibra a un determinado nivel. Si permites que tu energía decaiga, tu cuerpo se resentirá. Ahí está la relación entre fatiga y enfermedad. El amor es nuestro recurso para mantener alta esa vibración. Preserva nuestra salud. Por ello es tan importante.

—Concédeme unos minutos —dije.

Puse en práctica el método que el padre Sánchez me había enseñado.

Inmediatamente me sentí mejor. Los objetos que me rodeaban destacaron su presencia. Cerré los ojos y me concentré en aquella sensación.

—Eso está bien —dijo Pablo.

Abrí los ojos y vi que me sonreía sin reservas. Su cara y su cuerpo continuaban siendo juveniles e inmaduros, pero sus ojos parecían ahora rebosar sabiduría.

—Puedo ver que la energía entra en ti —declaró.

Detecté sin asomo de duda un ligero campo verdoso en torno a su cuerpo. Las flores recién cogidas que había colocado en el jarro, sobre la mesa, parecían radiantes.

—Para asimilar la Séptima Revelación y entrar realmente en el movimiento de la evolución —continuó diciendo—, uno debe integrar todas las visiones en una única manera de ser.

Como yo no decía nada, Pablo insistió:

—¿Puedes resumir cómo ha cambiado el mundo para ti a consecuencia de las revelaciones?

Reflexioné un momento.

—Supongo que he despertado, digámoslo así, y veo el mundo como un lugar misterioso que nos proporciona todo cuanto necesitamos... si somos lúcidos y no nos desviamos de nuestro camino.

—¿Qué ocurre entonces?

—Entonces estamos preparados para iniciar el flujo evolutivo.

—¿Y cómo nos agregamos a ese proceso?

Volví a reflexionar unos instantes.

—Manteniendo con firmeza en la mente los problemas de nuestra vida cotidiana —dije—. Y además estando al acecho de cualquier directriz, lo mismo si viene de un sueño, de un pensamiento intuitivo o de la forma en que nuestro entorno se vuelve iridiscente y se proyecta hacia nosotros. —Hice una nueva pausa, tratando de acoplar todos los elementos de la visión, y luego añadí—: Acumulamos nuestra energía y centramos la atención en nuestras situaciones, en los problemas que tenemos, y enseguida recibimos alguna forma de orientación intuitiva, una idea sobre adónde ir y qué hacer, y después se producen las coincidencias que nos permiten avanzar en esa dirección.

—¡Sí! ¡Sí! —exclamó Pablo—. Ése es el camino. Y cada vez que las coincidencias nos conducen hacia algo nuevo, crecemos, nos convertimos en personas más completas que existen en un nivel de vibración superior.

Se inclinaba hacia mí, y percibí la increíble energía que le envolvía. Brillaba. Ya no parecía tímido, ni siquiera joven, sino un hombre lleno de fuerza.

—Pablo, ¿qué te ha pasado? —no pude menos que preguntar—. Comparado con el muchacho que conocí al llegar, te veo más seguro, más inteligente, no sé, como más entero.

Se echó a reír.

—Cuando llegaste, yo había dejado que mi energía se disipara. Al principio pensé que tu presencia podría beneficiar mi flujo de energía, pero me di cuenta de que tú no habías aprendido a hacerlo. Esta habilidad se aprende en la Octava Revelación.

Sus palabras me desconcertaron.

—¿Qué es lo que no he sabido hacer?

—Necesitas saber que todas las respuestas que acuden misteriosamente a nosotros vienen en realidad de otras personas. Piensa en todo lo que has aprendido desde que estás en

Perú. ¿Acaso todas las respuestas no te han llegado a través de acciones de otras personas con las que te encontraste misteriosamente?

Pensé en ello, como me pedía.

Tenía razón. Había encontrado a las personas adecuadas justo en los momentos precisos: Charlene, Dobson, Wil, Dale, Marjorie, Phil, Reneau, el padre Sánchez, el padre Carlos y ahora Pablo.

—Incluso el Manuscrito fue escrito por una persona —añadió él—. Pero no todas las personas que encuentres tendrán la energía o la clarividencia convenientes para revelarte el mensaje que puedan transmitir. Debes ayudarlas proyectándoles tu propia energía. —Hizo una pausa—. Me contaste que habías aprendido a proyectar energía hacia una planta concentrándote en su belleza, ¿recuerdas?

—Sí.

—Bien, exactamente lo mismo hay que hacer con una persona. Cuando la energía entra en ella, le ayuda a ver su propia verdad. Entonces podrá transmitirte esta verdad.

»El padre Costous es un buen ejemplo —continuó—. Tenía para ti un mensaje importante que no le ayudaste a revelar. Quisiste obtener de él determinadas respuestas, y esto creó entre él y tú una competencia por la energía. Cuando lo notó, la farsa de su infancia, su intimidador, se adueñó de la conversación.

—¿Qué es lo que hubiera debido decirle?

Pablo no contestó. Volvía a oírse a alguien en la puerta de la celda.

Entró el padre Costous.

Saludó a Pablo con la cabeza, esbozando una sonrisa. El joven le correspondió con otra sonrisa, amplia y franca, como si efectivamente el cura le agradase.

Cuando el padre Costous trasladó su mirada hacia mí, la expresión de su cara se tornó severa. La ansiedad me oprimió el estómago.

—El cardenal Sebastián desea verle —anunció él—. Será usted trasladado a Iquitos esta tarde. Le aconsejo que conteste a todas sus preguntas.

—¿Para qué quiere verme? —pregunté.

—Para saber por qué el coche que usted utilizaba cuando fue detenido pertenece a uno de nuestros sacerdotes. Presumimos que usted recibió de él las copias del Manuscrito. Tratándose de uno de nuestros sacerdotes, la infracción de la ley sería muy grave.

El cura me miraba con determinación.

Yo miré a Pablo y éste me hizo una discreta seña de que continuase hablando.

—¿Considera usted que el Manuscrito es de veras contrario a su religión? —pregunté a Costous con la mayor amabilidad.

Él no disimuló su condescendencia.

—No sólo nuestra religión, sino la religión de todos. ¿Cree usted que no existe un plan para este mundo? Dios tiene el control. Él nos asigna nuestro destino. Nuestra obligación es obedecer las leyes que Dios ha establecido. La evolución es un mito. Dios crea el futuro tal como quiere que sea. Decir que los seres humanos podemos evolucionar por nuestra cuenta excluye del cuadro la voluntad de Dios. Incita a las personas a la desunión y al egoísmo, a creer que su evolución es lo que importa, no el plan de Dios. Se tratarán unas a otras peor aún de lo que lo hacen ahora.

No se me ocurrió ninguna otra pregunta. El clérigo continuó mirándome un momento y después, casi con afecto, dijo:

—Tengo la esperanza de que cooperará usted con el cardenal Sebastián.

Se volvió a Pablo, obviamente satisfecho de la forma en que había manejado nuestra conversación. Pablo se limitó a sonreírle y saludar con una inclinación de cabeza. El clérigo abandonó la celda y el centinela cerró la puerta cuando hubo salido.

Yo confirmé mi impresión de que el joven indio, que continuaba sentado en su catre y atento a mí, mantenía su nueva actitud e irradiaba la misma confianza que un rato antes.

Me preguntó con decisión:

—¿Qué crees que acaba de ocurrir?

Busqué una respuesta humorística:

—He descubierto que me he metido en un lío mayor de lo que pensaba.

Rió.

—¿Qué más ha ocurrido?

—No estoy seguro de adónde quieres ir a parar.

—¿Cuáles eran los temas que te obsesionaban cuando llegaste a este sitio?

—Quería encontrar a Marjorie y a Wil, ¿no?

—Bien, ya has encontrado a uno de los dos. ¿Cuál era tu otra obsesión?

—Tenía la sospecha de que esos curas estaban en contra del Manuscrito no por mala voluntad sino por error. Quería saber realmente lo que pensaban. Por algún motivo, tenía la idea de que se les podía convencer para que pusieran fin a su oposición.

Apenas hube dicho esto comprendí de súbito cuál era el punto de vista de Pablo: yo había trabado relación con Costous, en aquel momento y aquel lugar, de modo que podía investigar qué era lo que le inquietaba del Manuscrito.

—¿Y qué mensaje has recibido? —preguntó él.

—¿Mensaje?

—Sí, qué mensaje.

Le miré con el entrecejo fruncido.

—Lo que inquieta a la Iglesia es la idea de que nosotros participemos en la evolución, ¿no es cierto?

—Sí.

—Era de suponer —asentí—. La idea de la evolución física ya es de por sí bastante difícil de aceptar. Pero extender el concepto a la vida cotidiana, a las decisiones individuales que tomamos, a la misma historia... Esto es inadmisible. Ellos creen que los seres humanos caeremos con esta evolución en la locura destructiva, y que las relaciones entre las personas degenerarán. No me extraña que quieran eliminar el Manuscrito.

—¿Podrías convencerles de lo contrario? —le preguntó Pablo.

—No... Es decir, yo no sé lo suficiente.

—¿Qué se necesitaría para que alguien les convenciese?

—Quien lo intentase debería conocer la verdad. Debería saber de qué forma se tratarían los seres humanos unos a otros si todos siguieran las revelaciones y evolucionaran.

Pablo parecía muy contento.

—¿Qué pasa? —pregunté, contagiado de su sonrisa.

—La forma en que los seres humanos se tratarán unos a otros se explica en la próxima revelación, la Octava. Tu pregunta respecto a por qué la Iglesia está en contra del Manuscrito ha sido ya contestada, y la respuesta, a su vez, ha dado origen a otra pregunta.

—Sí —dije, sumido en mis pensamientos—. Tengo que encontrar la Octava Revelación. Y antes tengo que salir de aquí.

—No corras tanto —me previno Pablo—. Debes asegurarte de que has captado plenamente el contenido de la Séptima antes de seguir adelante.

—¿Piensas que no lo he captado? ¿Que no estoy en el fluir de la evolución?

—Todo se andará —respondió él— si recuerdas que has de tener siempre en mente tus problemas. Incluso gente que todavía no es consciente puede tropezarse con las respuestas y ver algunas coincidencias, pero sólo de manera retrospectiva.

La Séptima Revelación se alcanza cuando somos capaces de ver dichas respuestas a medida que se producen. Ello fortalece la experiencia de cada día.

»Debemos asumir que todo acontecimiento tiene un significado y contiene un mensaje que de un modo u otro se refiere a nuestros problemas. Esto es aplicable especialmente a las cosas que solíamos considerar perjudiciales. La Séptima Revelación dice que nuestro reto consiste en encontrar el lado bueno de cada acontecimiento, por muy negativo que éste sea.

Tu primer pensamiento al ser capturado fue, ¿no es verdad?, que todo se había ido al traste. Pero ahora empiezas a ver que te correspondía venir aquí. Aquí es donde te esperaban tus respuestas.

Tenía razón, pensé; pero si yo estaba recibiendo respuestas en aquel lugar, y si estaba evolucionando hacia un nivel superior, otro tanto debía ocurrirle a él.

De súbito oímos que alguien se acercaba por el corredor. Pablo me miró directamente y con expresión seria.

—Escucha —dijo—. Recuerda lo que hemos hablado. La Octava Revelación está al caer. Se refiere a la ética interpersonal, una manera de tratar a las demás personas con el fin de compartir más mensajes. Pero no corras demasiado, ten esto bien presente. Debes permanecer centrado en tu situación. ¿Cuáles son tus problemas?

—Quiero descubrir el paradero de Wil —respondí—. También quiero encontrar la Octava Revelación. Y encontrar a Marjorie.

—¿Y cuál era la intuición que te guía en el caso de Marjorie?

Reflexioné un momento.

—Que yo escaparía... que los dos escaparíamos.

Había alguien fuera, junto a la puerta de la celda.

—Pablo, ¿te he transmitido yo algún mensaje? —pregunté apresuradamente.

—Por supuesto —dijo él—. Cuando llegaste, yo no sabía por qué estaba aquí. Sólo sabía que era por algo relacionado con el hecho de comunicar la Séptima Revelación, pero dudaba de mi habilidad.

No creía saber lo suficiente. Gracias a ti —continuó—, ahora sé que sí puedo hacerlo. Éste ha sido uno de los mensajes que tú me has mostrado.

—¿Había otros?

—Sí, tu intuición de que a los curas se les puede convencer para que acepten el Manuscrito es también un mensaje para mí. Me hace pensar que yo estoy aquí para convencer al padre Costous.

En el momento en que Pablo terminaba de hablar, un soldado abrió la puerta y me señaló. Yo seguía pendiente del joven indio.

—Quiero explicarte uno de los conceptos de que habla la próxima visión —añadió todavía él, sin inmutarse.

El soldado le lanzó una mirada hostil y me cogió del brazo; me sacó de la celda y cerró la puerta.

Nos alejábamos mientras entre las rejas aún llegaba hasta mí la voz de Pablo:

—¡La Octava Revelación nos alerta contra algo! —gritaba—. Nos alerta contra la interrupción de nuestro desarrollo... ¡Ocurre cuando nos volvemos adictos a otra persona!

# LA ÉTICA INTERPERSONAL

Seguí al soldado por las escaleras y salimos a la brillante luz del sol. La advertencia de Pablo me resonaba aún en la cabeza. ¿Adicción a otra persona? ¿Qué había querido decir con aquello? ¿Qué clase de adicción?

El soldado me condujo hacia la zona de aparcamiento, donde dos soldados más montaban guardia junto a un jeep militar. Nos miraron atentamente mientras nos acercábamos. Cuando disminuyó la distancia, distinguí en el interior del vehículo a una persona sentada en la parte trasera. ¡Marjorie! Parecía pálida y temerosa. Antes de que ella me viese a mí, el guardián me cogió del brazo y me hizo sentar en el segundo asiento trasero del jeep. Los otros dos soldados saltaron a los asientos delanteros. El que ocupaba el asiento del conductor volvió la cabeza para mirarnos fugazmente, luego puso en marcha el vehículo y partimos en dirección norte.

—¿Hablan inglés? —pregunté a los soldados.

El que no conducía, un tipo rollizo, me miró sin expresión y dijo algo en español que no entendí; luego volvió indiferente la cara.

Yo incliné mi cabeza hacia la de Marjorie.

—¿Estás bien? —murmuré.

—Yo... eee...

Su voz se apagó. Vi que le rodaban lágrimas por el rostro.

—Todo irá bien —le dije, rodeándola con un brazo.

219

Ella forzó una sonrisa y apoyó la cabeza en mi hombro. Una onda de pasión recorrió mi cuerpo.

Durante una hora, el jeep avanzó entre brincos y trompicones por una carretera sin pavimentar. El paisaje se hacía cada vez más frondoso y adquiría más aspecto de jungla. Luego, a la salida de una curva, la densa vegetación se abrió ante lo que semejaba un pequeño pueblo. A ambos lados de la carretera se alineaban unas casas de madera.

Cien metros más adelante, un camión de gran tamaño interceptaba el camino. Varios soldados nos indicaban con gestos que nos detuviéramos. Detrás de ellos había otros vehículos, algunos con lámparas de destellos amarillos. Me puse en guardia. Cuando ya nos parábamos, uno de los soldados de la carretera vino hacia el jeep y dijo algo que no comprendí; la única palabra que reconocí fue «gasolina». Nuestros escoltas se apearon del jeep y se pusieron a hablar con los otros soldados. Nos miraban de vez en cuando, pero no llevaban empuñadas las armas.

Me fijé en una calleja que se abría a la izquierda. Mientras miraba las puertas de las casas y unos modestos comercios, algo cambió en mi percepción. Las formas y los colores de los edificios, de pronto, destacaron y parecieron hacerse más visibles.

Murmuré el nombre de Marjorie y noté que ésta levantaba un poco la cabeza, pero antes de que dijese nada una enorme explosión sacudió el jeep. Una descarga de fuego y luz estalló en la zona que teníamos delante, y los soldados fueron derribados al suelo. Inmediatamente una nube de humo y una lluvia de cenizas oscurecieron nuestro campo de visión.

—¡Ven! —exclamé, tirando de Marjorie para sacarla del vehículo.

En medio de una espantosa confusión corrimos hacia la calle en la dirección en que yo había estado mirando. Detrás de nosotros se oían gritos y quejidos. Envueltos en humo, recorrimos quizá cincuenta metros. Súbitamente descubrí una puerta a mi izquierda.

—¡Entra aquí! —grité.

La puerta estaba abierta y los dos nos precipitamos por

ella. Dentro, la cerré y me apoyé contra la hoja como buscando mayor seguridad. Cuando me volví a mirar vi a una mujer de mediana edad que nos contemplaba atemorizada. Habíamos irrumpido en el hogar de alguien.

Mientras la miraba e intentaba esbozar una sonrisa, observé que la expresión de la mujer no era de temor, ni tampoco de ira, justificables por la intrusión en su casa de dos desconocidos después de una explosión. En lugar de ello, lo que mostraba era una media sonrisa que más bien indicaba resignación, como si en cierto modo nos hubiese estado esperando y ahora tuviera que *hacer* algo. En una silla contigua había una niñita de unos cuatro años de edad.

—¡Deprisa! —dijo la mujer en inglés—. ¡Estarán buscándoles!

Nos condujo al fondo de un cuarto de estar escasamente amueblado, luego por un pasillo, y finalmente por unos cuantos peldaños de madera que bajaban a un largo sótano. La niña caminaba a su lado. Recorrimos rápidamente el sótano, subimos otros peldaños y salimos por otra puerta que daba a un callejón.

La mujer abrió la portezuela de un pequeño utilitario aparcado allí y nos acució a entrar en él. Nos indicó que nos echáramos en el asiento trasero, nos cubrió con una manta, e instantes después arrancó en la que deduje sería dirección norte. Mientras ocurría todo aquello yo permanecí sin habla, arrastrado por la iniciativa de la mujer. Un chorro de energía llenó mi cuerpo cuando me percaté de lo que realmente había pasado: la fuga que intuí se había producido.

Marjorie estaba acostada a mi lado, los ojos cerrados con fuerza.

—¿Estás bien? —le susurré.

Volvió hacia mí unos ojos llenos de lágrimas y movió afirmativamente la cabeza.

Transcurridos unos quince minutos, la mujer dijo:

—Creo que ya pueden sentarse sin miedo.

Aparté la manta y miré en torno. Estábamos al parecer en la misma carretera que antes de la explosión, pero bastante más al norte.

—¿Quién es usted? —pregunté.

Ella se volvió a mirarme, intacta su media sonrisa. Era una mujer de buena figura, de unos cuarenta años, con cabello negro y largo hasta los hombros.

—Me llamo Karla Deez —dijo—. Ésta es mi hija Mareta.

La niña también sonreía, y por encima del respaldo del asiento del pasajero nos examinaba con grandes e inquisitivos ojos. Tenía el cabello negrísimo y largo como el de su madre.

Declaré quiénes éramos nosotros y a continuación pregunté:

—¿Cómo es posible que nos haya ayudado de ese modo?

Karla ensanchó su sonrisa.

—Ustedes huyen de los soldados por causa del Manuscrito, ¿no es así?

—Sí, pero, ¿cómo lo sabía?

—Yo también conozco el Manuscrito.

—¿Y adónde nos lleva?

—De eso no tengo la menor idea —confesó—. Necesitaré que ustedes me echen una mano.

Miré de reojo a Marjorie, que me estaba observando mientras hablaba.

—En este momento no sé adonde ir —dije—. Antes de que me capturasen pretendía llegar a Iquitos.

—¿Para qué pretendía llegar allí?

—Trato de encontrar a un amigo que ha ido en busca de la Novena Revelación.

—Eso es muy peligroso.

—Lo he comprobado —reconocí amargamente.

—Pues allí les llevaremos, ¿verdad, Mareta?

La niña emitió una risita y dijo con un aplomo insólito para su edad:

—Naturalmente.

—¿Qué clase de explosión ha sido ésa? —pregunté.

—Supongo que la de un camión-cisterna de gasolina —respondió Karla—. Antes había ocurrido un accidente, una fuga de líquido.

Yo estaba todavía asombrado de la celeridad con que la

mujer había decidido ayudarnos, de modo que insistí en el tema:

—¿Cómo ha sabido que huíamos de los soldados?

Ella respiró profundamente.

—Ayer pasaban muchos transportes militares por el pueblo. Iban al norte. Esto no es corriente, y me hizo pensar en el día, hace dos meses, que se llevaron a mis amigos. Mis amigos y yo estudiábamos el Manuscrito juntos. Éramos los únicos en el pueblo que teníamos las ocho revelaciones. Luego llegaron los soldados y se llevaron a mis amigos. No he vuelto a saber nada de ellos.

»Mientras ayer miraba pasar los transportes —continuó—, comprendí que los soldados seguían a la caza de copias del Manuscrito y que otros, como mis amigos, necesitarían ayuda. Me imaginé que ayudaría a esas personas si es que podía. Por descontado, sospeché que era muy significativo tener aquellos pensamientos precisamente en tales circunstancias. Así que, cuando ustedes entraron en mi casa, no me sorprendí. —Hizo una pausa y enseguida preguntó—: ¿Han experimentado alguna vez algo parecido?

—Sí —dije yo.

Karla disminuyó la velocidad del coche. Delante había un cruce de carreteras.

—Creo que deberíamos desviarnos a la derecha —comentó—. Daremos un rodeo, pero será más seguro.

Cuando Karla giró a la derecha, Mareta resbaló hacia la izquierda y tuvo que agarrarse al asiento para no caer. Volvió a reír. Marjorie la contemplaba con admiración.

—¿Qué edad tiene Mareta? —preguntó a la madre.

Karla pareció molestarse, aunque el tono de su respuesta fue amable:

—Por favor, no hable de ella como si no estuviera aquí. Si mi hija fuera una persona adulta, usted se lo habría preguntado directamente.

—Oh, lo siento —se excusó Marjorie.

—Tengo cinco años —dijo Mareta con orgullo.

Su madre tomó de nuevo la palabra:

—¿Han estudiado ustedes la Octava Revelación?

—No, yo sólo conozco la Tercera —dijo Marjorie.

—Yo he llegado a la Octava —añadí—. ¿Tiene usted copias?

—No, los soldados se las llevaron todas.

—¿Acaso habla la Octava de cómo relacionarse con los niños? —sugerí yo.

—Pues en cierto modo sí. Trata de cómo aprenderemos los seres humanos finalmente a relacionarnos unos con otros, y habla de muchas otras cosas, tales como proyectar energía a los demás y cómo evitar la adicción a las personas.

Era una segunda advertencia, pensé. Me disponía a preguntar a Karla qué significaba, cuando Marjorie habló:

—Cuéntenos algo más de la Octava Revelación, se lo ruego.

—La Octava —explicó Karla— enseña a utilizar la energía de una manera nueva cuando nos relacionamos con la gente en general, pero empieza por el principio, por los niños.

—¿Qué dice de los niños? —intervine yo.

—Que debemos verlos como lo que son realmente, puntas de lanza en la evolución que nos hace progresar. Pero a fin de que aprendan a evolucionar necesitan nuestra energía sobre una base incondicional y constante. Lo peor que se le puede hacer a un niño es drenar su energía mientras le reprendemos. Esto es lo que crea en ellos las farsas de control, como usted seguramente ya sabe. En cambio, estas manipulaciones inducidas en los niños pueden evitarse si los adultos les damos toda la energía que necesitan, cualquiera que sea la situación. He aquí por qué hay que incluirles siempre en las conversaciones, especialmente si las conversaciones se refieren a ellos. Y usted no debe asumir responsabilidades sobre más niños que aquellos a los que pueda prestar verdadera atención.

—¿Dice el Manuscrito todo eso? —inquirí.

—Sí, y hace especial hincapié en el número de hijos.

Me sentí un poco confuso.

—¿El número de hijos que uno tiene? ¿Por qué es importante?

Sin dejar de atender a la conducción, Karla me miró de reojo.

—Porque un adulto sólo puede concentrarse y dedicar su atención a un único niño cada vez. Si hay demasiados niños para el número de adultos, entonces éstos se encuentran agobiados y son incapaces de proporcionar suficiente energía. Los niños empiezan a competir unos con otros por el tiempo de los adultos.

—¿Rivalidad entre hermanos? —apunté.

—Sí, pero el Manuscrito dice que este problema es más importante de lo que la gente cree. Los adultos idealizan con frecuencia el concepto de familias numerosas, con muchos niños que crecen juntos. Pues no, los niños deberían conocer el mundo a través de los adultos, no de los otros niños. Son demasiadas las culturas en que los niños corren por ahí agrupados en bandas. El Manuscrito afirma que los seres humanos aprenderán lentamente que no deberían traer hijos al mundo si no hay por lo menos un adulto encargado de concentrar toda su atención, y durante todo el tiempo, en un solo niño.

—Espere un momento —dije—. En muchas situaciones, el padre y la madre necesitan trabajar los dos para sobrevivir. Esto les privaría del derecho a tener hijos.

—No radicalmente. El Manuscrito dice que los seres humanos aprenderán a ampliar sus familias más allá de los lazos de sangre. En este caso, otra persona puede proporcionar la atención individualizada. No toda la energía ha de proceder exclusivamente de los padres. De hecho, es mejor que no ocurra así. Pero quienquiera que se preocupe por los niños debe dedicarles atención uno a uno.

—Bien —concedí—, usted ha hecho algo correctamente. Mareta parece ciertamente madura.

Karla frunció el entrecejo.

—No me lo diga a mí, dígaselo a ella.

—Oh, claro. —Miré a la niña—. Te comportas como una chica mayor, Mareta.

Ella desvió la mirada, cohibida, y murmuró:

—Gracias.

Su madre extendió el brazo para acariciarla. Me sonrió satisfecha.

—En estos dos últimos años he procurado relacionarme con Mareta de acuerdo con las instrucciones del Manuscrito, ¿no es cierto, Mareta? —La niña asintió—. He intentado darle energía y decirle siempre la verdad en un lenguaje que ella pudiera entender. Cuando me hace las preguntas que los niños suelen hacer, las trato muy seriamente, evitando la tentación de la respuesta fantástica o caprichosa que está claramente destinada a divertir a los adultos.

Sonreí.

—¿Se refiere a que los niños los traen las cigüeñas y tonterías así?

—Sí, aunque esas expresiones culturales no son tan perniciosas. Los niños las identifican rápidamente, porque son siempre las mismas. Peores son las distorsiones creadas sobre la marcha por algunos adultos, sólo porque buscan un poco de diversión, y también porque consideran que la verdad es demasiado complicada para que un niño la entienda. Pero esto es falso: la verdad siempre puede expresarse al nivel de la comprensión infantil. Sólo es preciso pensar un poco.

—¿Entra el Manuscrito en el tema?

—Dice que siempre deberíamos encontrar una manera de contarle a un niño la verdad.

Una parte de mí rechazaba la idea. Yo figuraba entre los aficionados a bromear con los niños.

—¿Y no suelen entender los niños que los mayores sólo estamos jugando? Todo esto da la impresión de que les haremos crecer demasiado deprisa y se perderán en gran medida la alegría de la infancia.

Karla me miraba severamente.

—Mareta rebosa alegría. Corremos, saltamos, damos volteretas y jugamos a todos los juegos infantiles, por mucha fantasía que necesiten. La diferencia es que ella sabe que la fantasía es fantasía.

Asentí. Tenía razón, sin duda.

—Mareta parece segura y confiada —prosiguió la mujer— porque yo he estado aquí siempre que ella me ha necesitado. Le he dado atención individual cuando la necesitaba. Y si no estaba yo, estaba mi hermana, que vive al lado. Mi hija siempre ha tenido cerca a una persona mayor dispuesta a contestar a sus preguntas, y como siempre ha disfrutado de esta atención sincera nunca se le ha ocurrido representar un determinado papel, nunca ha hecho ostentación de nada, no ha necesitado fingir. Siempre ha tenido energía suficiente, y esto la lleva a asumir que continuará teniéndola; la consecuencia es que la transición que lleva desde el recibir energía de los adultos a obtenerla del universo, cosa de la que hablamos frecuentemente, le resultará mucho más fácil de comprender.

Me distraje un momento mirando el terreno que nos rodeaba. Viajábamos ahora a través de una frondosa jungla, y aunque no lo veía calculé que el sol de la tarde caería ya hacia el horizonte.

—¿Podremos llegar a Iquitos esta noche? —pregunté.

—Oh, no —dijo Karla—, pero nos detendremos en una casa que conozco.

—¿Cerca de aquí?

—Sí, cerca. La casa de un amigo. Trabaja en el servicio de Protección del Medio Natural.

—¿Es un funcionario del gobierno?

—Parte de la Amazonia es una zona protegida, y él es un agente local. Pero tiene influencia. Se llama Juan Hinton. Y no se preocupe: cree en el Manuscrito y nunca le han molestado.

Cuando llegamos a nuestro destino provisional, el cielo ya se había ennegrecido por completo. En nuestro entorno, la jungla bullía de ruidos nocturnos y el aire era bochornoso. Una gran casa de madera, bien iluminada, se alzaba en el extremo de un claro, con la vegetación como telón de fondo; cerca de ella había dos edificios, también de considerables dimensiones, y varios jeeps. Se veía aún otro vehículo, situado encima de unos bloques, debajo del cual dos hombres trabajaban alumbrándose con unas lámparas, probablemente en alguna reparación.

Un peruano delgado, vestido con ropas caras, abrió la puerta de la casa en respuesta a la llamada de Karla, y sonrió a ésta hasta que nos vio a Marjorie, a Mareta y a mí esperando en los peldaños. Entonces, mientras hablaba con ella en español, se mostró disgustado y nervioso. Karla le respondió algo en tono suplicante, pero de la afectación y el tono de voz de él se deducía que no le complacía que nos quedásemos.

Instantes después, por el espacio abierto de la puerta, descubrí en el vestíbulo una figura femenina. Mudé de posición para verle la cara. Era Julia. Mientras yo miraba, ella se volvió y me vio; inmediatamente avanzó, con expresión de gran asombro. Tocó el brazo del hombre que estaba en la puerta y le dijo algo al oído. El hombre asintió con la cabeza y abrió la puerta del todo, aparentemente descontento pero resignado. Nosotros avanzamos, nos presentamos, y Hinton nos invitó a pasar al interior de la casa.

Cuando llegué junto a Julia, ésta dijo:

—Volvemos a encontrarnos.

Vestía pantalones de color caqui con bolsillos en las perneras, y una brillante camiseta roja.

—Eso parece —respondí.

Un sirviente peruano se acercó a Hinton y, tras hablar unos instantes, ambos se dirigieron a otra parte de la casa. Julia se sentó en una butaca frente a una mesa de café y con un ademán nos indicó a los demás que lo hiciéramos en el diván contiguo. Marjorie parecía presa del pánico. Me miraba fijamente. También Karla parecía percatarse de la inquietud de Marjorie, y por último la tomó de la mano y sugirió:

—Vamos, tomaremos una taza de té.

Mientras se alejaban, Marjorie todavía volvió la mirada hacia mí. Yo sonreí para tranquilizarla y no dejé de observarla hasta que ella y Karla desaparecieron hacia lo que supuse sería la cocina. Entonces fijé mi atención en Julia.

—Bien, ¿qué piensa usted que significa? —me preguntó ella de sopetón.

—¿Qué significa qué? —repliqué, todavía distraído.

—Que otra vez nos hayamos topado el uno con el otro.

—Oh... No lo sé.

—¿Cómo ha terminado junto a Karla, y adónde va?

—Ella nos ha salvado, simplemente. Mi amiga Marjorie y

yo habíamos sido detenidos por tropas peruanas. Cuando escapamos, dimos con ella por casualidad y nos ayudó.

Julia me miró con interés.

—Cuénteme eso.

Me recosté en el diván y le relaté toda la historia, comenzando en el punto en que yo había tomado el coche del padre Carl y siguiendo con la captura y la fuga.

—¿Y Karla ha accedido a llevarles a Iquitos?

—Exacto.

—¿Precisamente a Iquitos?

—Mi amigo Wil dijo al padre Carlos que se dirigía allí. Aparentemente, tiene una pista sobre la Novena Revelación. Además, por alguna razón está también en Iquitos el cardenal Sebastián.

Julia asintió.

—Sí, Sebastián tiene una misión allí cerca. Es donde se forjó su reputación convirtiendo a los indios.

—¿Y qué me dice de usted? —pregunté—. ¿Qué la ha traído aquí?

Julia me contó que quería asimismo encontrar la Novena Revelación, aunque ella no tenía pistas. Había acudido a aquella casa después de haber pensado repetidamente en su viejo amigo Hinton.

Apenas escuché el final de lo que me decía. Marjorie y Karla habían salido de la cocina y estaban de pie en el vestíbulo con sendas tazas de té en la mano. Marjorie captó mi mirada pero no se inmutó.

Julia la señaló con la cabeza.

—¿Ha leído ella mucho del Manuscrito?

—Sólo la Tercera Revelación —dije.

—Probablemente podríamos sacarla de Perú, si es lo que quiere.

Me volví, sorprendido.

—¿Cómo?

—Rolando se marcha mañana a Brasil. Allí tenemos algunos amigos en la embajada de Estados Unidos, que seguramente conseguirán devolverla a su país. Hemos ayudado a otros norteamericanos por ese conducto.

Me invadió la duda. Me daba cuenta de que mis sentimientos se entremezclaban respecto a lo que ella acababa de
decirme. Por un lado, sabía que marcharse sería lo mejor para
Marjorie; por otro, yo deseaba que se quedase, que continuase a mi lado. Me sentía vigorizado, renovado, cuando la
tenía cerca.

—Creo que primero debería consultarlo con ella —dije
finalmente.

—Claro que sí —replicó Julia—. Volveremos a hablar
más tarde.

Me levanté y me dirigí hacia Marjorie. Karla regresaba a
la cocina, y ella desapareció en la misma dirección. Pero
cuando llegué allí la encontré apoyada en la pared, esperándome.

Estreché a Marjorie entre mis brazos. Todo mi cuerpo
palpitaba.

—¿Notas esta energía? —le susurré al oído.

—Es increíble —dijo ella—. ¿Qué significa?

—No lo sé, salvo que entre nosotros hay alguna clase de
conexión.

Miré en torno. Nadie podía vernos. Nos besamos apasio-
nadamente.

Cuando me aparté para mirarla al rostro me pareció diferente, más fuerte en cierto modo, y retorné mentalmente al
día que nos conocimos en Viciente y a la conversación en el
restaurante de Cula. La cantidad de energía que sentía en mí
cuando estaba en su presencia, y sobre todo si me tocaba, sobrepasaba mi capacidad de asombro.

Ahora se apretaba contra mi pecho.

—Desde aquel día en Viciente —dijo— he ansiado estar
contigo. Entonces no sabía qué pensar, pero la energía es
maravillosa. No había experimentado nunca nada comparable.

Por el rabillo del ojo observé que Karla se acercaba son-
riente. Nos avisó de que la cena estaba a punto, así que nos
encaminamos al comedor y encontramos un amplio bufete
de fruta fresca, verduras y panecillos. Cada cual se sirvió su
correspondiente plato, y fuimos a sentarnos en torno a una

mesa de grandes dimensiones. Después de que Mareta cantase una canción de acción de gracias pasamos una hora y media comiendo y conversando informalmente. Hinton había dejado de estar nervioso y restableció un ambiente de despreocupación que ayudó a calmar la tensión de nuestra fuga. Marjorie hablaba y reía sin reservas; tenerla sentada al lado me llenaba de cálido amor.

Terminada la cena, Hinton nos condujo de nuevo al vestíbulo-salón, donde fue servido un postre de natillas con licor dulce. Marjorie y yo, sentados en el diván, iniciamos lo que sería una larga charla sobre nuestro respectivo pasado y las experiencias más significativas de nuestras vidas. Parecíamos aproximarnos cada vez más. La única diferencia importante que descubrimos fue que ella residía en la costa Oeste de Estados Unidos, y yo en el sur. Marjorie no tardó en resolver el problema entre risas de entusiasmo.

—¡Estoy impaciente por volver a casa! —exclamó—. Verás cuánto nos divertiremos yendo y viniendo de un sitio a otro...

Yo no compartí su alegría.

—Julia dice que puede arreglar las cosas para que tú regreses ahora mismo —anuncié.

—Te refieres a los dos, ¿verdad? —replicó.

—No, yo... yo no puedo marcharme.

—¿Por qué? —protestó ella—. No puedo irme sin ti. Pero tampoco puedo quedarme, es imposible, me volvería loca.

—Tienes que marcharte tú primero. Prometo que no tardaré en seguirte.

—¡No! —exclamó, alzando la voz—. ¡Eso no puedo ni pensarlo!

Karla, que venía hacia nosotros después de haber acostado a Mareta, nos vio y apartó inmediatamente la vista. Hinton y Julia, que continuaban hablando animadamente, no parecieron percatarse de la reacción de Marjorie.

—Por favor —dijo ésta—, volvamos a nuestro país y olvidémonos de lo demás.

Callé, simplemente porque no sabía qué responderle. Ella se levantó con brusquedad del diván.

—¡Está bien! —concluyó—. ¡Pues quédate!

Echó a andar con paso vivo en dirección a la parte de la casa donde estaban los dormitorios.

Se me retorcieron las tripas mientras miraba a Marjorie alejarse. La energía que había ganado con ella se desplomó y súbitamente me sentí débil y confuso. Traté de sacudirme aquella sensación. A fin de cuentas, me dije, no hacía tanto tiempo que la conocía. Por otra parte, pensé, quizás ella tenía razón. Quizás era momento de que yo también me marchase. ¿De qué serviría de todos modos que me quedase allí? Desde Estados Unidos acaso me fuera posible organizar algo en apoyo del Manuscrito, aparte seguir con vida, lo cual no era de desdeñar.

Abandoné el diván resuelto a seguir a Marjorie, pero por algún motivo volví a sentarme. Otra vez había perdido mi capacidad de decisión.

—¿Puedo hacerle compañía un minuto? —me preguntó de pronto Karla.

Yo no había notado que estaba en pie junto al diván.

—Cómo no —dije.

Se sentó a mi lado y me miró con preocupación.

—No he podido evitar enterarme de lo que ocurría —se excusó—. Y he pensado que antes de que tome usted una determinación seguramente querrá oír lo que dice la Octava Revelación sobre la adicción a otras personas.

—Sí, por favor, eso me interesa mucho.

—Cuando una o uno logra aprender a ser claro y se compromete en su propia evolución, cualquiera de nosotros puede verse frenado bruscamente por una adicción a otra persona.

—Está hablándome de Marjorie, ¿no es eso?

—Déjeme explicarle el proceso y juzgue por sí mismo.

—De acuerdo.

—Primero le confesaré que yo lo pasé muy mal con esta parte de la visión. No creo que la hubiese comprendido si no hubiese conocido al profesor Reneau.

—¡Reneau! —exclamé—. Yo también le conozco. Nos encontramos cuando yo estaba estudiando la Cuarta Revelación.

—Bien —dijo ella—, en nuestro caso fue cuando ya habíamos llegado a la Octava. El profesor se quedó en mi casa varios días.

Asentí, estupefacto.

—Él decía que la idea de una adicción, según la emplea el Manuscrito, explica por qué en las relaciones sentimentales surgen pugnas por el poder. Siempre nos hemos preguntado qué provoca el fin del arrobamiento y de la euforia de un amor, para convertirlo repentinamente en un conflicto, y ahora lo sabemos. Es un resultado del flujo de energía entre los individuos implicados.

»Cuando nace el amor, los dos individuos se están dando energía uno a otro inconscientemente y ambas personas se sienten vigorosas y exaltadas. Éste es el increíble nivel que todos llamamos "enamorarse". Por desdicha, en cuanto confían en que esta sensación venga de la otra persona, se desconectan de la energía del universo y empiezan a recurrir más aún a la energía del otro; sólo que ahora no parece haber energía suficiente, y en consecuencia cesan de transmitírsela y vuelven a creer en sus farsas en un intento de controlarse mutuamente y extraer la energía del otro sin reciprocidad. Es en este punto cuando la relación degenera en el usual forcejeo por el poder. —Karla titubeó un momento, como comprobando si yo la había entendido, y luego continuó—: Reneau me dijo que nuestra susceptibilidad a este género de adicción puede ser descrita psicológicamente. ¿Le ayudaría esto a comprender?

Con un movimiento de cabeza le indiqué que siguiese.

—Según Reneau, el problema empieza en nuestra familia de origen. Debido a la competencia por la energía que suele haber en las familias, ninguno de nosotros ha sido capaz de completar un proceso psicológico muy significativo. No hemos sabido integrar nuestro opuesto lado sexual.

—¿Nuestro qué?

—En mi caso, no supe integrar mi lado masculino. En el de usted fue su lado femenino. La razón de que caigamos en la adicción a una persona del sexo contrario es que todavía no hemos accedido a esta energía del sexo opuesto nosotros solos, por nuestra propia cuenta. Mire, la energía mística que podemos aprovechar como fuente interna es a la vez masculina y femenina.

»Eventualmente podemos abrirnos a ella, pero cuando empezamos a evolucionar hemos de ser muy cautelosos. El proceso de integración requiere tiempo. Si conectamos prematuramente con una fuente humana para obtener nuestra energía, femenina o masculina según el caso, cerramos el paso al suministro universal.

Confesé que no entendía una palabra.

—Piense en cómo debería funcionar esta integración en el seno de una familia ideal —explicó ella pacientemente—, y entonces quizá vea lo que intento decirle. En cualquier familia, el hijo recibirá su primera energía de los adultos que forman parte de su vida. Por lo general, tiende a identificarse con el progenitor del mismo sexo para integrar su energía; y eso se consigue con facilidad. Pero recibir energía del otro puede ser más difícil debido a la diferencia de sexo.

»Tomemos como ejemplo a una niña. Todo lo que la niña sabe las primeras veces que intenta integrar su lado masculino es que se siente fuertemente atraída por su padre. Quiere tenerle constantemente cerca, a su lado si puede ser. El Manuscrito explica que lo que ella quiere realmente es energía masculina, porque esta energía masculina complementa su lado femenino. De la energía masculina recibe una sensación de consumación y euforia. Pero comete el error de creer que la única manera de conseguir esta energía es poseyendo sexualmente a su padre y teniéndole físicamente cerca.

»Interesa destacar que, dado que la niña intuye que dicha energía debería en realidad ser suya y que ella debería poder gobernarla a voluntad, pretenderá dirigir al padre como si él fuera aquella parte de su persona. Cree que su padre es mágico y perfecto y capaz de satisfacer su más mínimo capricho. En una familia menos ideal que la que hemos imaginado, esto establece enseguida un conflicto de poder entre la niña y su padre. Se configuran las farsas a medida que ella aprende a tomar posiciones destinadas a manipularle a él para que le transmita la energía que desea.

»Sin embargo, en la familia ideal el padre se mantendrá al margen de la competición. Continuará relacionándose honestamente con su hija y tendrá suficiente energía como para abastecerla incondicionalmente, incluso aunque no pueda hacer todo lo que ella le pide. Lo que importa saber aquí, en nuestro ejemplo ideal, es que el padre seguirá abierto y comunicativo. Ella cree que es magnífico, insuperable, pero si él explica francamente quién es y qué hace y por qué lo hace, entonces la niña puede integrar su estilo, sus aptitudes particulares, e ir más allá de la imagen irreal de su padre. Al final le verá sencillamente como un ser humano determinado, un ser humano dotado de sus propios defectos y virtudes. Una vez tiene lugar esta auténtica emulación, la niña entrará en una rápida transición que la llevará de recibir de su padre la energía del sexo opuesto a recibirla como parte de la energía total que existe en la inmensidad del universo.

»El problema —continuó Karla— está en que la mayoría de los padres, hasta ahora, ha venido compitiendo con sus hijos por la energía, y esto nos ha afectado a todos. Debido a que existía esta competición, ninguno de nosotros ha resuelto como correspondería la cuestión pendiente del sexo opuesto. Todos nos hemos plantado en la etapa en que todavía buscamos la energía del sexo opuesto fuera de nuestra identidad, en la persona de un varón o una hembra a quien consideramos ideal y mágico y a quien podemos poseer sexualmente. ¿Ve usted el problema a que me refiero?

—Sí —dije—, creo que sí.

—En términos de nuestra aptitud para evolucionar conscientemente —prosiguió ella—, nos enfrentamos a una situación crítica. Como he dicho antes, de acuerdo con la Octava Revelación, cuando empezamos a evolucionar empezamos también a recibir automáticamente la energía de nuestro sexo opuesto. Procede naturalmente de la energía que hay en el universo. Pero debemos andar con cuidado, porque si aparece otra persona que nos ofrece directamente esta energía podemos desconectarnos de la genuina fuente... y retroceder.

Karla rió para sus adentros.

—¿De qué se ríe? —le pregunté.

—He recordado una analogía que un día estableció Reneau. Dijo que, hasta que aprendemos a evitar esta situación, andamos por ahí como círculos incompletos. Fíjese, parecemos la letra C. Estamos predispuestos a que una persona del otro sexo, otro círculo incompleto, surja de alguna parte y se una a nosotros, completando así el círculo, lo cual nos produce una explosión de euforia y energía que sentimos como la plenitud causada por la conexión completa con el universo. En realidad, sólo nos hemos unido a una persona que busca en su entorno su otra mitad.

»Reneau decía que ésta es una clásica relación de mutua dependencia que lleva incorporados problemas que empiezan a manifestarse de inmediato.

Karla me miró expectante, como si esperase que yo dijera algo, pero me limité a asentir con un gesto.

—Bien, pues el nuevo problema con esta persona aparentemente completa, con esta O que ambos componentes creen haber logrado, es que se han necesitado dos individuos para hacerla, uno que ha aportado la energía femenina y otro la masculina. Esta persona única tiene consecuentemente dos cabezas, es decir, dos egos. Ambos componentes quieren gobernar la persona completa que han creado, y así, exactamente como en la infancia, las dos personas quieren mandar una sobre la otra; de hecho, lo que ambas sienten es que la otra persona es ella misma. Y esta especie de sensación de integridad siempre acaba en una pugna por el poder. Al final, cada persona debe prescindir de la otra, incluso invalidarla, para que le sea posible conducir su propia entidad humana en la dirección que desea. Ello, por supuesto, no funciona, o por lo menos no funciona en la actualidad. Quizás en el pasado uno de los que podríamos llamar socios se avenía a someterse al otro; generalmente la mujer, en ocasiones el hombre. Pero ahora estamos despertando. Nadie quiere estar subordinado a nadie.

Mi mente evocaba lo que la Primera Revelación transmitía a propósito de las pugnas por el poder en el ámbito de las relaciones íntimas, así como la escena en el restaurante que había presenciado con Charlene.

—Adiós a nuestra vida sentimental —dije.

—Oh, no, podemos tener igualmente vida amorosa —replicó rápidamente Karla—. Pero antes hemos de completar el círculo nosotros solos y estabilizar nuestra comunicación con el universo. Esto exige tiempo, aunque después no volveremos a padecer nunca el problema y alcanzaremos lo que el Manuscrito define como una relación culminante. Cuando, a continuación, conectemos sentimentalmente con otra persona completa, crearemos una persona superior... pero sin salirnos ya del camino de nuestra evolución individual.

—Que es lo que usted piensa que Marjorie y yo nos hacemos mutuamente en estos momentos, ¿no? ¿Apartarnos de nuestros respectivos caminos?

—Sí.

—Entonces, ¿cómo evitar esos enfrentamientos?

—Resistiéndose por un tiempo al sentimiento de «amor a primera vista», aprendiendo a tener relaciones platónicas con miembros del sexo contrario. Pero hay que recordar el proceso. Usted debe tener esas relaciones sólo con personas que se revelen totalmente a sí mismas, que le digan cómo y por qué están haciendo lo que hacen; en otras palabras, igual que habría ocurrido con el progenitor del otro sexo durante una infancia ideal. Si uno sabe quiénes son realmente por dentro sus amigos del sexo opuesto, escapará de la proyección de sus propias fantasías sobre la relación y ello le liberará para conectar de nuevo con el universo.

»Recuerde también —continuó— que eso no es fácil, especialmente si uno ha de romper una relación normal de mutua dependencia. Es una auténtica separación de la fuente de energía. Duele mucho. Pero debe hacerse. La dependencia mutua no es una especie de enfermedad nueva que algunos padecen. Todos padecemos esa dependencia mutua, y todos, hoy en día, lo estamos superando.

»La idea es empezar a experimentar esa misma sensación de bienestar y euforia que se produce en los primeros momentos de una relación de mutua dependencia, pero estando solos. Uno ha de tenerle a él o a ella en su propio interior. Después de esto, uno evoluciona hacia delante y puede encontrar la relación sentimental que específicamente le conviene. —Karla hizo una pausa—. Y quién sabe, si lo mismo usted que Marjorie evolucionan en el sentido que digo, quizá descubrirán que verdaderamente se corresponden uno al otro. Pero compréndalo: su actual relación con ella es imposible que dé resultado.

Interrumpimos la conversación porque Hinton se acercó a nosotros y anunció que se retiraba a descansar; añadió que nuestras habitaciones estaban ya preparadas. Ambos expresamos nuestro agradecimiento a su hospitalidad, y cuando él se alejaba Karla me dijo:

—Creo que yo también me voy a la cama. Tendremos ocasión de seguir hablando en otro momento.

Asentí en silencio y la vi marchar en pos de Hinton. Entonces noté el contacto de una mano en mi hombro. Era Julia.

—Me voy a mi cuarto —dijo—. ¿Sabe usted dónde está el suyo? Puedo mostrárselo.

La miré a los ojos.

—Sí, muchas gracias. ¿Dónde está el de Marjorie?

Ella sonrió mientras tomábamos el pasillo hasta detenernos ante una de las puertas.

—La habitación de Marjorie no está precisamente cerca de aquí —respondió—. El señor Hinton es una persona muy conservadora.

Le devolví la sonrisa y le deseé buenas noches. Luego entré en el dormitorio e hice de tripas corazón hasta que me venció el sueño.


Desperté al percibir un rico aroma de café. Después de vestirme me dirigí al vestíbulo-salón, observando que el aroma parecía impregnar la casa entera. Un anciano sirviente me ofreció un vaso de fresco zumo de uva, que acepté encantado.

—Buenos días —dijo Julia detrás de mí.

Me volví.

—Buenos días.

Ella me miraba escrutadoramente. Preguntó:

—¿Ha descubierto ya por qué han vuelto a cruzarse nuestros caminos?

—No, no me ha sido posible pensar en ello. Trataba de entender las adicciones.

—Ah, sí, ya lo vi —replicó ella.

—¿Qué vio?

—Adiviné lo que pasaba por el aspecto de su campo de energía.

—¿Y qué aspecto tenía?

—Su energía estaba conectada a la de Marjorie. Cuando esa joven se fue a la cocina y usted se quedó por aquí, su campo se estiró y se estiró hasta encontrarla y unirse al de ella.

Sacudí la cabeza.

Julia volvió a apoyar la mano en mi hombro.

—Usted ha perdido su conexión con el universo. Usted se ha convertido en adicto a la energía de Marjorie como substituto. Es lo mismo con todas las adicciones: uno pasa a través de algo o de alguien ajeno a uno para conectar con el universo. La forma de abordar esto es restaurar la propia energía y centrarse de nuevo en lo que uno está haciendo realmente; en su caso, en lo que está realmente haciendo aquí.

Asentí y salí al exterior de la casa. Julia me esperó en el vestíbulo. Durante unos diez minutos practiqué el método de acumular energía que me había enseñado Sánchez. Gradualmente la belleza retornó y yo me sentí mucho más ligero. Volví junto a Julia.

—Tiene mejor aspecto —dijo ella.

—Me siento mejor.

—Bien, ¿cuáles son sus actuales problemas?

Reflexioné un minuto. Había encontrado a Marjorie: aquella pregunta estaba contestada. Pero todavía necesitaba descubrir dónde paraba Wil, y también saber de qué forma se comportarían las personas unas con otras si seguían el Manuscrito. En caso de que los efectos de éste fueran positivos, ¿por qué tendrían que preocuparse Sebastián y los curas que le apoyaban?

Devolví mi atención a Julia.

—Necesito enterarme bien del contenido del resto de la Octava Revelación y sigo queriendo encontrar a Wil. Quizás él tenga la Novena.

—Mañana salgo para Iquitos —dijo ella—. ¿Quiere venir conmigo? —Esperó mi respuesta, me vio titubear y añadió—: Creo que Wil está allí.

—¿En qué se basa para creerlo?

—En los pensamientos que tuve sobre él la pasada noche.

No contesté. Al cabo de un momento Julia volvió a hablar:

—También tuve pensamientos sobre usted. Sobre usted y sobre mí: íbamos juntos a Iquitos. De alguna manera está usted implicado.

—¿Implicado en qué? —inquirí.

Ella sonrió irónicamente.

—En encontrar esta última visión antes de que lo haga Sebastián.

Mientras la escuchaba, mi mente conjuró la imagen de Julia y la mía, llegando a Iquitos juntos pero decidiendo allí, por alguna razón, continuar separados en direcciones distintas. Supuse que yo tenía un propósito, aunque no estaba claro.

Me volví a Julia, que aún sonreía, y ella me preguntó:

—¿Dónde estaba usted?

—Lo lamento —dije—. Pensaba en algo.

—¿Importante?

—No lo sé. Pensaba que una vez lleguemos a Iquitos... que nos marcharíamos cada uno por su lado...

Rolando entró en el vestíbulo.

—He traído las provisiones que necesitabas —dijo a Julia.

Me reconoció y me saludó educadamente con una inclinación de cabeza.

—Bien, muchas gracias —replicó la mujer—. ¿Has visto muchos soldados?

—Ninguno.

Marjorie aparecía en aquel momento por un extremo del vestíbulo-salón, y verla me distrajo. Pero pude oír que Julia explicaba a Rolando que, según pensaba, Marjorie quería viajar con él a Brasil, donde esperaba conseguir fácilmente pasaje hacia Estados Unidos.

Me dirigí al encuentro de la joven.

—¿Qué tal has dormido? —pregunté.

Leí en su mirada que dudaba sobre si continuar enojada o no.

—No demasiado bien.

Señalé con un gesto a Rolando.

—Es el amigo de Julia. Sale esta mañana hacia Brasil. Desde allí te ayudará a volver a Estados Unidos.

Pareció atemorizada.

—Mira, estarás bien, no habrá problema —me apresuré a añadir—. Estas personas han ayudado a otros norteamericanos. Tienen contactos en nuestra embajada en Brasil. En un abrir y cerrar de ojos estarás en casa.

Asintió, ahora sin protestar. Sólo dijo:

—Me preocupas tú.

—A mí no me pasará nada, descuida. En cuanto pise Estados Unidos te llamaré.

Detrás de mí, Hinton anunció que estaba servido el desayuno. Nos trasladamos al comedor y tomamos unos bocados y bebimos exquisito café. A continuación, a Julia y Rolando pareció acometerles una gran prisa; ella explicó que era importante para Rolando y Marjorie cruzar la frontera antes de que oscureciera, y el viaje les llevaría el día entero.

Marjorie preparó un magro equipaje con algunas prendas de vestir que Hinton le había proporcionado, y más tarde, mientras Julia y Rolando hablaban ya junto a la puerta, yo aparté a la joven a un lado e insistí calurosamente:

—Convéncete de que todo irá bien. La pesadilla ha terminado. Mantén los ojos bien abiertos, aunque sólo por si ves las restantes revelaciones.

Ella sonrió sin convicción, pero no dijo nada. Observé junto a Julia cómo la ayudaba Rolando a colocar sus escasos pertrechos en el coche de él. Los ojos de Marjorie todavía encontraron brevemente los míos cuando el vehículo emprendía la marcha.

—¿Cree que les acompañará la suerte? —pregunté a Julia.

Me guiñó un ojo.

—Por descontado, hombre. Y ahora, mejor será que también nosotros nos marchemos. Tengo algunas ropas para usted.

Me entregó un talego, cuyo contenido no investigué y que deposité en su todoterreno junto a unas cajas de comestibles. Poco después nos despedimos agradecidos de Hinton, y afectuosamente de Karla y Mareta, y tomamos la ruta de Iquitos en dirección nordeste.

En el curso de nuestro viaje el paisaje fue adquiriendo aspecto de jungla y vimos muy pocos signos de presencia humana. Me puse a pensar en la Octava Revelación. Estaba claro que representaba un nuevo concepto de cómo tratar a los demás, pero no la entendía del todo. Karla me había instruido sobre la manera de relacionarse con los niños y sobre los peligros de la adicción a otra persona. Pero tanto ella como anteriormente Pablo habían aludido también a una forma de proyectar energía hacia el prójimo. ¿A qué se referían?

Cuando capté una mirada de Julia, dije:

—Tengo algunas dificultades con la Octava Revelación.

—En esencia —replicó calmosamente ella—, la Octava Revelación afirma que nuestro modo de aproximarnos a otras personas determina cuán rápidamente evolucionamos, cuán rápidamente encontramos respuesta a los interrogantes de nuestra vida.

—Pero ¿cómo funciona eso?

—Piense en su propia situación. ¿Cómo han sido contestadas sus preguntas?

—Gracias a personas que en ciertos momentos me han acompañado, supongo.

—¿Estaba usted completamente abierto a sus mensajes?

—Realmente no. Solía mostrarme reservado.

—Las personas que le traían los mensajes, ¿eran también gente retraída?

—No, eran muy abiertas y serviciales. Eran...

Tuve que callar, incapaz de dar con la manera correcta de expresar mi idea.

—¿Le ayudaron a abrirse? —preguntó Julia—. ¿Le llenaron, digamos, de calor y de energía?

Sus palabras destaparon una erupción de recuerdos. Rememoré la actitud sosegante de Wil cuando yo estaba al borde del pánico en Lima, y la paternal hospitalidad de Sánchez, y los ansiosos consejos del padre Carlos, de Pablo y de Karla. Y ahora los de Julia. Todos ellos tenían la misma expresión en los ojos.

—Sí —dije—, todos ustedes han hecho eso.

—Correcto. Todos hemos seguido, y lo hacíamos muy conscientemente, la Octava Revelación. Elevándole a usted y ayudándole a desbrozar su camino, nosotros podemos ir al encuentro de la verdad, del mensaje que usted tiene para nosotros. ¿Lo entiende ahora? Transmitirle energía a usted era lo mejor que podíamos hacer por nosotros mismos.

—¿Qué dice exactamente el Manuscrito a propósito de eso?

—Dice que siempre que una persona cruza nuestro camino, hay un mensaje para nosotros. Los encuentros superfluos no existen, por más fortuitos que parezcan. No obstante, la forma en que respondemos a tales encuentros determina si somos capaces o si estamos en condiciones de recibir el mensaje. Si sostenemos una conversación con alguien que ha entrado en nuestra vida y luego no vemos ningún mensaje que corresponda a nuestros problemas en ese momento, ello no significa que no hubiera mensaje; sólo significa que por alguna razón nos lo hemos perdido. —Julia reflexionó un momento, luego continuó—: ¿Alguna vez se ha tropezado usted con un viejo amigo o conocido, han hablado un minuto y se han separado, y ha vuelto a tropezarse con él ese mismo día o la misma semana?

—Sí, creo que sí —repliqué.

—¿Y qué suele decir entonces? ¿Algo como: «Vaya, qué milagro volver a verte», y reír y seguir su camino?

—Pues más o menos.

—El Manuscrito dice que, en cambio, lo que debemos hacer en una ocasión así es interrumpir toda actividad, no importa la que sea, y descubrir el mensaje que tenemos para aquella persona y el que ella tiene para nosotros. El Manuscrito predice que una vez los humanos percibamos esta realidad, nuestra interacción se retardará, tendrá un propósito más claro, se hará más intencional.

—¿Pero no es muy difícil conseguir eso, especialmente con alguien que no sabrá de qué le estamos hablando?

—Quizás, aunque el Manuscrito esboza los procedimientos.

—¿O sea, la forma en que debemos tratarnos unos a otros?

—Exacto.

—Bien, ¿qué dice?

—¿Recuerda usted que la Tercera Revelación afirmaba que los seres humanos somos únicos en un mundo de energía, únicos en el sentido de ser los únicos seres que pueden proyectar su energía conscientemente?

—Sí.

—¿Recuerda cómo se hace eso?

Pensé en las lecciones de Juan.

—Sí, apreciando la belleza de un objeto hasta que absorbemos la energía suficiente para sentir amor. Llegados a este punto podemos devolver energía.

—Muy bien. Y el mismo principio es válido para las personas. Cuando apreciamos el aspecto y el porte de una persona, cuando nos concentramos verdaderamente en ella hasta que su figura y sus rasgos empiezan a destacar y a tener más presencia, entonces podemos enviarle energía, podemos elevarla a un plano superior.

»Por supuesto, el primer paso es mantener bien alto nuestro grado de energía; luego conseguiremos que el flujo de energía comience a entrar en nosotros, pase a través de nosotros y llegue a la otra persona. Cuanto más apreciemos su integridad, su belleza interior, más fluirá hacia ella la energía y, naturalmente, más fluirá hacia nosotros. —Julia rió—. En el fondo, lo que hacemos es algo notablemente hedonista —añadió en otro tono—. A medida que aumentan nuestro amor y nuestro aprecio hacia los demás, mayor nivel de energía conseguimos; así que amar y dar vigor al prójimo es, de todas las conductas posibles, la que más nos beneficia a nosotros mismos.

—He oído eso antes —comenté—. El padre Sánchez lo dice con frecuencia.

Miré atentamente a Julia. Tenía la sensación de que por primera vez estaba viendo su personalidad más íntima. Ella me devolvió la mirada por un instante y enseguida volvió a atender la conducción del vehículo.

—El efecto sobre el individuo de esta proyección de energía es inmenso —dijo—. Ahora mismo, por ejemplo, está usted llenándome de energía. Lo noto. Me siento más ligera y con la mente más clara para ordenar mis pensamientos y expresarlos con palabras.

»Gracias a que usted me da más energía de la que tendría en otras circunstancias, puedo ver dónde está la verdad, mi verdad, y comunicársela más fácilmente. Cuando hago esto, usted sin duda recibe como una revelación lo que estoy diciéndole, lo cual le impulsa a ver la mejor parte de mi ser de manera más completa y así apreciarla y concentrarse sobre ella a un nivel todavía más profundo. Como resultado, yo absorbo más energía, tengo una visión más clara de mi verdad y el ciclo empieza de nuevo. Dos o más personas que hagan esto juntas pueden alcanzar alturas increíbles a medida que se estimulan una a otra y la energía les es devuelta inmediatamente. Debe entender, sin embargo, que esta conexión es completamente distinta de la relación de mutua dependencia. Una relación de mutua dependencia empieza igual, pero pronto se convierte en controladora, porque la adicción desconecta a los protagonistas de su fuente de energía y ésta ya no entra en ellos. La auténtica proyección de energía carece de vínculos secundarios y de intención. Ambas personas están simplemente esperando los mensajes.

Mientras ella hablaba se me ocurrió otra pregunta. Pablo había mencionado que yo, en principio, recibí el mensaje del padre Costous porque había provocado la reaparición de su farsa infantil.

—¿Qué hacemos —dije a Julia— si la persona con quien hablamos está actuando en una farsa de control e intenta incorporarnos a ella? ¿Cómo cortamos eso?

Respondió rápidamente:

—Según el Manuscrito, si no asumimos la farsa emparejada con la suya, ésta se viene abajo.

—No estoy seguro de entenderlo —confesé.

Julia tenía la mirada fija en la carretera, pero era evidente que reflexionaba.

—Creo recordar que un poco más adelante hay un sitio donde podremos repostar gasolina.

Miré el indicador del salpicadero. Señalaba que el depósito del todoterreno estaba por la mitad.

—Todavía tenemos mucha —dije.

—Sí, ya lo sé —replicó ella—. Pero he tenido un pensamiento sobre pararnos a repostar, así que creo que deberíamos hacerlo.

—Oh, está bien.

—Ahí veo el desvío.

Señalaba a la derecha.

Efectuamos el giro y penetramos en la jungla cosa de un kilómetro antes de llegar a lo que parecía ser un puesto de suministros para pescadores y cazadores. El edificio estaba a la orilla de un río y había varios botes amarrados al embarcadero. Nos detuvimos frente a un herrumbroso surtidor. Julia fue en busca del encargado.

Yo me apeé, me desperecé y caminé en torno a la casa, hacia el río. Al borde del agua me paré. El aire estaba cargado de humedad. Pese a que el frondoso ramaje de los árboles interceptaba el Sol, yo habría dicho que éste se cernía directamente sobre nuestras cabezas. El calor sería pronto bochornoso.

De súbito sonó detrás de mí la voz colérica de un hombre que hablaba en español. Me volví y vi a un peruano bajo y grueso que reiteraba sus indignadas palabras y me miraba amenazador.

—No entiendo lo que dice.

El hombre pasó al inglés.

—¿Quién es usted? ¿Qué está haciendo aquí?

Traté de ignorar su actitud.

—Hemos venido a repostar gasolina. Nos iremos en cuestión de minutos.

De nuevo dediqué mi atención al río y su paisaje, confiando en que el hombre se retiraría, pero él avanzó hasta situarse a mi lado.

—Creo que será mejor que me diga quién es, yanqui.

No pude menos que volver a mirarle. Hablaba en serio.

—Soy norteamericano —repliqué—. No sé muy bien adónde voy. Viajo con una amiga.

—Un extranjero que se ha perdido —dijo él con cierta hostilidad.

—Exactamente.

—¿Qué ha venido a buscar aquí, yanqui?

—Nada que no sea gasolina. —Di unos pasos para regresar al coche—. Y a usted no le he hecho nada. Déjeme en paz.

Observé entonces que Julia estaba en pie junto al vehículo. El hombre siguió la dirección de mi mirada y también la vio.

—Es hora de marcharse —dijo Julia—. El surtidor no funciona.

—¿Quién es usted? —le preguntó el peruano con su característica hostilidad.

—¿Por qué está usted tan enfadado? —le preguntó ella a su vez.

La actitud del hombre cambió.

—Porque es mi obligación cuidar de este sitio.

—Una obligación que cumple usted muy bien, lo juraría. Pero a la gente le es difícil hablar si la atemorizan.

El peruano la miró unos instantes, perplejo. Ella añadió sin alterarse:

—Vamos camino de Iquitos. Colaboramos con el padre Sánchez y el padre Carlos, ¿les conoce?

Él movió negativamente la cabeza, pero la mención de los dos religiosos pareció amansarle todavía más. Finalmente hizo un gesto de saludo y se marchó.

—Vámonos —dijo Julia.

Subimos a bordo del todoterreno y reanudamos la marcha. Yo me daba perfecta cuenta de lo ansioso y nervioso que había estado. Traté de zafarme de aquella actitud.

—¿Ha pasado algo allí dentro? —pregunté.

Julia me miró sorprendida.

—¿A qué se refiere?

—Me refiero a si ha pasado algo en ese establecimiento que explique por qué ha tenido usted el pensamiento de parar.

Ella se echó a reír.

—No, toda la acción se ha producido fuera. —Ante mi mueca de incomprensión, dijo—: ¿No se ha enterado?

—Pues no.

—¿En qué estaba pensando usted justo antes de que llegáramos?

—En que me apetecía estirar un poco las piernas.

—No, antes de eso. ¿Qué me preguntaba cuando hablábamos?

Intenté recordar. Habíamos hablado de las farsas de la infancia. Entonces me vino a la memoria:

—Usted dijo una cosa que no entendí bien; dijo que una persona no puede representar con otra una farsa de control si la otra no representa a su vez la farsa que corresponde, la que está emparejada con la primera.

—¿Sigue sin entenderlo?

—Digamos que no del todo. ¿Adónde quiere ir a parar?

—A que la escena que he presenciado en ese sitio demostraba claramente lo que ocurre cuando usted *sí* representa la farsa emparejada con la de su prójimo.

—¿Cómo?

Julia me lanzó una rápida mirada.

—¿Qué farsa representaba con usted aquel hombre?

—Era evidentemente el intimidador.

—Bien, ¿y cuál representaba usted?

—Sólo me preocupaba quitármelo de encima.

—Ya lo sé, pero representaba una farsa. ¿Cuál era?

—Empecé, creo, con mi farsa de persona reservada, pero él siguió incordiándome.

—¿Y entonces?

La conversación me irritaba, pero traté de concentrarme y continuar con el tema. Dije cansadamente a Julia:

—Supongo que pasé a interpretar un «pobre de mí».

Ella sonrió satisfecha.

—Exactamente.

—Observé, por cierto, que usted le manejaba sin ningún problema —dije.

—Sólo porque no representé la farsa que él esperaba. Recuerde que la farsa de control de cada persona se formó en la infancia en relación con otra farsa. Por lo tanto, cada farsa necesita otra farsa que concuerde con ella para poder ser representada al completo. Lo que el intimidador necesita con objeto de conseguir energía es, o bien un «pobre de mí», o bien otro intimidador.

—¿Cómo le manejó? —insistí, todavía confundido.

—Mi réplica debería haber sido representar yo también el intimidador y tratar efectivamente de intimidarle. Esto, por descontado, probablemente habría terminado en violencia. Pero en lugar de ello seguí las instrucciones del Manuscrito: puse en evidencia la farsa que él representaba. Todas las farsas son estrategias disimuladas para conseguir energía: era absorber su energía lo que aquel hombre pretendía intimidándole. Cuando lo intentó conmigo, le mencioné lo que estaba haciendo.

—¿Para eso le preguntó por qué estaba tan enfadado?

—Claro que sí. El Manuscrito dice que las manipulaciones disimuladas en pos de energía no pueden existir si usted las trae al ámbito de lo consciente haciéndolas notar, recalcándolas si es preciso. Cesan de ser disimuladas. El método no tiene la menor complicación: en una conversación siempre prevalece la verdad respecto a lo que está ocurriendo. Después de ello la persona ha de ser más sincera y honesta.

—Eso tiene sentido —reconocí—. Sospecho incluso que yo mismo he puesto otras veces farsas en evidencia sin saber lo que hacía.

—Estoy segura; es algo que todos hemos hecho. Lo que sucede, simplemente, es que ahora aprendemos cada día más sobre lo que hay en juego. Y la manera de que funcione ya sabemos que es mirar simultáneamente más allá de la farsa, a la persona real que tenemos delante, y enviar en su dirección la máxima energía posible. Si nuestro prójimo nota que de todos modos la energía entra en él, entonces le resultará más fácil renunciar al género de manipulación que haya practicado antes para obtenerla.

—¿Qué podía usted apreciar en aquel personaje? —pregunté.

—Podía apreciarle a él mismo como si fuera un chiquillo inseguro que necesitaba energía desesperadamente. Además, le transmitió a usted un mensaje muy oportuno, ¿no fue así?

La miré de reojo. Julia parecía otra vez a punto de echarse a reír.

—¿O sea, que usted cree que nos paramos allí solamente para que yo pudiese entender al fin cómo tratar con alguien que interpreta una farsa?

—¿No era ésa la cuestión que usted me estaba planteando?

Sonreí. Mi sensación de bienestar retornaba.

—Sí, supongo que lo era.


Un mosquito que zumbaba por delante de mi cara forzó mi despertar. Enseguida miré a Julia y vi que sonreía como si recordara algo divertido. Durante varias horas, después de dejar el inhóspito establecimiento de la orilla del río, habíamos rodado en silencio, y en silencio habíamos probado parte de la comida que Julia tenía preparada para el viaje.

—Está despierto —observó entonces.

—Sí. ¿Falta mucho para Iquitos?

—Hasta la ciudad hay unos cincuenta kilómetros, pero ahí delante, a unos minutos, tenemos la Stewart Irm, una pequeña hostería en un coto de caza. Inglesa; bueno, quiero decir que su dueño es inglés, y además está a favor del Manuscrito. —Volvió a sonreír, de manera muy parecida a la de momentos antes—. Él y yo hemos pasado juntos ratos estupendos. Si no ha ocurrido nada de particular, estará allí. Confío incluso en que encontremos algún indicio del paradero de Wil.

De pronto, detuvo el coche a un lado de la carretera y me miró de una manera especial.

—Oiga, será mejor que nos centremos en dónde estamos

—dijo—. Antes de volver a encontrarle a usted he ido dando tumbos por ahí, queriendo ayudar a descubrir la Novena Revelación, pero sin saber qué rumbo tomar. En un momento determinado he descubierto que estaba pensando repetidamente en Hinton. He ido a su casa, ¿y a quién he visto allí? A usted. Y usted me ha dicho que buscaba a Wil y que se rumoreaba que él estaba en Iquitos. Yo tengo la intuición de que nosotros dos nos veremos envueltos en la búsqueda de la Novena Revelación, mientras que usted tiene la intuición de que en algún punto nos separaremos y seguiremos caminos divergentes. ¿Es más o menos así?

—Sí —asentí.

—Bien, quiero que sepa que después me he puesto a pensar en Willie Stewart y su hostería. Allí va a ocurrir algo.

Volví a asentir, ahora con un movimiento de cabeza.

Ella puso otra vez el vehículo en marcha, volvió a la carretera y continuamos. Tomamos una curva.

—La hostería —anunció.

A unos centenares de metros, donde la carretera iniciaba otra cerrada curva, se alzaba un edificio de dos pisos de estilo victoriano.

Entramos en una zona de aparcamiento cubierta de grava y nos paramos. Varios hombres hablaban en el porche de la ' casa. Abrí la puerta del todoterreno, y me disponía a apearme cuando Julia me tocó el hombro.

—Recuerde —dijo—, no estamos aquí por casualidad. Permanezca alerta a los mensajes.

La seguí camino del porche. Los hombres, peruanos bien vestidos, nos saludaron distraídamente cuando pasamos por su lado para entrar en la casa.

Una vez en el amplio vestíbulo, Julia me señaló un comedor y me pidió que tomara una mesa y esperase mientras ella buscaba al propietario.

Inspeccioné el comedor. Contenía una docena aproximada de mesas dispuestas en dos filas. Elegí una mesa hacia la mitad de la sala y me senté de espaldas a la pared. Tres hombres más, todos peruanos, entraron detrás de mí y se colocaron en una mesa de la otra fila. Otro hombre compareció poco después y se instaló en una mesa a unos seis metros a mi derecha. Se sentó en un ángulo en que me daba a medias la espalda. Yo habría asegurado que era extranjero, europeo quizá.

Julia entró en el comedor, me localizó, se acercó y se sentó a la mesa frente a mí.

—El dueño no está —dijo—, y el encargado no sabe nada de Wil.

—¿Y ahora qué? —pregunté.

Se encogió de hombros.

—No lo sé. Deberemos asumir que alguien aquí tiene un mensaje para nosotros.

—¿Quién le parece que será?

—Ni idea.

—¿Y cómo está tan segura de que va a ocurrir?

Mi pregunta era fruto de un súbito escepticismo. Incluso después de todas las coincidencias misteriosas que había presenciado personalmente en Perú, me resultaba casi imposible creer que una de ellas se produciría precisamente ahora sólo porque así lo queríamos.

—No olvide la Tercera Revelación —replicó Julia—. El universo es energía, energía que responde a nuestras expectativas. La gente es también parte de ese universo de energía, y por lo tanto, cuando nos planteamos una pregunta, aparece la gente que tiene la respuesta. —Entornó los ojos para mirar al resto de los comensales presentes—. Yo no sé quiénes son estas personas, pero si pudiéramos hablar con ellas el tiempo suficiente nos encontraríamos con que cada una guarda para nosotros una verdad, una parte de la respuesta a nuestras preguntas.

La miré de reojo. Se inclinaba hacia mí a través de la mesa.

—Métase esto en la cabeza —siguió diciendo—. Toda persona que se cruza en nuestro camino tiene un mensaje para nosotros. De lo contrario, aquellas personas habrían tomado caminos distintos, o habrían salido tarde o temprano del nuestro. El hecho de que esas personas que ve estén aquí significa que lo están por alguna razón.

Yo me resistía aún a creer que aquello fuera tan sencillo.

—La parte difícil —continuó ella como si hubiera adivinado mi pensamiento— es determinar quién merece la pena que le dediquemos tiempo cuando hablar con cada una de las personas es imposible.

—¿Cómo lo decide usted?

—El Manuscrito dice que hay ciertos signos.

Yo escuchaba atentamente a Julia, pero por alguna razón miré alrededor y me fijé en el hombre sentado a mi derecha. Él se volvió exactamente al mismo tiempo y nuestras miradas se cruzaron. El hombre desvió enseguida la mirada hacia su comida. Yo también desvié la mía.

—¿Qué signos? —pregunté.

—Signos como el de ahora —dijo Julia.

—¿Como qué?

—Como lo que usted acaba de hacer.

Señaló disimuladamente al hombre de mi derecha.

—Por favor...

Julia volvió a inclinarse hacia mí.

—El Manuscrito dice que un súbito y espontáneo contacto visual es signo de que dos personas deberían hablar.

—¿Y eso no ocurre a cada momento?

—Sí, ocurre —asintió ella—. Y después de que ha ocurrido, la mayoría de la gente lo olvida y continúa con lo que estaba haciendo.

Podía ser una observación atinada, pensé.

—¿Qué otros signos menciona el Manuscrito? —inquirí.

—Una sensación de reconocimiento. Es decir, ver a alguien que nos parece conocido, a pesar de que sabemos que le vemos por primera vez.

Cuando ella dijo esto recordé inevitablemente a Dobson y a Reneau y la impresión de que ambos me eran ya familiares cuando les conocí.

—¿Explica también por qué esas personas nos parecen conocidas?

—No lo explica del todo. Sólo dice que con determinadas personas formamos parte de un mismo grupo de opinión, o sea, que pensamos las mismas cosas, tenemos las mismas ideas. Los grupos de opinión evolucionan siguiendo las mismas líneas de intereses. Como piensan igual, esto crea la misma expresión y la misma apariencia externa. A los miembros de nuestro grupo de opinión los reconocemos intuitivamente y con frecuencia nos transmiten mensajes.

Miré de nuevo al hombre que comía a mi derecha. Ciertamente, me parecía familiar. Increíble: mientras le miraba, él inclinó la cabeza y otra vez volvió a mirarme. Me apresuré a fijar mis ojos en Julia.

—*Debe* usted hablar con ese hombre —dijo ella.

Eludí contestar. La sola idea de acercarme a la mesa de aquel personaje me resultaba incómoda. Quería marcharme, salir rumbo a Iquitos. Iba a sugerírselo a Julia cuando ésta volvió a hablar:

—Aquí es donde nos corresponde estar —declaró—, no en Iquitos. Esto tenemos que terminarlo. La única dificultad es que usted se resiste a la idea de dirigirse a esa persona e iniciar una conversación.

—¿Cómo lo hace usted? —le pregunté.

—¿De qué me está hablando ahora? —replicó, desconcertada.

—De que adivina mis pensamientos.

—Oh, en eso no hay ningún misterio. Es cuestión de prestar un poco de atención a los cambios de expresión de su cara.

—¿Qué cambios?

—Cuando una persona aprecia a otra a nivel profundo, puede ver su auténtica identidad por muchas fachadas que la otra persona levante. Si realmente enfoca a ese nivel, captará lo que la persona piensa a través de sutiles cambios de expresión de su cara, que, créame, se producen siempre. Esto es algo perfectamente natural.

—A mí me suena a telepatía.

Julia sonrió sardónicamente.

—La telepatía es perfectamente natural.

Miré otra vez al hombre, que ahora no reaccionó.

—Vamos, haga acopio de energía y hable con él —dijo ella—, antes de que pierda la ocasión.

Me concentré en aumentar mi energía hasta que me sentí más fuerte. Pero todavía dudaba.

—Bueno, ¿y qué le digo?

—La verdad. Preséntele la verdad de una forma que usted crea que le resultará reconocible.

—En fin —suspiré—, ya veremos.

Aparté mi silla de la mesa, me levanté y caminé hacia donde estaba sentado el hombre. Él parecía tímido y nervioso, el mismo aspecto que yo recordaba en Pablo la noche que le conocí. Traté de penetrar su nerviosismo hasta llegar a un nivel más profundo. Cuando lo hice me pareció percibir una mejora en la apariencia de su cara, como correspondiente a una mayor energía.

—Hola —dije—. Tengo la impresión de que no es usted peruano. Quizá pueda ayudarme. Busco a un amigo que se llama Wil James.

—Por favor, siéntese —replicó, en inglés con acento escandinavo—. Soy Edmond Connor, profesor Edmond Connor. —Me tendió la mano—. Lo lamento, pero no conozco al señor Wil James.

Yo me presenté y a continuación expliqué, impulsado por el presentimiento de que acaso significase algo para él, que Wil andaba en busca de la Novena Revelación.

—Estoy familiarizado con el Manuscrito —declaró enseguida—. He venido aquí a estudiar su autenticidad.

—¿Solo?

—Debía encontrarme con el profesor Dobson, pero hasta ahora no ha venido. Y no comprendo el retraso: me aseguró que llegaría antes que yo.

—¿Conoce a Dobson?

—Sí. Es quien organiza la inspección del Manuscrito.

—¿Y está bien? ¿Dice usted que viene hacia aquí?

El profesor me miró interrogativamente.

—Esos fueron los planes que hicimos. ¿Qué ocurre? ¿Algo anda mal?

Mi energía decayó. Comprendía que la cita entre Dobson y Connor había sido concertada antes del arresto del primero.

—Yo le conocí en el avión que me trajo a Perú —dije—. Fue arrestado en Lima. No tengo idea de lo que puede haberle pasado.

—¡Arrestado! ¡Dios mío!

—¿Cuándo habló con él por última vez? —pregunté.

—Hace varias semanas, pero nuestra cita aquí era en firme. Me aseguró que me llamaría si había algún cambio.

—¿Recuerda el motivo de que quisiera verle en este lugar y no en Lima?

—Dijo que por los alrededores había unas ruinas importantes y que necesitaba hablar con otro investigador.

—¿Mencionó dónde?

—Sí, dijo que tenía que ir, eso... oh, a San Luis, creo. ¿Por qué?

—No, no lo sé. Pensaba en voz alta.

Cuando dije aquello ocurrieron simultáneamente dos cosas. La primera fue que me vino a la mente Dobson: me vi reuniéndome con él en una carretera flanqueada por grandes árboles. Al mismo tiempo miré por la ventana y, con gran asombro, descubrí al padre Sánchez subiendo los peldaños del porche. Parecía cansado y sus ropas estaban sucias. En la zona de aparcamiento, otro clérigo esperaba sentado en el interior de un viejo coche.

—¿Quién es? —preguntó el profesor Connor.

—¡Es el padre Sánchez! —exclamé, conteniendo a duras penas mi excitación.

Me volví buscando a Julia, pero ella ya no estaba sentada a nuestra mesa. Me levanté justamente cuando Sánchez entraba en el comedor. Al verme se detuvo de sopetón, con una expresión de sorpresa total en el rostro, e inmediatamente vino a abrazarme.

—¿Está usted bien? —fue lo primero que preguntó.

—No puedo quejarme —dije—. Y usted, ¿qué hace aquí?

A pesar de su fatiga, rió jocosamente.

—Bueno, no sabía a qué otro sitio ir. Y a punto estuve de no llegar. Había centenares de soldados en esta dirección.

—¿Qué buscan por estos lugares las tropas? —inquirió Connor detrás de mí, acercándose más a nosotros.

—Lamento no conocer las intenciones de las tropas —replicó Sánchez—. Únicamente sé que hay muchas.

Presenté a los dos hombres e informé al padre Sánchez de

la situación de Connor. Éste parecía ahora dominado por el pánico.

—No me queda más remedio que marcharme enseguida —dijo—, pero no tengo quien me lleve.

—El padre Pablo espera fuera —declaró Sánchez—. Regresa inmediatamente a Lima. Puede irse con él si lo desea.

—Ciertamente que sí —dijo Connor.

—Espere, ¿qué pasará si se tropiezan con los soldados? —intervine yo.

—No creo que haya dificultades con el padre Pablo —indicó Sánchez—. Es una persona muy poco conocida.

En aquel momento Julia regresó al comedor y vio a Sánchez. Los dos se abrazaron afectuosamente y, de nuevo, presenté a Connor. Mientras yo hablaba, el profesor parecía cada vez más atemorizado, y transcurridos sólo unos minutos Sánchez le recordó que era ya hora de que el padre Pablo emprendiese la marcha. Connor fue a su habitación a recoger el equipaje y regresó enseguida. Tanto Sánchez como Julia le acompañaron al exterior, pero yo me despedí de él sin abandonar el comedor y volví a sentarme a la mesa. Necesitaba reflexionar. Sabía que el encuentro con Connor debía tener algún significado y que el hecho de que Sánchez nos hubiera encontrado allí era importante, pero no logré explicarme por qué.

Poco después vino Julia a sentarse a mi lado.

—Le dije que aquí iba a ocurrir algo. —Suspiró—. Si no hubiésemos parado en la hostería no habríamos visto a Sánchez, ni por supuesto a Connor. A propósito, ¿qué ha averiguado a través de Connor?

—No estoy seguro aún —respondí evasivamente—. ¿Dónde está el padre Sánchez?

—Ha tomado una habitación para descansar un rato. No ha dormido en dos días.

Fruncí el entrecejo. Sabía que Sánchez estaba cansado, pero saber además que no le tenía disponible me frustró. Deseaba vivamente hablar con él, para ver si podía aportar cierta perspectiva a lo que estaba ocurriendo, especialmente en lo que concernía a los soldados. Me sentía intranquilo y una parte de mí quería haber escapado con Connor.

A Julia no le pasó inadvertida mi impaciencia.

—Tómeselo con calma —dijo—. Relájese y hábleme de lo que piensa hasta ahora de la Octava Revelación.

La miré dubitativo.

—No sé por dónde empezar.

—Veamos, ¿a usted qué le parece que dice?

Procuré reconstruir mis ideas.

—Trata de una manera de relacionarse con otras personas, desde los niños hasta los adultos; de poner en evidencia las farsas de control y abrirse paso a través de ellas y concentrarse en las demás personas de una forma que les transmita energía.

—¿Algo más?

Enfoqué su rostro e inmediatamente vi adonde apuntaba.

—Que si prestamos sincera atención a las personas con quienes hablamos, como resultado conseguimos las respuestas a las preguntas que nos interesan.

Julia me obsequió con una amplia sonrisa.

—¿He entendido o no la revelación? —le pregunté.

—Casi la ha entendido —asintió—. Pero hay una cosa más. Usted ha entendido, sí, cómo puede una persona elevar el grado de energía de otra. Ahora está preparado para ver lo que sucede en un grupo cuando todos los participantes saben cómo interactuar del mismo modo.

Salí al porche y me senté en una de las varias sillas de hierro forjado. A los pocos minutos apareció Julia en la puerta y se unió a mí. Habíamos cenado pausadamente y hablado mucho, y a continuación decidimos sentarnos fuera a respirar el aire de la noche. Tres horas habían transcurrido desde que Sánchez se retiró a una habitación y yo empezaba a impacientarme de nuevo. Cuando el clérigo salió de la casa y se sentó con nosotros me sentí aliviado.

No esperé a preguntarle:

—¿Ha oído algo respecto a Wil?

Él desplazó su silla para situarla dándonos frente a Julia y a mí. Observé, además, que ajustaba su posición de tal manera que la misma distancia le separaba de cada uno de nosotros.

—Sí —dijo finalmente—. Algo he oído.

Hizo una pausa tan larga que pensé que se había extraviado entre sus pensamientos, así que insistí:

—¿Qué ha oído?

—Déjeme contarle lo que ha pasado... Cuando el padre Carlos y yo nos marchamos para volver a la misión, esperábamos encontrar en ésta al padre Sebastián y al ejército en pleno. Esperábamos una inquisición oficial. Bien, cuando llegamos nos enteramos de que el padre Sebastián y los militares se habían retirado bruscamente varias horas antes, tras recibir un mensaje.

»Durante un día entero no supimos lo que ocurría; luego, ayer, nos visitó el padre Costous, a quien tengo entendido que usted conoce. Nos contó que le había encaminado a nuestra misión Wil James. Al parecer, Wil recordaba el nombre de mi misión por su anterior conversación con el padre Carlos, e intuitivamente sabía que necesitaríamos la información que el padre Costous ofrecía. Porque el padre Costous ha optado finalmente por dar su apoyo al Manuscrito.

—¿Y por qué se marchó el cardenal tan de repente? —pregunté.

—Porque quería acelerar la puesta en práctica de sus planes. El mensaje que recibió le prevenía de que el padre Costous estaba a punto de denunciar sus intenciones de destruir la Novena Revelación.

—¿Quiere eso decir que Sebastián la ha encontrado?

—Todavía no, pero espera hacerlo. Su gente encontró otro documento del que parece deducirse dónde está.

—¿Dónde? —preguntó rápidamente Julia.

—En las ruinas de Celestina —respondió Sánchez.

—¿Dónde para eso? —inquirí yo.

—A casi cien kilómetros de aquí —me informó Julia, mirándome con seriedad—. Es una excavación arqueológica en la que trabajan exclusivamente científicos peruanos, rodeados de considerable secreto. Consiste en varios estratos de antiguos templos, primero mayas, después incas. Aparentemente ambas culturas creían que había algo especial en aquel emplazamiento.

Me di cuenta de pronto de que Sánchez estaba concentrándose en la conversación con insólita intensidad. Cuando yo hablaba, me enfocaba de lleno a mí, sin desviar en absoluto la mirada; cuando hablaba Julia, el cura modificaba su posición para enfocarla de lleno a ella. Parecía actuar de forma perfectamente deliberada. Me pregunté qué cosa rara sería lo que haría, y en aquel preciso momento se produjo un intervalo de silencio en la conversación. Entonces me encontré con que ambos, Sánchez y Julia, me miraban expectantes.

—¿Qué? —pregunté.

Sánchez sonreía.

—Le toca hablar a usted.

—¿Cómo? ¿Acaso nos turnamos?

—No —dijo Julia—, sólo tenemos una conversación consciente. Cada persona habla cuando le llega la energía. Ahora la está recibiendo usted.

Me llegara o no energía, no supe qué decir.

Sánchez me dirigió una de sus cálidas y amistosas miradas. Se puso a explicar sin prisa:

—Parte de la Octava Revelación se dedica a enseñar cómo interactuar conscientemente cuando se está en grupo. Pero no se cohíba, por favor. Limítese a entender el proceso. Mientras los miembros de un grupo hablan, sólo uno tendrá la idea más potente en cada momento determinado. Los otros componentes del grupo, si están alerta, pueden notar quién se dispone a hablar, y entonces enfocan conscientemente su energía sobre esta persona, ayudándole a expresar su idea con la máxima claridad.

»Luego, a medida que la conversación continúa, será otra persona la que tenga la idea más potente, después otra, y así sucesivamente. Si usted se concentra en lo que se está diciendo, notará cuándo llega su turno. La idea brotará en su mente.

El cura desvió la mirada hacia Julia, quien me preguntó:

—¿Qué idea tenía usted que no ha expresado?

Hice un esfuerzo por pensar.

—Me preguntaba —dije finalmente— por qué el padre Sánchez miraba con tanta intensidad a quienquiera que hablase. Supongo que me intrigaba el motivo.

—La clave de este proceso —dijo a su vez el aludido— está en hablar cuando es su momento y proyectar energía cuando es el de otro.

—Muchas cosas pueden fallar —interpuso Julia—. Algunas personas se hinchan cuando están en grupo. Notan el potencial de una idea y la exponen; luego, debido a que la recepción de energía es una sensación tan agradable, siguen hablando, incluso mucho después de que la energía debería haberse desviado hacia otro de los contertulios.

»Hay personas que se retraen y que a pesar de percibir la potencia de una idea no se arriesgan a expresarla. Cuando esto ocurre, el grupo se fragmenta y sus miembros no obtienen el beneficio de la totalidad de los mensajes. Lo mismo pasa cuando algunos de los miembros del grupo no son aceptados por otros componentes del mismo. Los individuos rechazados se ven privados de recibir energía, y de este modo el grupo pierde el beneficio de sus ideas.

Julia calló, y ella y yo miramos a Sánchez, quien tomaba aliento para hablar.

—La manera en que se producen esas exclusiones es importante —dijo él—. Cuando alguien nos desagrada, o cuando nos sentimos amenazados por alguien, la tendencia natural es enfocar algo que en aquella persona nos disguste especialmente, algo que nos irrite. Por desdicha, al hacer esto, en lugar de admirar la belleza profunda de la misma persona y darle energía, le arrebatamos ésta y, de hecho, le causamos daño. Lo único que la persona sabe es que repentinamente se siente menos bella y menos dispuesta a la confidencia, cosa que se debe a que hemos desgastado, si no agotado, su reserva de energía.

—Por este motivo —intervino Julia— el proceso tiene tanta trascendencia. Los seres humanos se consumen, podríamos decir que se envejecen unos a otros, ahí fuera, con sus violentas rivalidades.

—Pero recuerde —agregó Sánchez—, en un grupo genuinamente funcional, la idea es hacer lo opuesto a esto, la idea es que la energía y las vibraciones de cada miembro aumenten gracias a la energía enviada por todos los demás. Cuando así ocurre, el campo individual de energía se funde con los de todos los demás y pasa a constituir un fondo común de energía. Como si el grupo fuera simplemente un cuerpo único, aunque un cuerpo con varias cabezas. Unas veces una cabeza habla en representación del cuerpo, otras veces habla otra. Pero en un grupo que funciona bien, cada individuo sabe cuándo ha de hablar y qué debe decir, porque realmente ve con mayor claridad la vida. Esta es la «persona superior» a que se refería la Octava Revelación en conexión con la relación sentimental entre un hombre y una mujer, aunque otros grupos pueden formarla igualmente. Las palabras del padre Sánchez me remitieron mentalmente al padre Costous y a Pablo. ¿Habría inducido aquel joven indio a cambiar de criterio al fin al padre Costous, haciendo que ahora quisiera proteger el Manuscrito? ¿Era Pablo capaz de conseguir esto gracias al poder de la Octava Revelación?

—¿Por dónde anda ahora el padre Costous? —pregunté.

Mi pregunta sorprendió ligeramente tanto a Julia como a Sánchez, aunque fue éste quien se apresuró a responder:

—Él y el padre Carlos decidieron trasladarse a Lima para hablar con las autoridades eclesiásticas sobre lo que el cardenal Sebastián parece haber planeado.

—Supongo que por eso se resistía a acompañarle a usted a la misión. Sabía que su obligación era hacer otra cosa.

—Exactamente —dijo Sánchez.

Un nuevo intervalo de silencio se produjo entre nosotros. Intercambiamos miradas, cada cual esperando la siguiente idea.

—La cuestión, ahora —dijo finalmente el padre Sánchez—, es saber qué hemos de hacer *nosotros*.

Julia fue quien habló primero:

—Yo he estado pensando continuamente en comprometerme de algún modo con la Novena Revelación, en apoderarme de ella y retenerla el tiempo suficiente para hacer algo... pero no consigo verlo con claridad.

Sánchez y yo la miramos intensamente.

—Veo que esto ocurre en un lugar determinado... —continuó ella—. Esperen un momento. El lugar en que pienso está en las ruinas, en las ruinas de Celestina. Allí hay un punto entre los templos... Casi lo he olvidado. —Nos devolvió la mirada—. Allí, allí es donde tengo que ir; tengo que ir a las ruinas de Celestina.

En cuanto Julia terminó de hablar, el foco de sus miradas pasé a ser yo.

—No sé —dije—. Es cierto que he estado interesado en por qué Sebastián y su gente son tan contrarios al Manuscrito. He deducido que se debe a que les asusta la idea de nuestra revolución interior... pero ahora no sé adónde ir... los soldados se acercan... parece como si Sebastián fuese a descubrir antes que nadie la Novena Revelación... No sé; también se me ha ocurrido que de alguna manera estoy obligado a convencerle de que no la destruya.

Callé. Mis pensamientos volaron hacia Dobson de nuevo, y después bruscamente hacia la Novena Revelación. Me di cuenta de pronto de que la Novena iba a revelar adónde se encaminaban los seres humanos con esta evolución. En anteriores momentos me había preguntado de qué forma actuarían las personas unas con otras como resultado del Manuscrito, y aquella cuestión obtuvo en la Octava Revelación la respuesta adecuada; ahora, por lógica, la pregunta siguiente era: ¿adónde nos conduciría todo esto, cómo cambiaría la sociedad de los hombres? De ello tenía que tratar la Novena.

Sabía de algún modo que este conocimiento podría también utilizarse para calmar los temores de Sebastián respecto a la evolución consciente... si él se avenía a escucharnos.

—¡Todavía creo que es posible convencer al cardenal Sebastián de que dé su apoyo al Manuscrito! —exclamé con firmeza.

—¿Se ve usted convenciéndole? —me preguntó Sánchez.

—No... no, en realidad no. Me veo acompañado por alguien que puede ponerse en contacto con él, alguien que le conoce y puede hablar a su nivel.

Apenas dije esto, Julia y yo miramos espontáneamente al

clérigo. Sánchez se esforzó en sonreír y habló en tono resignado:

—El cardenal Sebastián y yo hemos evitado una confrontación sobre el Manuscrito durante mucho tiempo. Él ha sido siempre mi superior. Me ha considerado su protegido y debo admitir que le he admirado y respetado. Pero supongo que siempre he sabido que llegaríamos a esto. La primera vez que usted mencionó el tema comprendí que la tarea de convencerle me correspondía a mí. El curso de mi vida me ha marcado el rumbo. —Sostuvo con gallardía nuestra mirada y continuó diciendo—: Mi madre era una cristiana reformista. Rechazaba la coerción y el recurso a la culpa para evangelizar. Creía que las personas debían acercarse a la religión motivadas por el amor, no por el miedo. Mi padre, por otro lado, era un disciplinario, un ordenancista que más tarde se hizo sacerdote, y al igual que Sebastián creía obstinadamente en la tradición y la autoridad. Aquello me dejó a mí deseoso de actuar dentro de la autoridad de la Iglesia, pero buscando siempre caminos por los que fuera posible enmendarla a fin de destacar que existe una experiencia religiosa superior.

»Enfrentarme a Sebastián constituye para mí el siguiente paso. He estado resistiéndome, pero sé bien que tengo que ir a la misión de Sebastián en Iquitos.

—Yo le acompañaré —dije.

# LA CULTURA EMERGENTE

La carretera serpenteaba hacia el norte entre una densa jungla y atravesaba varias corrientes de agua de considerable amplitud, afluentes, me dijo el padre Sánchez, del Amazonas. Nos habíamos levantado temprano para despedirnos brevemente de Julia y partir después en un vehículo que el clérigo había tomado prestado, un todoterreno de tracción en las cuatro grandes y sólidas ruedas. A medida que avanzábamos la ruta se empinaba ligeramente y los árboles aparecían más espaciados y eran de tamaño mayor.

—Esto se parece al paisaje que rodeaba Viciente —comenté a Sánchez.

Él me respondió con una sonrisa:

—Hemos entrado en una franja de tierra de ochenta kilómetros de longitud y unos treinta y cinco de anchura que es diferente del resto, está más cargada de energía. Sigue así hasta las ruinas de Celestina. En torno a esta zona todo es pura jungla.

A cierta distancia, a la derecha, al borde de la espesura, observé una mancha de terreno despejado.

—¿Qué es eso? —pregunté, señalando en aquella dirección.

—Eso es el concepto que el gobierno tiene del desarrollo agrícola.

Una amplia faja de árboles había sido devastada por una pala excavadora, y los troncos apilados en montones sucesivos. Algunos estaban parcialmente quemados. Un rebaño de ganado vacuno pastaba con desánimo entre las hierbas silvestres y la superficie terrestre erosionada. Cuando pasamos, varios animales nos miraron, atraídos por el ruido del motor. Descubrí otra porción de tierra recién excavada y me percaté de que aquellas acciones se desplazaban hacia los árboles más corpulentos, entre los que pasábamos nosotros.

—Eso es horrible —dije.

—Ciertamente —asintió Sánchez—. Incluso el cardenal Sebastián se opone.

Pensé en Phil. Quizás aquél era el lugar que él intentaba proteger. ¿Qué le habría ocurrido? Y pensé en Dobson una vez más. Connor había dicho que Dobson pretendía dirigirse a la hostería. ¿Por qué estaba Connor allí para contarme aquello? ¿Dónde estaba Dobson ahora? ¿Había sido expatriado? ¿Encarcelado? No había escapado a mi atención el hecho de que acababa de percibir espontáneamente una imagen de Dobson en conexión con Phil.

—¿Está muy lejos la misión de Sebastián? —pregunté.

—A una hora más o menos —replicó Sánchez—. ¿Cómo se siente?

—¿En qué sentido?

—Me refiero a su nivel de energía.

—Creo que es alto. Aquí hay belleza en abundancia.

—¿Qué opina de la conversación que los tres mantuvimos anoche?

—Opino que fue asombrosa.

—¿Entendió usted lo que ocurría?

—¿En cuanto a que las ideas manaban de cada uno de nosotros como en una secuencia organizada?

—Sí, eso era evidente. Pero explíqueme algo de su significado último.

—No sé qué contestarle.

—Bien, yo he reflexionado largamente sobre la cuestión. Esta manera de relacionarse conscientemente, en la cual cada persona intenta sacar a la luz lo mejor de las demás, en lugar de tener poder sobre ellas, es una posición que la totalidad de la especie humana acabará por adoptar. ¡Piense en cómo aumentarán el nivel de energía y el ritmo de la evolución de cada uno cuando llegue el momento!

—Cierto —dije—. Me he estado preguntando en qué sentido cambiará la cultura humana a medida que el nivel general de energía ascienda.

Sánchez me miró como si hubiese dado exactamente en el clavo.

—Eso es lo que yo también querría saber —asintió.

Permanecimos unos instantes en silencio, y yo supuse que ambos esperábamos a ver cuál de los dos tenía la siguiente idea. Finalmente fue él quien dijo:

—La respuesta a estas cuestiones debe estar en la Novena Revelación. Sin duda explica lo que pasará a medida que progrese la evolución de la cultura.

—Eso mismo pienso yo —repliqué.

Sánchez redujo entonces la velocidad del coche. Nos acercábamos a un cruce y me pareció que estaba indeciso sobre la dirección que debía tomar.

—¿Vamos a algún lugar próximo a San Luis? —le pregunté.

Me miró a los ojos.

—Sólo si giramos a la izquierda en esa intersección. ¿Por qué?

—Connor me contó que Dobson planeaba pasar por San Luis camino de la hostería. Quizás era un mensaje.

Ambos continuábamos mirándonos uno a otro. Yo comenté:

—Va usted mucho más despacio desde que ha visto el cruce.

Se encogió de hombros.

—Puede ser. Sin embargo, la ruta más directa hacia Iquitos es por la derecha. No sé por qué he dudado.

Un escalofrío me recorrió el cuerpo.

Sánchez enarcó una ceja y sonrió irónicamente.

—Supongo que será mejor que vayamos por San Luis, ¿no crees?

Asentí con un gesto, y al instante sentí la acometida de la energía. Supe que el hecho de habernos detenido en la hostería y establecido contacto con Connor adquiría por momentos mayor significado. Cuando Sánchez dobló a la izquierda y tomó la dirección de San Luis, escudriñé con expectación ambos lados de la carretera. Transcurrieron treinta o cuarenta minutos y no pasó ni observé nada de particular. Seguimos y tampoco ocurrió nada digno de mención. Luego, súbitamente, un claxon sonó detrás de nosotros, y al volvernos vimos que un jeep plateado nos daba alcance. El conductor nos hacía señas frenéticamente. Me pareció alguien conocido.

—¡Es Phil! —exclamé.

Nos paramos al costado de la carretera y Phil saltó del jeep, corrió hacia mi lado del coche, me estrechó vigorosamente la mano y saludó con la cabeza a Sánchez.

—No sé lo que están haciendo ustedes aquí —dijo—, pero más adelante hay como un regimiento entero de soldados. En su lugar, yo retrocedería y esperaría con nosotros.

—¿Cómo ha sabido que veníamos? —pregunté.

—No lo sabía. Por casualidad les he visto pasar. Estamos aproximadamente un kilómetro más atrás. —Miró en torno unos segundos y añadió—: ¡Mejor será que salgamos de esta carretera!

—Le seguimos —dijo el padre Sánchez.

Así lo hicimos. El jeep de Phil giró en redondo, nosotros tras él, y regresamos por donde habíamos venido. Phil tomó a continuación un camino hacia el este y casi inmediatamente aparcó. Desde detrás de un grupo de árboles otro hombre salió a saludar el vehículo. Yo no podía creer lo que veía: ¡era Dobson!

Me apeé del todoterreno y caminé a su encuentro. Igualmente sorprendido, me recibió con un caluroso abrazo.

—¡Qué alegría verle! —dijo.

—¿Y la mía qué? ¡Le daba por muerto!

Dobson me palmeó la espalda y rió.

—No, supongo que simplemente me entró el pánico. Me detuvieron, eso sí. Más tarde, unos oficiales partidarios del Manuscrito me soltaron. He estado huyendo desde entonces. —Hizo una pausa para mirarme, sonriendo, de pies a cabeza—. Celebro que esté usted bien. Cuando Phil me contó que le había conocido en Viciente y que luego había sido arrestado con usted, no supe qué pensar. Pero debí haber dado por seguro que volveríamos a encontrarnos. ¿Adónde se dirige?

—A ver al cardenal Sebastián. Tememos que intente destruir la última revelación.

Dobson asintió, y se disponía a decir algo cuando se acercó el padre Sánchez.

Les presenté rápidamente.

—Me parece que oí mencionar su nombre en Lima —declaró entonces Dobson—, en relación con un par de religiosos que acababan de ser detenidos.

—¿No serían el padre Carlos y el padre Costous? —pregunté yo.

—Pues creo que así se llamaban, en efecto.

Sánchez acogió la noticia con un vago gesto. Le observé un momento, y a continuación Dobson y yo dedicamos varios minutos a contarnos nuestras experiencias desde que nos separamos. Él me dijo que había estudiado las ocho revelaciones completas, y parecía ansioso por añadir algo pero le interrumpí para informarle de que habíamos encontrado a Connor y éste había vuelto a Lima.

—Probablemente también le detendrán —dijo—. Lamento no haber llegado a la hostería a tiempo, pero quería ir primero a San Luis para ver a otro científico. Luego resultó que no le encontré, aunque sí me tropecé con Phil y...

—Bien, ¿ocurrió algo? —preguntó Sánchez.

—Quizá deberíamos sentarnos —sugirió Dobson—. Esto no lo van a creer. ¡Phil encontró una copia de parte de la Novena Revelación!

Nadie se movió.

—¿Encontró una copia traducida? —inquirió el padre Sánchez.

—Sí.

Phil, que había estado haciendo algo en el interior de su vehículo, venía ahora hacia nosotros.

—¿Encontró usted una parte de la Novena? —le pregunté.

—Para ser exactos, no la encontré —dijo—. Me la dieron. Después de que usted y yo fuimos capturados me llevaron a otra población, francamente no sé dónde. Al cabo de un tiempo apareció el cardenal Sebastián. Se dedicó a sondearme acerca del trabajo que se hacía en Viciente y de mis esfuerzos por salvar los bosques. No supe por qué hasta que un guardián me trajo una copia parcial de la Novena Revelación. El guardián la había robado a la gente de Sebastián, quien al parecer acababa de traducirla. Habla de la energía de los bosques viejos.

—¿Y qué dice? —insistí yo.

Él se entretuvo reflexionando, cosa que aprovechó Dobson para reiterar su sugerencia de que nos sentáramos. Nos condujo a un punto donde se había extendido una tela encerada en el centro de un claro parcial de la jungla. El lugar era hermoso. Una docena de grandes árboles formaba un círculo de unos nueve metros de diámetro. En el interior del círculo crecían fragantes plantas tropicales y helechos de largo tallo, del color verde más vivo que yo había visto nunca. Allí nos sentamos unos frente a otros.

Phil miró a Dobson. Luego Dobson nos miró a Sánchez y a mí y dijo:

—La Novena Revelación explica de qué manera cambiará la cultura humana en el próximo milenio como resultado de la evolución consciente. Describe un género de vida significativamente distinto del que conocemos. Por ejemplo, el Manuscrito predice que los seres humanos reduciremos voluntariamente nuestra población de tal modo que todos podremos vivir en los lugares más bellos y energéticos del planeta. Cosa más notable aún, el número de tales zonas será muy superior en el futuro, porque intencionadamente dejaremos los árboles intactos, nunca habrá talas, con objeto de que puedan crecer, madurar y almacenar energía.

»De acuerdo con la Novena Revelación —prosiguió Dobson—, la vida típica de los seres humanos transcurrirá entre árboles de quinientos años de antigüedad y jardines pulcramente cuidados, aunque a una razonable y cómoda distancia, fácil de recorrer, de una zona urbana de increíble brujería tecnológica. Por entonces, los recursos básicos, como son la alimentación, el vestido y el transporte, estarán totalmente racionalizados y a disposición de cualquier persona. Nuestras necesidades serán cubiertas sin que paguemos nada a cambio, pero también sin exceso de celo por un lado ni desidia por otro.

»Guiados por sus intuiciones, todos sabrán con precisión lo que han de hacer y cuándo hacerlo, y lo que hagan encajará armoniosamente con las acciones de otros. Nadie consumirá en exceso porque nos habremos librado de la necesidad de poseer y de ejercer el control para estar seguros. El próximo milenio la vida se habrá convertido en algo muy diferente.

»Según el Manuscrito —continuó—, nuestro sentido de la utilidad, nuestro afán de alcanzar un objetivo o conseguir un propósito quedarán satisfechos por la emoción de nuestra propia evolución, la exaltación de recibir intuiciones y después presenciar muy de cerca cómo se despliegan nuestros destinos. La Novena describe un mundo humano donde cada cual ha aflojado el ritmo y está más alerta, vigilando siempre el siguiente encuentro significativo que ya está al caer. Sabremos entonces que puede producirse en cualquier parte: en un sendero que serpentea a través de bosque, o en aquel puente que atraviesa un barranco.

»¿Pueden ustedes visualizar encuentros entre seres humanos que tengan tanto significado, tanto contenido? Piensen en cómo sería para dos personas entrar en contacto por primera vez. Cada una observaría ante todo el campo de energía de la otra, desenmascarando cualquier manipulación. Una vez aclarado el terreno, ambas compartirán conscientemente la respectiva historia de sus vidas, hasta que, entusiasmadas, descubrirán los mensajes. Después de ello cada cual proseguirá normalmente su viaje individual, pero ambas personas habrán sido significativamente alteradas. Ambas vibrarán a un nuevo nivel y en adelante establecerán contacto con otras de una manera que habría sido imposible antes de aquel encuentro.

Gracias a que le transmitíamos energía, Dobson se iba haciendo más elocuente aún y estaba cada vez más inspirado en su descripción de la nueva cultura humana. Y cuanto decía sonaba auténtico. Yo personalmente no tenía duda de que nos describía un futuro factible. Sin embargo, también sabía que a lo largo de la historia muchos visionarios habían vislumbrado un mundo similar, Marx, por ejemplo, si bien nunca se había encontrado la manera de crear tal utopía. El comunismo había terminado en tragedia.

Incluso con los conocimientos impartidos por las primeras ocho revelaciones, yo no podía imaginar cómo iba la especie humana a llegar a la meta descrita en la Novena si uno consideraba el comportamiento de los hombres en general. Cuando Dobson hizo una pausa, la aproveché para expresar mi preocupación.

Sonriendo y hablándome directamente a mí, él explicó entonces:

—El Manuscrito dice que nuestra búsqueda natural de la verdad nos llevará hasta allí. Pero para captar cómo se producirá este movimiento quizá sea necesario visualizar el próximo milenio de igual manera que usted, a bordo del avión, visualizó el milenio actual, ¿recuerda? Como si se desarrollase íntegramente en el transcurso de su vida.

Dobson informó brevemente a los demás de cuál era el mecanismo del proceso, y después reanudó su discurso:

—Piensen en lo que ya ha ocurrido en este milenio. Durante la Edad Media vivimos en un mundo muy sencillo, el mundo del bien y del mal que definieron los eclesiásticos. Pero con la llegada del Renacimiento nos liberamos. Deducimos que en relación con la situación del hombre en el universo tenía que haber muchas otras cosas que los eclesiásticos no sabían, y queríamos saberlo todo al completo.

»Entonces encomendamos a la ciencia la tarea de descubrir nuestra verdadera situación, pero cuando este esfuerzo no produjo las respuestas inmediatas que necesitábamos decidimos establecernos en el escepticismo y convertimos nuestra moderna ética del trabajo en una preocupación que secularizó la realidad y exprimió el mundo para extraerle su misterio. Pero ahora podemos ver el lado positivo de aquella preocupación; podemos ver que la auténtica razón de que dedicáramos cinco siglos a crear soportes materiales para la vida humana no era sino preparar el escenario para algo más, una manera de vivir que devuelve el misterio a la existencia.

»Esto es lo que indica la información que hoy revierte del método científico: la humanidad está en este planeta para evolucionar conscientemente. Y mientras aprendemos a evolucionar y avanzamos por nuestro camino, verdad tras verdad, la Novena Revelación dice que el conjunto de la cultura se transformará de un modo fácil de predecir.

Dobson calló, pero ninguno de nosotros dijo nada. Obviamente, lo que queríamos era oír más.

—Una vez alcanzada la masa crítica —continuó él—, cuando las revelaciones lleguen a producirse a escala global, la especie humana conocerá primero un período de intensa introspección. Percibiremos cuán espiritual y cuán bello es realmente el mundo natural. Veremos los árboles, los ríos y las montañas como templos de un gran poder que hay que conservar con reverencia, admiración y respeto. Exigiremos el fin de cualquier actividad económica que amenace este tesoro. Y quienes estén más próximos a esta situación encontrarán soluciones alternativas al problema de la polución, porque alguien intuirá dichas alternativas mientras busca su propia evolución.

»Ello formará parte del primer gran desplazamiento que se va a producir —siguió diciendo Dobson— y que consistirá en un espectacular traslado de individuos de unas ocupaciones a otras; porque cuando las personas empiezan a recibir intuiciones claras de quiénes son realmente y qué se supone que deberían estar haciendo, con mucha frecuencia descubren que se han equivocado de oficio y tienen que saltar a otro tipo de trabajo con el fin de continuar prosperando. El Manuscrito dice que durante este período la gente, en ocasiones, cambiará varias veces de profesión en el curso de su vida.

»El siguiente desplazamiento cultural será una automatización de la producción de bienes y mercancías en general. A las personas que estén llevando a cabo la automatización, es decir los técnicos, quizá les parezca que ésta responde a la necesidad de que la economía funcione con mayor eficiencia.

Pero a medida que sus intuiciones se hagan más claras, verán que lo que la automatización consigue, de hecho, es dejar a cada uno más tiempo libre, tiempo que puede dedicar a otros menesteres.

»El resto de nosotros, mientras tanto, estaremos siguiendo nuestras propias intuiciones dentro de la ocupación que habremos elegido, y deseando disponer de una porción mayor aún de tiempo libre. Nos percataremos de que la verdad que tenemos que contar y las cosas que tenemos que hacer son demasiado originales, únicas en su género, para encajar en el marco habitual de un oficio. En consecuencia, encontraremos la manera de reducir nuestras horas de trabajo para ir, en cambio, en busca de nuestra propia verdad. Dos o tres personas se repartirán lo que antes solía ser un empleo a plena jornada. Esta tendencia facilitará a aquellos a quienes la automatización ha desplazado, el encontrar por lo menos empleos a tiempo parcial.

—¿Y qué pasará con el dinero? —intervine yo rápidamente—. Me resisto a creer que la gente reduzca voluntariamente sus ingresos.

—Oh, no, no tendrá que hacerlo —dijo Dobson—. El Manuscrito dice que nuestros ingresos se mantendrán estables gracias a las personas que nos darán dinero por las revelaciones que suministremos.

Casi me eché a reír.

—¿Qué?

Él sonrió y me miró de hito en hito.

—El Manuscrito dice que a medida que descubramos más cosas sobre la dinámica de la energía del universo, veremos qué ocurre realmente cuando damos algo a alguien. En estos momentos la única idea espiritual sobre la donación o la entrega es el mísero concepto del diezmo religioso. —Dobson, al decir esto, trasladó su mirada al padre Sánchez—. Como usted sabe, la noción bíblica del diezmo es interpretada mayoritariamente como el mandato de dar a la Iglesia el diez por ciento de nuestros ingresos. La idea que hay detrás de ello es que, demos lo que demos, se nos devolverá multiplicado varias veces. Pero la Novena Revelación explica que dar es efectivamente un principio universal de apoyo, no sólo a las iglesias, sino a todos. Recuerde que, cuando proyectamos energía hacia alguien, creamos en nosotros un vacío que, si estamos bien conectados, vuelve a llenarse. El dinero funciona exactamente igual. La Novena Revelación dice que una vez empecemos a donar constantemente tendremos siempre más ingresos de los que podemos ceder.

»Y nuestras donaciones —prosiguió— deberían ir a personas que por su parte nos hayan dado verdades espirituales. Cuando alguien entra en nuestra vida justo en el momento preciso para brindarnos las respuestas que necesitamos, deberíamos corresponder con dinero. Así es como empezaremos a complementar nuestros ingresos y a desligarnos de las obligaciones, de las ocupaciones que nos limitan. A medida que más personas se incorporen a esta economía espiritual, iniciaremos un auténtico desplazamiento hacia la cultura del próximo milenio. Habremos avanzado a través de la etapa de evolucionar hacia nuestra ocupación adecuada y entraremos en la de ser remunerados por evolucionar libremente y por ofrecer nuestra verdad, exclusiva hasta aquel momento, a los demás.

Yo miré a Sánchez: el clérigo escuchaba atentamente y parecía radiante.

—Sí —le dijo a Dobson—, eso lo veo con claridad. Si todos participamos, entonces estaremos dando y recibiendo constantemente, y esta interacción con los demás, este intercambio de información, constituirá la nueva tarea de cada uno, nuestra nueva orientación económica. Seremos remunerados por las personas que contactemos. Esta situación permitiría entonces que los soportes materiales de la vida fueran completamente automatizados, porque nosotros estaríamos demasiado ocupados para disponer de los sistemas correspondientes o para operar con ellos. Querremos que la producción material se automatice y funcione como un servicio público. Quizá tengamos participación en la propiedad, pero la situación nos dejará en libertad para expandir lo que ya es ahora la era informática.

»No obstante, lo que hoy tiene para nosotros mayor importancia es que podemos entender hacia dónde vamos. No podíamos salvar el entorno natural ni democratizar el planeta ni alimentar a los pobres porque durante mucho tiempo hemos sido incapaces de superar nuestro temor a la escasez y nuestra necesidad de controlarlo todo, así que poco o nada podíamos dar a los demás. No nos era posible cambiar de conducta porque no teníamos una visión de la vida que ofreciese otra alternativa. ¡Pero ahora sí la tenemos! —Sánchez se volvió a Phil—. Aunque me pregunto si no necesitaremos una fuente barata de energía...

—Fusión nuclear, superconductividad, inteligencia artificial —dijo Phil—. La tecnología de la automatización probablemente no esté muy lejos, ahora que ya sabemos por qué hacemos las cosas.

—Exacto —dijo Dobson—. Lo más importante es que vemos la autenticidad de esta manera de vivir. Estamos aquí, en este planeta, no para edificar imperios personales de control, sino para evolucionar. Pagar a otros por sus visiones iniciará la transformación, y después, cuando más y más sectores de la economía sean automatizados, el dinero desaparecerá del todo. No lo necesitaremos. Si seguimos correctamente nuestro asesoramiento intuitivo, tomaremos estrictamente lo que nos haga falta.

—Y comprenderemos —intervino Phil— que las zonas naturales de la Tierra deben ser fomentadas, nutridas y protegidas como las fuentes de un poder increíble que efectivamente son.

Cuando tomó la palabra, toda nuestra atención se había concentrado en él. Pareció sorprendido del estímulo que le dábamos.

—Yo no he estudiado todas las revelaciones —añadió, dirigiéndose a mí—. De hecho, después de que el guardián me ayudara a escapar, quizá ni siquiera hubiese conservado aquella parte de la Novena si anteriormente no hubiera hablado con usted. Recordé lo que usted había dicho sobre la importancia del Manuscrito. Pero a pesar de que no he leído las otras revelaciones, sí me doy cuenta de la trascendencia de mantener la automatización en armonía con la dinámica de la energía de la Tierra.

»Me he interesado sobre todo por los bosques y por el

papel que desempeñan en la ecosfera. Es algo que viene de mi infancia y que siempre me ha acompañado. La Novena Revelación dice que a medida que la especie humana evolucione espiritualmente, reduciremos voluntariamente la población a unas cifras sostenibles por el planeta. Estaremos obligados a vivir en el seno de los sistemas naturales de energía de la Tierra. La agricultura será automatizada, con excepción de las plantas a las que cada cual quiera transmitir energía y consumirlas. Los árboles necesarios para la construcción se cultivarán en zonas especiales, científicamente determinadas; esto permitirá que los restantes árboles de la Tierra crezcan, maduren y se integren en bosques poderosos. Con el tiempo, estos bosques serán la regla más que la excepción, y todos los seres humanos vivirán muy cerca de esta clase de potencial. Piensen en qué mundo tan lleno de energía vamos a vivir.

—Eso debería elevar el nivel de energía de todos —dije yo.

—Sí, lo hará —afirmó Sánchez distraídamente, como si estuviera pensando por adelantado en lo que el aumento de energía iba a significar.

Los demás esperábamos. Por último, él enderezó la cabeza y agregó:

—Acelerará el ritmo de nuestra evolución. Cuanto más fácilmente fluya la energía hacia nosotros, de manera más misteriosa responderá el universo trayendo a nuestra vida personas que contesten nuestras preguntas. —Volvió a quedarse pensativo—. Y cada vez que sigamos una intuición y algún encuentro enigmático nos impulse hacia delante, nuestra vibración personal aumentará.

»Hacia delante y hacia arriba —siguió diciendo Sánchez, como si hablara consigo mismo—. Y si la historia continúa, entonces...

—Nosotros continuaremos alcanzando niveles cada vez más altos de energía y vibración —dijo Dobson, terminando la frase.

—Sí —asintió el cura—. Eso es. Discúlpenme un minuto.

Se levantó, recorrió varios metros por la linde de la espesura y volvió a sentarse en tierra, solo.

Al cabo de un momento pregunté a Dobson:

—¿Qué más dice la Novena Revelación?

—No lo sabemos. La parte que tenemos termina con lo que hemos venido comentando. ¿Le gustaría verla?

Dije que sí, y él se puso en pie, echó a andar, desapareció de nuestra vista y no tardó en reaparecer trayendo un fólder de papel manila. Dentro había veinte páginas mecanografiadas. Leí el texto, impresionado por la lucidez con que Dobson y Phil habían captado sus puntos básicos. Cuando llegué a la última página comprendí por qué decían que aquello era sólo una parte de la Novena Revelación. Terminaba bruscamente, en mitad de un concepto. Tras haber introducido la idea de que la transformación del planeta crearía una cultura totalmente espiritual y empujaría a los seres humanos hacia vibraciones cada vez más altas, sugería que esta ascensión conduciría al acontecimiento de alguna otra cosa, pero no decía qué.

Transcurrida una hora, Sánchez se levantó y abandonó su solitario retiro para venir hacia mí. Yo me sentía muy satisfecho de haber pasado aquel tiempo en compañía de las plantas, dedicado a observar sus increíbles campos de energía. Dobson y Phil se habían retirado junto al jeep y sostenían una conversación.

El cura me dijo:

—Creo que deberíamos partir hacia Iquitos.

—¿Y los soldados? —le recordé.

—Sí, ya sé, pero pienso que habría que arriesgarse. He tenido la clara idea de que podremos pasar si nos vamos inmediatamente.

Accedí a seguir su intuición, y fuimos a exponer a Dobson y Phil nuestros planes.

Ambos hombres respaldaron la idea, cosa que me tranquilizó un poco. Dobson dijo acto seguido:

—También nosotros hemos debatido lo que nos convenía hacer. Iremos directamente a las ruinas de Celestina, me parece. Quizá podamos contribuir a salvar el resto de la Novena Revelación.

Poco después nos despedimos de ellos y reanudamos viaje hacia el norte.

—¿En qué está pensando? —pregunté tras un período de silencio.

El padre Sánchez redujo la velocidad para mirarme.

—Pensaba en el cardenal Sebastián y en lo que usted me ha dicho: que cesaría de combatir el Manuscrito si se le pudiera convencer.

Las palabras de Sánchez pusieron en marcha mi imaginación y me vi efectivamente enfrentado al cardenal. Estábamos en lo que parecía una sala de justicia y me miraba desde lo alto de un estrado. En aquel momento tenía el poder de destruir la Novena Revelación y yo pugnaba por hacerle comprender nuestro punto de vista antes de que fuera demasiado tarde.

Cuando se desvaneció la fantasía observé que Sánchez me sonreía con expresión intrigada.

—¿Qué ha visto?

—Era algo a propósito de Sebastián.

—¿Qué pasaba?

—La imagen de una confrontación entre nosotros era muy clara. Él estaba a punto de destruir la última revelación y yo trataba de persuadirle de que no lo hiciese.

Sánchez aspiró profundamente.

—Al parecer, que el resto de la Novena Revelación sea conocido dependerá de nosotros.

La idea hizo resurgir el nudo en mi estómago.

—¿Qué deberíamos decirle?

—No lo sé. Necesitamos que llegue a ver las cosas por el lado positivo, que comprenda que el Manuscrito en conjunto no niega sino que clarifica la verdad de la Iglesia. Yo estoy seguro de que el resto de la Novena Revelación es precisamente esto lo que hace.

Rodamos en silencio durante una hora, sin encontrar tráfico de ninguna especie. Mis pensamientos volaron a través de todos los acontecimientos que se habían producido desde que llegué a Perú. Sabía que las visiones del Manuscrito se habían ya fusionado en mi mente formando una única conciencia. Estaba alerta a la misteriosa manera en que mi vida evolucionaba, según me revelara la Primera Revelación. Sabía asimismo que la cultura entera volvía a percibir también este misterio, y que nos hallábamos en camino de construir un nuevo concepto del mundo, como señalaba la Segunda. La Tercera y la Cuarta me habían mostrado que el universo era en realidad un vasto sistema de energía y que los conflictos humanos procedían de la carencia de esta energía y de las manipulaciones por obtenerla.

La Quinta Revelación revelaba que podíamos poner fin a aquellos conflictos recibiendo un suministro de energía procedente de una fuente superior. Para mí, esta habilidad casi se había convertido en hábito. La Sexta Revelación, según la cual podíamos sacar a la luz nuestras viejas y repetidas farsas y encontrar nuestra verdadera identidad, estaba para siempre grabada en mi mente. La Séptima había puesto en movimiento la evolución de aquella identidad: a través de preguntas, de intuiciones de lo que correspondía hacer y de respuestas. Agregarse a la corriente, no salirse de aquel mágico flujo, era ciertamente el secreto de la felicidad.

Y la Octava, sabiendo uno cómo relacionarse de una manera nueva con los demás, haciendo aflorar lo mejor de todos ellos, era la clave para conseguir que el misterio no dejase un instante de operar y no cesaran de llegar las respuestas.

Todas las revelaciones se habían integrado en una conciencia que le daba a uno la más aguda sensación de alerta, de expectativa y a la vez de agudeza mental. Lo que quedaba aún, sabía yo, era la Novena, que revelaba la meta de nuestra evolución. Habíamos descubierto sólo una parte de ella. ¿Qué pasaría con el resto?

El padre Sánchez detuvo el vehículo a un lado de la carretera.

—Estamos a menos de siete kilómetros de la misión del cardenal Sebastián —comentó—. Me parece que deberíamos hablar.

—De acuerdo.

—No sé lo que nos espera, pero presumo que lo único que podemos hacer es presentarnos en el lugar por las buenas.

—¿Es un sitio muy grande?

—Es grande. Sebastián ha desarrollado su trabajo allí durante veinte años. Seleccionó el lugar para educar a los indios rurales, a quienes tenía la sensación de haber descuidado. Pero ahora le llegan estudiantes de todo Perú. Él tiene en Lima obligaciones administrativas con la organización de la Iglesia, pero éste es su proyecto especial. Está totalmente entregado a su misión. —Sánchez me miró a los ojos—. Por favor, no se confíe, no baje la guardia. Puede llegar un momento en que necesitemos ayudarnos uno a otro.

Tras decir esto, el clérigo reanudó la marcha. Recorrimos un trecho sin ver a nadie. Luego pasamos por delante de dos jeeps militares aparcados a la derecha de la carretera. Los soldados que había en su interior se limitaron a mirarnos escrutadoramente.

—Bien —suspiró el padre Sánchez—, ya saben que estamos aquí.

Dos kilómetros más allá encontramos la entrada de la misión. Grandes puertas de hierro protegían la avenida de acceso, bien pavimentada. Aunque las puertas estaban abiertas, un jeep y cuatro soldados bloqueaban el paso y nos hicieron signo de que nos detuviéramos. Uno de los militares hablaba por un radioteléfono.

Sánchez sonrió al soldado que se acercó a nosotros.

—Soy el padre Sánchez. Vengo a ver al cardenal Sebastián.

El soldado le escudriñó, luego me escudriñó a mí. Regresó junto al hombre del radioteléfono. Hablaron sin apartar los ojos de nosotros. Al cabo de varios minutos el soldado se acercó otra vez y dijo que les siguiéramos.

El jeep nos precedió a lo largo de una avenida flanqueada de árboles, un recorrido de varios centenares de metros hasta la sede de la misión. La iglesia había sido construida en piedra tallada y era enorme, capaz de acoger, supuse, a más de mil personas. A ambos lados de la iglesia había otros dos edificios que parecían contener aulas escolares, con cuatro pisos de altura cada uno.

—Impresionante sitio —dije.

—Sí, pero ¿dónde está la gente? —comentó Sánchez.

Observé que, efectivamente, no había un alma por los alrededores.

—Sebastián dirige aquí una escuela famosa —insistió el cura—. ¿Por qué no se verán estudiantes?

Seguimos al jeep hasta la misma entrada de la iglesia, y entonces los soldados nos pidieron educadamente, pero con firmeza, que nos apeáramos y les siguiéramos al interior. Al subir por la escalinata de piedra divisé varios vehículos aparcados detrás de otro edificio situado más al fondo. Allí sí había gente: treinta o cuarenta soldados parados en formación.

Dentro de la iglesia, atravesamos la nave y fuimos conducidos a una pequeña dependencia, donde nos registraron minuciosamente y nos ordenaron que esperásemos. Los soldados se retiraron y cerraron la puerta.

—¿Dónde tiene el despacho Sebastián? —pregunté.

Sánchez señaló con la cabeza.

—Más allá, en la parte de atrás de la iglesia.

Casi inmediatamente se abrió la puerta y apareció el cardenal flanqueado por varios soldados. Su figura era alta y erguida.

—¿Puede saberse a qué han venido ustedes aquí? —preguntó sin preámbulos al padre Sánchez.

—Quiero hablar con usted —dijo el cura.

—¿Sobre qué?

—La Novena Revelación del Manuscrito.

—No hay nada que hablar. No aparecerá nunca.

—Sabemos que usted ya la ha encontrado.

Los ojos de Sebastián traslucieron un leve asombro.

—No permitiré que ese documento se difunda —dijo—. No contiene una palabra de verdad.

—¿Cómo está usted tan seguro? Podría equivocarse —replicó Sánchez—. Déjeme leerlo.

La expresión de Sebastián se suavizó mientras miraba al cura.

—Usted solía creer que yo tomaba decisiones correctas en este género de asuntos.

—Lo sé —asintió Sánchez—. Usted era mi mentor. Era

mi inspiración. Mi misión fue creada a imagen y semejanza de la suya.

—Usted me respetaba hasta que ese Manuscrito fue descubierto —dijo Sebastián—. ¿No ve cómo crea desacuerdo y disensión? He dejado, padre, que siguiera usted su propio camino. Lo he intentado. Incluso me abstuve de intervenir cuando me enteré de que estaba enseñando las revelaciones. Pero no consentiré que un simple documento destruya todo lo que nuestra Iglesia ha construido.

Otro soldado entró detrás de Sebastián y solicitó hablar con él. El cardenal lanzó otra mirada a Sánchez y salió con el soldado. Se quedaron ambos en la nave de la iglesia, donde podíamos verles aunque no oíamos su conversación. El mensaje alarmó evidentemente a Sebastián. Cuando se volvió para marcharse señaló a los soldados que le siguieran, con excepción de uno, a quien al parecer ordenó que esperase con nosotros.

El soldado entró en el cuarto y se apoyó en la pared. Su cara traslucía inquietud. Era un muchacho de unos veinte años de edad.

—¿Algo va mal? —le preguntó Sánchez.

El soldado sacudió la cabeza.

—¿Se trata del Manuscrito? ¿De la Novena Revelación, quizá?

El muchacho no disimuló su sorpresa.

—¿Qué sabe usted de la Novena Revelación? —preguntó tímidamente.

—Estamos aquí para protegerla —dijo el cura.

—Yo también quiero protegerla —replicó él.

—¿La ha leído? —intervine yo.

—No. Pero he oído lo que se dice. Da nueva vida a nuestra religión.

Súbitamente, desde fuera de la iglesia nos llegó ruido de disparos.

—¿Qué pasa? —preguntó alarmado Sánchez.

El soldado no se movió. Sánchez se acercó y le tocó amistosamente el brazo.

—Ayúdenos.

El joven se dirigió a la puerta, se asomó por ella para observar, y a continuación dijo:

—Alguien ha entrado en la iglesia y robado una copia de la Novena Revelación. Parece que los ladrones todavía están en alguna parte del recinto.

Estalló un nuevo tiroteo.

—Hemos de intentar ayudarles —le dijo Sánchez al joven. Éste pareció horrorizado—. Debemos hacer lo que es justo —insistió enérgicamente el clérigo—. No por nosotros, sino por el mundo entero.

El soldado asintió y dijo que convendría que nos trasladáramos a otras dependencias de la iglesia donde hubiese menos actividad, y que quizás encontraría manera de echarnos una mano. Nos condujo por un costado de la nave y nos hizo subir un tramo de escaleras. Arriba había un amplio corredor que al parecer conectaba todas las instalaciones.

—Las oficinas del cardenal están exactamente debajo de nosotros —anunció al cabo de un momento—. Dos pisos más abajo —precisó.

De repente oímos los pasos de un grupo de personas que corrían por un pasillo adyacente, en dirección contraria a la nuestra. Sánchez y el soldado, que caminaban delante de mí, se precipitaron en un cuarto, a la derecha. Yo me di cuenta de que no podría llegar al mismo sitio, así que entré por la puerta que tenía más próxima y la cerré.

Estaba en un aula. Pupitres, podio, una gran alacena. Corrí hacia ésta, la encontré abierta y me introduje entre cajas diversas y unas cuantas chaquetas que olían a rancio. Procuré ocultarme lo mejor posible, aunque a sabiendas de que si alguien inspeccionaba la alacena me descubriría. Traté de no moverme, casi me abstuve de respirar. La puerta del aula chirrió al abrirse y oí que varias personas entraban y deambulaban de un lado para otro. Una de ellas, deduje, se acercó al armario, pero se detuvo y continuó en otra dirección. Hablaban en voz alta, en español. Después, silencio. Ya no se movía nadie.

Esperé diez minutos antes de entreabrir cautelosamente la puerta de la alacena para fisgar. El aula estaba vacía. Me encaminé a la puerta. No percibí indicios de que hubiera nadie al otro lado. Rápidamente me dirigí a la puerta siguiente, por donde habían salido del corredor el soldado y Sánchez. Ante mi sorpresa, descubrí que no conducía a una dependencia, sino a otro corredor. Escuché, pero no conseguí oír nada. Me quedé junto a la pared, sintiendo la ansiedad en la boca del estómago. En voz baja llamé a Sánchez. No obtuve respuesta. Estaba solo. La perversa ansiedad me producía un ligero mareo.

Respiré hondo y traté de hablarme a mí mismo: tenía que conservar la serenidad e incrementar mi energía. Me esforcé durante varios minutos, hasta que las formas y los colores del corredor adquirieron mayor presencia. Procuré proyectar amor. Finalmente me sentí más aliviado, y entonces volví a pensar en Sebastián. Si estaba en su despacho, allí habría ido Sánchez.

Unos metros más adelante el corredor terminaba en unas escaleras. Bajé dos tramos y me encontré ante otra puerta que tenía una ventanilla. Por ésta no se veía a nadie, sólo un nuevo pasillo ancho. Traspuse la puerta y continué, sin la menor idea de adónde quería ir.

Entonces oí la voz de Sánchez, procedente de un cuarto que tenía casi delante. La puerta estaba entreabierta. La voz de Sebastián resonó en respuesta a la de mi amigo el cura. Yo me acercaba ya a aquella puerta cuando un soldado, desde el otro lado, terminó de abrirla bruscamente y me apuntó con un rifle al corazón, obligándome a entrar y a colocarme contra la pared. Sánchez acogió mi presencia con una mirada y se llevó una mano al plexo solar. Sebastián movió la cabeza con disgusto. El joven soldado que nos había ayudado no estaba a la vista.

Intuí que el gesto de Sánchez significaba algo. Lo único que se me ocurrió fue que necesitaba energía. Cuando habló, me concentré en su rostro y traté de percibir su identidad al más alto nivel. Su campo de energía se amplió inmediatamente.

—No puede usted detener la verdad —dijo—. La gente tiene derecho a saber.

Sebastián le dedicó una mirada condescendiente.

—Esas revelaciones violan las Sagradas Escrituras. No son la verdad.

—¿Violan realmente las Escrituras, o sólo nos explican lo que las Escrituras significan?

—Usted sabe lo que significan —replicó Sebastián—. Todos lo hemos sabido durante siglos. ¿Acaso ha olvidado usted su educación, sus años de estudio?

—No, por supuesto que no. Pero también sé que las revelaciones expanden nuestra espiritualidad. Ellas...

—¿Según la doctrina de quién? —exclamó el cardenal—. ¿Quién escribió esos documentos, por cierto? ¿Algún pagano maya que de alguna manera aprendió el idioma arameo? ¿Qué sabía aquella gente? Creían en lugares mágicos y en energías misteriosas. Eran seres primitivos. Las ruinas donde se encontró la Novena son llamadas Templos Celestinos, ¡Templos *Celestiales*! ¿Qué podía saber del cielo aquella cultura?

»¿Perduró aquella cultura? —continuó—. ¡No! Nadie sabe lo que fue de los mayas. Simplemente, desaparecieron sin dejar rastro. ¿Y usted pretende que nos creamos el Manuscrito? Ese documento proclama que los seres humanos tenemos en nuestras manos el control de todo, que tenemos a nuestro cargo cambiar el mundo. Pues no. Esas cosas no nos incumben. Son incumbencia de Dios. La única instancia que corresponde a los seres humanos es aceptar o no las enseñanzas de las Escrituras y, si lo hacen, ganarse la salvación eterna.

—Pero, por favor, piénselo un poco más —replicó Sánchez—. ¿Qué significa realmente aceptar las enseñanzas y ganar la salvación? ¿Cuál es el proceso a través del que se produce? ¿No nos muestra el Manuscrito el proceso exacto para alcanzar un mayor grado de espiritualidad, para conectarnos... de la manera que efectivamente lo sentimos? ¿Y no nos presentan la Octava y la Novena lo que ocurriría si cada cual actuase de este modo?

Sebastián negó con la cabeza y se apartó; luego se volvió y miró inquisitivamente a Sánchez.

—Usted ni siquiera ha leído la Novena Revelación.

—Sí la he leído. Una parte.

—¿Cómo?

—Me fue descrita parcialmente antes de que llegáramos aquí. He leído otra sección hace sólo unos minutos.

—¿Qué? ¿Cómo?

Sánchez dio unos pasos para aproximarse de nuevo a su interlocutor.

—Cardenal Sebastián, la gente reclama por todas partes que sea revelada la última revelación. Es la que sitúa las demás revelaciones en perspectiva. Nos muestra nuestro destino, ¡aquello que es realmente la conciencia espiritual!

—Ya sabemos lo que es la espiritualidad, padre Sánchez.

—¿Lo sabemos? Yo creo que no. Hemos pasado siglos hablando de ella, visualizándola, proclamando nuestra fe en ella. Pero siempre caracterizamos esta conexión como algo abstracto, algo en lo que creíamos intelectualmente. En todo momento hemos considerado esta conexión como un gesto que el individuo debe hacer para evitar que le ocurra algún mal, nunca para adquirir algo bueno y maravilloso. El Manuscrito describe la inspiración que nos viene de amar sinceramente a los demás y de impulsar la evolución progresiva de nuestras vidas.

—¡Evolución! ¡Evolución! Escúchese a sí mismo, padre: usted luchó siempre contra la influencia de la evolución. ¿Qué es lo que le ha ocurrido?

Sánchez se serenó.

—Sí, he luchado contra la idea de evolución como sustitución de Dios, como un recurso para explicar el universo sin hacer referencia a Dios. Pero ahora veo que la verdad es una síntesis de los criterios del mundo científico y del religioso. La verdad es que la evolución es la manera en que Dios creó y sigue todavía creando.

—¡Pero la evolución no existe! —protestó Sebastián—. Dios creó el mundo, y eso es todo.

Sánchez me dirigió una mirada, pero yo no tenía ideas que expresar.

—Cardenal Sebastián —dijo entonces—, el Manuscrito describe el progreso de las sucesivas generaciones como una evolución de la inteligencia, una evolución hacia una espiritualidad y una vibración superiores. Cada generación incorpora más energía y acumula más verdades y luego traspasa este patrimonio a las personas de la generación siguiente, quienes lo incrementan más aún.

—Disparates —replicó el cardenal—. Sólo hay una manera de aumentar la propia espiritualidad, que es seguir los ejemplos que dan las Escrituras.

—¡Exactamente! —sonrió Sánchez—. Pero una vez más, ¿cuáles son los ejemplos? ¿No cuentan las Escrituras la historia de un pueblo que aprende a recibir la energía de Dios y la voluntad que contiene? ¿No fue esto lo que los primeros profetas mandaban hacer a aquel pueblo en el Antiguo Testamento? ¿Y no fue la receptividad con respecto a la energía de Dios lo que tuvo su culminación en la vida del hijo de un carpintero, hasta el extremo de que nosotros decimos que el propio Dios descendió a la Tierra?

»¿No es la historia del Nuevo Testamento —continuó— la historia de un grupo de personas que se llenó de cierta clase de energía que iba a transformarlas? ¿No dijo el mismo Jesús que lo que él había hecho también nosotros podíamos hacerlo, y más? Nunca, hay que reconocerlo, nos hemos tomado en serio esta idea; nunca, hasta ahora. Y hoy estamos apenas vislumbrando de qué hablaba Jesús, hacia dónde nos conducía. ¡El Manuscrito esclarece el sentido de sus palabras! ¡Nos explica cómo hacerlo!

Sebastián desvió la mirada, congestionado de ira el rostro. Durante la forzada pausa en la conversación, un oficial del ejército entró bruscamente en el despacho y dijo a Sebastián que los intrusos habían sido localizados.

—¡Mire! —añadió, excitado, señalando la ventana—. ¡Allí están!

A unos cuatrocientos metros de distancia pudimos distinguir dos figuras que cruzaban a la carrera un campo en dirección al bosque. Numerosos soldados, en la linde del espacio libre, parecían a punto de abrir fuego.

El oficial dio la espalda a la ventana y miró a Sebastián. Levantaba expresivamente su radioteléfono.

—Si llegan a la zona arbolada —avisó— será difícil volver a encontrarles. ¿Tengo su permiso para disparar?

Observando a los dos fugitivos, les reconocí de pronto.

—¡Son Wil y Julia! —grité.

Sánchez se dirigió resueltamente al cardenal.

—¡En nombre de Dios, no puede usted cometer un asesinato por una mera diferencia de criterio!

El oficial persistía:

—Cardenal Sebastián, si quiere usted retener ese Manuscrito debo dar ahora mismo la orden.

Yo me quedé helado.

—Padre, confíe en mí —estaba diciendo Sánchez—. El Manuscrito no destruirá lo que usted ha construido con tanto esfuerzo, lo que ha defendido siempre. No puede usted matar a esas personas.

Sebastián sacudió la cabeza.

—¿Confiar en usted...? —Fue a sentarse detrás de su escritorio y miró al oficial—. No se disparará contra nadie. Contra nadie, ¿entiende? Ordene a sus tropas que les capturen vivos.

El oficial asintió y salió del despacho.

—Gracias —dijo Sánchez—. Ha tomado usted la decisión correcta.

—Respecto a no matar, sí —admitió cansinamente el cardenal—. Pero no cambiaré de idea. Ese Manuscrito es blasfemo. Socavaría la estructura básica de nuestra autoridad espiritual. Engatusaría a la gente haciéndole creer que tiene el control de su destino espiritual entre las manos. Destruiría la disciplina necesaria para atraer a la Iglesia a todo habitante de la Tierra, y la población estaría desprevenida cuando llegase el momento de la gloria. —Miró con dureza a Sánchez—. Las fuerzas armadas peruanas han movilizado miles de hombres y los efectivos han sido convenientemente desplegados. No importa lo que ustedes o cualesquiera otros hagan: la Novena Revelación no saldrá nunca de Perú. Y ahora, márchense ustedes de mi misión.

Mientras nos alejábamos a toda velocidad podíamos oír el rugido de docenas de vehículos pesados que se acercaban desde la distancia.

—¿Por qué nos ha dejado en libertad? —pregunté yo.

—Supongo que ha sido porque cree que nuestra libertad no comporta ninguna diferencia —replicó Sánchez—. Está seguro de que no podemos hacer nada, y realmente nada se me ocurre. No sé qué pensar. —Nuestras miradas se cruzaron—. No le hemos convencido, ya lo ha visto.

Yo también me sentía confuso. ¿Qué significaba aquello? Quizás, a fin de cuentas, no habíamos ido a la misión para convencer a Sebastián; quizá sólo nos correspondía demorar sus acciones.

Observé que Sánchez se concentraba en la conducción al mismo tiempo que escudriñaba los costados de la carretera buscando algún rastro de Wil y Julia. Habíamos decidido salir en la dirección en que les vimos correr, pero hasta entonces no habíamos descubierto nada. Mientras avanzábamos, mi mente escapó hacia las ruinas de Celestina. Imaginé el aspecto que tendría el lugar: las excavaciones en hilera, las tiendas de campaña de los arqueólogos, las estructuras piramidales asomando al fondo.

—No parece que estén en estos bosques —dijo Sánchez—. Debían de tener un vehículo. Hay que decidir lo que hacemos.

—Yo iría a las ruinas —sugerí.

Él me miró.

—Lo que sea. Tampoco hay otro sitio adonde ir.

En cuanto tuvo ocasión, Sánchez se desvió en dirección oeste.

—¿Qué sabe usted de esas ruinas? —pregunté.

—Sé que proceden de dos culturas diferentes, como dijo Julia. La primera, la maya, tuvo aquí una floreciente civilización, aunque la mayoría de sus templos estaban mucho más al norte, en Yucatán. Misteriosamente, todos los signos de su presencia desaparecieron de súbito, sin causa aparente, hacia el año 600 antes de Cristo. Los incas desarrollaron otra civilización posterior en el mismo asentamiento.

—¿Qué piensa usted que les pasó a los mayas?

—No lo sé.

Circulamos varios minutos en silencio, hasta que recordé intrigado que el padre Sánchez había dicho a Sebastián que había leído un fragmento más de la Novena Revelación. Le pregunté inmediatamente cómo y cuándo había ocurrido aquello.

—El soldado que nos ayudó sabía dónde estaba escondida una parte. Después de que usted y yo nos separásemos me llevó a otro cuarto y me la enseñó. El texto añadía sólo unos pocos conceptos a lo que Dobson nos contó, pero me facilitó los conceptos que he empleado con Sebastián.

—¿Cuáles eran, específicamente?

—Que el Manuscrito pondría en claro el sentido de muchas religiones. Y que las ayudaría a cumplir sus promesas. Toda religión, dice, trata de cómo se relaciona la humanidad con un principio superior. Y todas las religiones hablan de la percepción de un Dios interior, una percepción que nos llena, que nos hace ser más de lo que éramos. Las religiones se corrompen cuando sus líderes se empeñan en explicar la voluntad de Dios al pueblo en lugar de mostrar a éste cómo encontrar la dirección dentro de cada uno de nosotros.

»El Manuscrito dice que en determinado momento de la historia un individuo comprenderá cuál es exactamente la vía para conectar con la fuente de energía y la dirección de Dios y de este modo se convertirá en ejemplo perdurable de que tal conexión es posible. —Sánchez me miraba—. ¿No es eso lo que realmente hizo Jesús? ¿No incrementó su energía y su vibración hasta ser lo bastante ligero como para...?

Sánchez calló sin terminar la frase y pareció sumirse en sus pensamientos.

—¿Alguna nueva idea? —le pregunté.

Él parecía perplejo.

—No sé qué decirle. La copia del soldado terminaba en este punto. Según ella, aquel individuo marcaría una senda que toda la especie humana estaba destinada a seguir. Pero no mencionaba adónde conducía la senda.

Durante quince minutos se restableció entre nosotros el

silencio. Yo intenté recibir alguna indicación de lo que a continuación ocurriría, pero me sentía incapaz de pensar. Quizá, me dije, lo estaba intentando con demasiada intensidad.

—Allí están las ruinas —anunció entonces Sánchez.

Entre la espesura, hacia la izquierda de la carretera, logré distinguir tres grandes estructuras piramidales. Después de aparcar y de habernos aproximado caminando, observé que las pirámides habían sido construidas con piedra tallada y que estaban separadas unas de otras por la misma distancia, unos cuarenta metros. Entre ellas había una zona pavimentada con piedras lisas. En la base de cada pirámide se veían señales de excavaciones.

—¡Mire allí! —dijo Sánchez, señalando la más distante de las tres.

Una figura solitaria estaba sentada delante de la estructura. Mientras caminábamos en aquella dirección noté un incremento de mi nivel de energía, y cuando llegamos al centro de la zona pavimentada me sentía ya increíblemente lleno de vigor. Miré a Sánchez y él enarcó una ceja. Momentos después identifiqué a la persona que se hallaba delante de la pirámide. Era Julia. Estaba sentada con las piernas cruzadas y tenía varios papeles en el regazo.

—¡Julia! —llamó Sánchez.

Ella se volvió y se puso en pie. Su rostro parecía iridiscente.

—¿Dónde está Wil? —pregunté yo.

Julia señaló hacia su derecha. Allí, quizás a unos cien metros, estaba Wil.

A la menguante luz del crepúsculo parecía resplandecer.

—¿Qué está usted haciendo? —inquirí.

—La Novena —respondió escuetamente Julia, mostrándonos los papeles que ahora tenía en la mano.

Sánchez, excitado, le comunicó sin preámbulos que conocíamos parte de la revelación, la parte que vaticinaba un mundo humano transformado por la evolución consciente. Terminó con una pregunta:

—Pero ¿adónde nos lleva esta evolución?

Julia no contestó. Simplemente, sostenía los papeles en la mano, como si esperase que leyéramos su pensamiento.

—¿Qué? —pregunté yo.

Sánchez se inclinó y me tocó el antebrazo. Su mirada me recordó que tenía que estar alerta y a la espera.

—La Novena Revelación revela nuestro último destino —dijo al fin Julia—. Lo presenta claro como el cristal. Reitera que los seres humanos somos la culminación del conjunto de la evolución. Habla de cómo la materia comenzó de una forma muy débil y creció en complejidad, elemento tras elemento, luego especie tras especie, siempre evolucionando hacia un estadio superior de vibración.

»Cuando aparecieron los hombres primitivos, continuamos esta evolución inconscientemente conquistándonos unos a otros y ganando energía y progresando un poquito cuando éramos conquistadores, o perdiendo energía si éramos los conquistados. Estos conflictos físicos continuaron hasta que inventamos la democracia, un sistema que no les puso fin pero que los trasladó del nivel físico al mental.

»Ahora —continuó Julia—, estamos trayendo este proceso al ámbito de la conciencia. Podemos ver que la totalidad de la historia humana nos ha preparado para que la evolución consciente esté a nuestro alcance. Ahora podemos incrementar nuestra energía y percibir las coincidencias conscientemente. Esto impulsa la evolución a un ritmo más rápido, elevando nuestras vibraciones a mayor altura aún.

Julia dudó un momento. Nos miró fijamente a los dos, uno a uno, y luego insistió en algo que había dicho:

—Nuestro destino es continuar aumentando nuestro nivel de energía. Y a medida que nuestro nivel de energía aumenta, aumenta el nivel de vibración en los átomos de nuestros cuerpos.

Volvió a dudar.

—¿Y eso qué significa? —pregunté.

—Significa que nos hacemos más ligeros, más livianos, es decir, que cada vez somos más puramente espirituales.

Miré a Sánchez. Él se concentraba intensamente en Julia.

—La Novena Revelación —prosiguió ella— dice que como resultado del continuado aumento de nuestra vibración comenzará a ocurrir una cosa asombrosa. Grupos enteros de personas, tras alcanzar determinado nivel, se harán súbitamente invisibles para quienes están vibrando todavía a niveles inferiores. A la gente situada en estos niveles le parecerá que los otros, simplemente, han desaparecido, mientras que el propio grupo tendrá la sensación de estar todavía allí... sólo que bajo una forma mucho más ligera.

Mientras Julia hablaba noté que, de un modo u otro, su cara y su cuerpo estaban cambiando. Su cuerpo adoptaba las características de su campo de energía. Sus rasgos eran todavía claros y nítidos, pero lo que yo miraba no eran ya músculos y piel. Se habría dicho que estaba hecha de pura luz, que brillaba desde su interior.

Volví la vista a Sánchez. Tenía el mismo aspecto. Ante mi asombro, todo parecía similar: las pirámides, las losas que pisábamos, los bosques que nos rodeaban, incluso mis manos. La belleza que yo era capaz de percibir había aumentado más allá de cualquier otra que hubiese conocido antes, incluso cuando estuve en la cima de la montaña.

—Que los seres humanos empiecen a elevar sus vibraciones hasta un nivel donde otros no pueden verles —continuó Julia— indicará que estamos atravesando la barrera entre esta vida y el otro mundo del cual venimos y al que retornaremos después de la muerte. Este tránsito consciente es la senda que nos mostró Cristo. Él se abrió de tal modo a la energía que llegó a ser tan liviano como para caminar sobre las aguas. Él sobrepasó la muerte aquí mismo, en la Tierra, y fue el primero en trascender, en expandir el mundo físico dentro del espiritual. Su vida demostró cómo hay que hacerlo, y si nosotros conectamos con la misma fuente podemos recorrer el mismo camino, paso a paso. En un determinado punto todos vibraremos a una altura suficiente para que nos sea posible entrar en el cielo conservando nuestra misma forma.

Observé que Wil se acercaba a nosotros caminando lentamente. Sus movimientos parecían dotados de una gracia inusual, como si estuviera deslizándose.

—La Revelación dice —precisó Julia— que serán muchos

los individuos que alcancen este nivel de vibración durante el tercer milenio, y que lo harán en grupos integrados por personas con quienes estarán conectados al máximo. Sin embargo, en el transcurso de la historia algunas culturas han alcanzado ya la vibración adecuada. De acuerdo con la Novena Revelación, el pueblo maya efectuó el tránsito en bloque.

Julia interrumpió repentinamente su discurso. Procedentes de algún lugar detrás de nosotros se oyeron voces apagadas que hablaban en español. Docenas de soldados entraban en las ruinas y avanzaban en nuestra dirección. Me sorprendió no sentir miedo. Vi entonces que, pese a la dirección que seguían, los soldados no venían deliberadamente hacia nosotros.

—¡No pueden vernos! —exclamó Sánchez—. ¡Estamos vibrando a demasiada altura!

Miré de nuevo a los soldados. El cura tenía razón. Aquellos hombres caminaban a ocho o diez metros a nuestra izquierda, pero nos ignoraban completamente.

En aquel momento oímos otras voces, ahora gritos, también a la izquierda, junto a la primera pirámide. Los soldados que teníamos más cerca se detuvieron y enseguida echaron a correr hacia allí.

Me esforcé por ver lo que sucedía. Otro grupo de soldados salía del bosque reteniendo por los brazos a dos hombres. Dobson y Phil. La revelación de su captura me trastornó y noté que el nivel de mi energía caía a plomo. Miré a Sánchez y a Julia. Ambos fijaban la atención en los soldados y parecían tan turbados como yo.

—¡Esperen! —pareció gritar Wil desde la dirección contraria—. ¡No dejen escapar su energía!

Sentí las palabras tanto como las oía. Eran un poco confusas.

Nos volvimos hacia Wil, que caminaba apresuradamente hacia nosotros. Mientras le mirábamos expectantes pareció decir algo más, pero esta vez las palabras fueron del todo ininteligibles. Me di cuenta de que tenía dificultades en concentrarme. Su imagen se hacía imprecisa, se distorsionaba. Gradualmente, mientras yo seguía mirando con incredulidad, desapareció por completo.

Julia se acercó más a Sánchez y a mí. Su nivel de energía parecía más bajo, pero ella se mostraba perfectamente impávida, como si lo que fuera que acabase de ocurrir aclarara alguna cosa.

—No hemos sido capaces de mantener la vibración —dijo—. El miedo rebaja tremendamente nuestras vibraciones. —Miró hacia el punto donde Wil había desaparecido de la vista—. La Novena Revelación afirma que, si bien algunos individuos pueden trascender esporádicamente, el tránsito general no se producirá hasta que hayamos abolido el miedo, hasta que podamos mantener una vibración suficiente en todas las situaciones. —La excitación de Julia aumentó—. ¿Acaso no lo ven? Nosotros todavía no podemos hacerlo, pero el objetivo de la Novena Revelación es ayudar a crear la confianza necesaria. Todas las demás revelaciones presentaban una imagen del mundo como un lugar de increíble belleza y energía, y decían de nosotros que reforzaríamos nuestra conexión con él y de este modo captaríamos aquella belleza.

»Cuanta más belleza vemos, más evolucionamos. Cuanto más evolucionamos, a mayor altura vibramos. La Novena Revelación nos muestra que, finalmente, nuestra percepción y nuestras vibraciones incrementadas nos descubrirán un paraíso que ya tenemos delante de nosotros. Simplemente, todavía no podemos verlo.

»Siempre que dudemos del camino que seguimos o perdamos de vista el proceso, debemos recordar hacia qué estamos evolucionando, en qué consiste el vivir. Pues estamos aquí para alcanzar el cielo en la Tierra; y ahora sabemos cómo hay que hacerlo... sabemos cómo *se hará*. —Julia reflexionó unos segundos—. La Novena Revelación menciona que existe una Décima. Creo que ésta debe revelar...

Antes de que pudiera completar la frase, una ráfaga de ametralladora hizo saltar astillas de piedra de las losas que había bajo nuestros pies. Todos nos precipitamos al suelo, manos en alto. Nadie pronunció una palabra cuando los soldados acudieron, confiscaron los papeles y nos llevaron a cada uno de nosotros en diferente dirección.

Las primeras semanas que siguieron a mi captura las pasé en constante terror. Mi nivel de energía fue cayendo espectacularmente a medida que un oficial del ejército tras otro me interrogaban entre amenazas, siempre a propósito del Manuscrito.

Yo me hice pasar por un turista tonto y alegué total ignorancia. A fin de cuentas, era verdad que no tenía la menor idea de qué otros curas pudieran poseer copias ni de qué amplitud había alcanzado la aceptación pública del documento. Gradualmente, mi táctica surtió efecto. Con el tiempo los militares parecieron cansarse de mí y me traspasaron a un grupo de autoridades civiles, quienes adoptaron un nuevo enfoque.

Aquellos funcionarios pretendieron convencerme de que mi viaje a Perú había sido una locura desde el principio, una locura porque, según ellos, el Manuscrito nunca existió. Arguyeron que las revelaciones habían sido en realidad inventadas por un reducido núcleo de clérigos con el propósito de incitar a la rebelión. A mí me habían engañado, decían los funcionarios, y yo les dejé hablar.

Más adelante, las conversaciones se hicieron casi cordiales. Todos comenzaron a tratarme como una víctima inocente de aquella conspiración, como un yanqui crédulo que había leído demasiadas novelas de aventuras y se había perdido en un país extranjero.

Y debido a que mi energía estaba tan baja, se dio la posibilidad de que terminase siendo vulnerable a aquel lavado de cerebro, de no ser porque ocurrió otra cosa. Inesperadamente fui transferido desde la base militar donde estaba recluido a un recinto gubernamental próximo al aeropuerto de Lima; un recinto en el que también se hallaba detenido el padre Carlos. La coincidencia me devolvió parte de la confianza perdida.

Paseaba yo por el patio central del recinto cuando vi a Carlos sentado en un banco leyendo. Me acerqué a él como si continuara mi paseo, conteniendo mi alegría y esperando no llamar la atención de los funcionarios presentes en el lugar. Me senté en el banco. El cura me miró de reojo y sonrió.

—Estaba esperándole —dijo.

—¿De veras?

Cerró el libro que leía, y pude percibir en sus ojos una sincera satisfacción.

—El padre Costous y yo, apenas llegados a Lima —explicó—, fuimos detenidos y separados, y desde entonces he estado aquí bajo custodia. No podía entender el motivo, no parecía ocurrir nada. Luego comencé a pensar repetidamente en usted. —A su mirada asomó un destello de complicidad—. Así que supuse que un día u otro aparecería.

—Agradezco que esté usted aquí —dije yo—. ¿Le ha contado alguien lo que pasó en las ruinas de Celestina?

—Sí, hablé brevemente con el padre Sánchez. Estuvo detenido aquí veinticuatro horas, luego se lo llevaron.

—¿Está bien? ¿Sabe él lo que ha sido de los demás? ¿Y qué van a hacerle? ¿Dónde le encarcelarán?

—Sobre los demás no tenía ninguna información, y en cuanto a lo que le ocurrirá al propio padre Sánchez, no lo sé. La estrategia del gobierno es buscar metódicamente y destruir todas las copias del Manuscrito que salgan a la luz. Después, tratar todo el asunto como un inmenso fraude. Todos nosotros seremos desacreditados a conciencia, imagino, pero ¿quién sabe lo que finalmente harán con nosotros?

—¿Qué hay de las copias de Dobson? —dije—. Él dejó en Estados Unidos la Primera y la Segunda Revelaciones.

—También las tienen —replicó el padre Carlos—. El padre Sánchez me contó que unos agentes del gobierno descubrieron dónde estaban ocultas y las robaron. Aparentemente ha habido agentes peruanos por todas partes. Sabían de Dobson desde el principio, y por cierto, también de su amiga Charlene.

—¿Y cree usted que cuando el gobierno culmine sus acciones no quedará ninguna copia?

—Lo que creo es que será un milagro que quede alguna.

Volví la cara, notando que mi recién recuperada energía disminuía.

—Sabe lo que esto significa, ¿no es así? —preguntó el padre Carlos.

No respondí.

—Significa —continuó él— que cada uno de nosotros deberá recordar exactamente lo que el Manuscrito dice. Usted y Sánchez no convencieron al cardenal Sebastián de que cambiase de actitud, pero le entretuvieron lo suficiente para que la Novena Revelación fuera comprendida. Ahora ha de ser comunicada. Y usted ha de participar en esta comunicación.

Aquellas palabras hicieron que me sintiera presionado y que la farsa de la persona reservada se reactivara dentro de mí. Me apoyé en el respaldo del banco y miré a lo lejos, cosa que incitó a Carlos a reír. Entonces, en aquel preciso momento, nos dimos cuenta de que dos hombres con inconfundible aspecto de funcionarios norteamericanos nos observaban desde la ventana de una oficina.

—Escuche —dijo apresuradamente el padre Carlos—. De ahora en adelante las revelaciones habrán de ser compartidas por toda clase de personas. Cada persona, una vez haya escuchado el mensaje, y comprendido que las revelaciones son verídicas, deberá transmitirlo a todo el que esté preparado para recibirlo. Conectar con la energía es algo a lo que todos los seres humanos han de estar abiertos, algo de lo que deben hablar, algo a lo que aspiren; de lo contrario, la especie humana puede retroceder al viejo fingimiento de que la vida consiste en tener poder sobre los demás y explotar el planeta. Si recaemos en esto, entonces no sobreviviremos. Cada uno de nosotros debe hacer cuanto pueda por difundir el mensaje.

Vi que los dos norteamericanos salían del edificio y cruzaban el patio hacia nosotros.

—Una cosa más —dijo el padre Carlos en voz baja.

—¿Qué es?

—El padre Sánchez me comunicó que Julia había hablado de una Décima Revelación. Todavía no ha sido encontrada y nadie sabe dónde puede estar.

Los dos hombres casi habían llegado al banco.

—Tengo la intuición —continuó el clérigo— de que van a ponerle a usted en libertad. Puede ser usted la única persona en condiciones de buscarla.

Los recién llegados interrumpieron nuestra conversación

y me invitaron a acompañarles al edificio. El padre Carlos me saludó con la mano, sonrió y dijo algo más, pero sólo pude prestarle atención a medias. Tan pronto como él había mencionado la Décima Revelación, a mí me había asaltado el recuerdo de Charlene. ¿Por qué pensar en ella en aquel momento? ¿Qué conexión podía haber entre Charlene y la Décima Revelación?

Los dos hombres insistieron en que hiciese el poco equipaje que me quedaba y les siguiera a la embajada de Estados Unidos. Fuimos en un coche oficial, y desde allí me trasladaron directamente al aeropuerto y me condujeron sin dilación a una zona de embarque, donde uno de ellos me sonrió evasivamente y me miró a través de los gruesos cristales de sus gafas.

Su sonrisa se desvaneció cuando me entregó un pasaporte y un pasaje aéreo con destino a Estados Unidos. Luego me dijo que no volviese nunca a Perú. Nunca, nunca más.